U0006008

第二部　老闆待我如初戀

你也有今天 上

My Boss

葉斐然——著

目錄

CONTENTS

第七章　假戲真做瞭解一下

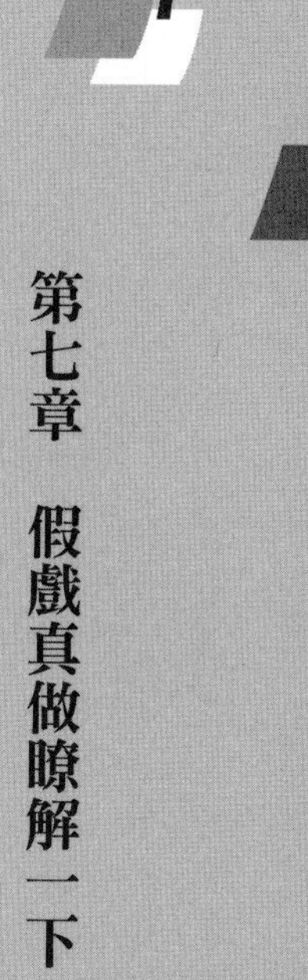

第二天一早，成瑤照例睡到鬧鐘響才起來。天冷以後她有些開機困難，因此此刻站在客廳裡，看著正在沙發上坐著的錢恆，一時間有些反應不過來。

成瑤下意識又看了手機一眼，八點一刻，沒錯啊。

平日裡這個時間起床，錢恆是絕對不可能還在的，恐怕人早已到了所裡，怎麼今天竟然還沒走？

成瑤懷揣著一肚子的疑問洗漱完畢，然後拿起昨天就準備好的早餐便當時，剛才坐著巋然不動的錢恆終於站了起來。

他表情淡然，言簡意賅：「走吧。」

成瑤：？

錢恆瞥了她一眼：「動作快點，還愣著幹嘛？不想搭車了？」

成瑤反應過來，歡天喜地道：「想！想！謝謝老闆！」

錢恆的模樣太理直氣壯了，理直氣壯到成瑤覺得他做什麼說什麼都是合情合理不容置疑的，一時之間忘了思考自己尊貴的老闆今天竟然會等自己一起搭車？

車開到離君恆辦公大樓不遠處的路口時，成瑤主動識相道：「老闆，停一下，我在這裡下來就行了！」

錢恆愣了愣，隨即不自然道：「不一定要下來，反正今天外面霧大，也看不清楚。」

「那怎麼行！」成瑤反過來對錢恆循循善誘道：「老闆，很多事情就是百密一疏才導致功虧一簣的，你不是教過我嗎？小細節上尤其不能放鬆。千萬別覺得今天霧大我從你車上下來就沒人看見，萬一傳出去什麼版本，讓大家誤會了實在是不好。」

「……」

成瑤不等錢恆反應，就在路口趕緊開了車門，對錢恆道謝以後飛速下了車。

全程成瑤做得行雲流水，錢恆還來不及制止，就看她像一隻敏捷的兔子一樣飛快地從自己車裡跳走了。

「……」

總感覺有一絲不爽。

錢恆的這種不爽在到了君恆後達到了頂峰。

「錢恆，這週六就是你的二十八歲生日了！」吳君一早就坐在他的辦公室裡，翹著二郎腿，一臉算計地笑著，「男人啊，二十八歲是個坎。二十八歲以後，各項生理和心理指標，都會往下掉了。以前能一夜三次，以後一夜能有一次就不錯了。」

吳君盯著錢恆，樣子很欠扁：「所以，二十八歲，是男人最後的青春最終的瘋狂，我作為你這麼多年的朋友，不允許你這麼糟蹋自己最後的青春，又讓生日在加班裡度過。」

錢恆頭都沒有抬：「不需要，和你一起過才是糟蹋自己的青春。」

吳君絲毫沒有被打擊到，他清了清嗓子，對錢恆的死亡視線無所畏懼，擅自宣布道——

「我決定好了，這週六，在你的別墅裡，邀請我們君恆所有同事，為你舉辦一場別開生面的生日會。雖然你連女朋友也沒有，但能夠在同事愛裡，揮淚告別年富力強的二十八歲，提前進入中老年，邁向三十歲，也不至於太孤獨。」

「我反對這個活動。」錢恆面無表情道：「大家都是律師，都很忙的，週六大家只想在家裡休息，不要勉強他們來參加什麼生日會。」

「不勉強！」吳君激動道：「我早上就把這個生日會的通知寄送給所有人了，大家的反響非常熱烈！」

「……」

錢恆頓了頓，才狀若不經意道：「哦，那有哪些人報名了？」

「王璐、李明磊、陳誠，還有行政部的所有同事、財務部的同事……」

「還有呢？」

「哦，還有包銳、譚穎、張薔……」

錢恆狀若自然地繼續問道：「沒其他人了？」

「哦哦，有，還有成瑤。」吳君看了手機一眼，「她剛剛也回覆郵件報名了。」

哦。

「你看，這麼多人報名了，你真的還要一意孤行取消這個生日會嗎？」吳君雖然玩了先斬後奏，但內心也沒什麼底，錢恆這個人，什麼時候在乎別人的感受才有鬼了，就算全宇宙都報名參加他的生日會，他要是不樂意，那全宇宙都滾蛋。

結果今天的錢恆顯然心情還不錯。

他雖然還是一如既往的連眼神都沒分給吳君一個，面色也如常，但那沒有平仄的語氣裡，吳君分明聽出了愉悅。

「哦，好吧，既然那麼多同事想去，我也不是不可以勉為其難辦個生日會。」

成瑤今天一到公司，就被包銳和譚穎圍了起來，這兩人顯然有些惴惴不安。

包銳捧著胸口，一臉扭捏作態：「我好擔心。」

譚穎揉著額頭，一臉愁眉不展：「我也好擔心。」

成瑤：？

包銳晃了晃腦袋：「我昨晚沒睡好，一直在想，錢Par為什麼會突然開直播，他是不是覺得靠專業知識賺錢太苦太累了，而且還沒有眾人追捧。而利用直播，賣賣臉，一晚砸的禮物分潤，能有好幾萬吧。」

譚穎也抹淚道：「我們錢Par不會拋下我們，C位出道了吧？」

包銳：「如果錢Par C位出道，不知道能不能搞來我喜歡的組合18 Girls的簽名。」

譚穎：「如果錢Par C位出道，我就辭職跟著他下海，這樣說不定兩年後我就能潛規則小鮮肉了。」

「……」

成瑤簡直被這兩個一唱一和的戲精弄得哭笑不得。

最後是包銳先出了戲：「對了，這週六錢Par的生日會，妳們都準備好送什麼禮物了嗎？」

成瑤一臉茫然：「生日會？」

譚穎點了點頭：「看郵件。吳Par安排的，在錢Par的大別墅裡舉行。上禮拜律協通知我們要提交君恆律師活動的資料和照片，吳Par說這次就算是君恆的團隊活動了，主題是解放。」

包銳「嘿嘿」笑道：「是的，那天晚上一定要好好解放解放。」

成瑤忍不住在心裡吶喊，包銳！我看你不用解放，已經很危險了！只是說者無心，聽者有意。成瑤回覆了參加生日會的確認郵件後，就開始愁苦起送什麼禮物給錢恆。

於情於理，她覺得，自己都該送高檔一點的禮物。

一直以來，成瑤對錢恆，是充滿感激的，他是一位非常好的老闆，一位非常稱職的老師。

而除此之外，刨除這些，成瑤也想送一些好東西給錢恆。成瑤毫無負擔地想，畢竟兩人之間還有同居的室友情誼，我這種心態很正常。

午休的時候，她忍不住打了個電話給秦沁。

「就，我老闆要生日了，我準備送個禮物給他，妳覺得送什麼好？」

秦沁因為公關行銷相關從業，因此對奢侈品非常瞭解，只是聽了成瑤的話，她十分意外：『送禮物給妳那個有毒的老闆？』

「嗯！」

『也是，要多討好一下老闆。』秦沁想了想，『我這邊有個客戶倒是有款禮物很適合妳。』

『我這個客戶既做老牌奢侈品也做輕奢訂製，最近不是快要耶誕節了嗎？他們推出兩款禮盒，一款是針對情侶的禮盒A；還有一款是針對長輩、公司上下級這樣的禮盒B。』一講到工作上的事，秦沁的語氣十分幹練，『樣品我看過了，非常不錯，目前市面上完全沒有同質性的禮盒能媲美的，非常高檔，妳要不要從我這裡拿一份禮盒B，我讓我客戶給妳員工價。』

「禮盒B裡有什麼東西？」

『裡面有什麼東西就是噱頭所在，每個禮盒裡的東西就像是扭蛋一樣，都不一樣，妳選擇送給男士的禮盒，那裡面可能是限量版圍巾、領帶、紅酒、男士香水，古早的珍貴黑膠唱片，甚至是小有名氣的畫家的畫作等等，還會有一個小小的俏皮彩蛋，非常有意思，也因為這樣，每個禮物都是獨一無二的，很有新意。』

成瑤的眼睛亮了亮！這聽起來相當有格調，像是錢恆會喜歡的東西！

「好！我要訂一個這個，不過這週六我就要用，來得及發貨給我嗎？」

秦沁想了想：『應該沒問題，我把對方的負責人聯絡方式給妳，幫妳打過招呼了，妳自己和他聯絡就行。』

成瑤趕緊加上對方聯絡人。

對方挺爽快：『妳要送給女的還是男的？』

『男的！禮盒B！』

『需要在小卡片上印什麼字嗎？』

『要的要的！幫我寫「祝老闆福如東海壽比南山」。』成瑤想了想，又扭捏地加了一句，『把「帶我發財帶我飛」也寫上吧。』

自己花了高價準備禮物，溜鬚拍馬的同時，也該暗示錢恆一下自己小小的私心吧。畢竟雖然有了秦沁的關係，最終價格按照成本價來，但因為這禮物高檔，也花了成瑤兩千多塊錢呢。

不過把錢恆的禮物搞定了，成瑤還是挺開心的。

對方聯絡人倒是抱怨了兩句，快到年關了，各行各業都不容易，對方埋怨訂購這款禮物的人實在太多了，工廠安排發貨都來不及，訂單成堆了，工廠負責發貨的人也不省心，偶爾還有發錯貨的來投訴吵架。成瑤好生安慰了幾句，千恩萬謝地才掛了電話。

除了這份禮物之外，她想了想，決定再親手做一個蛋糕給錢恆，雖然不太值錢，口味也未必有品牌蛋糕店的好吃，但也算是自己的一片心意了。

弄好錢恆禮物的事，成瑤在去茶水間的路上，接到李夢婷的電話。

『瑤瑤，我想了一個晚上。』電話裡李夢婷的聲音沒了之前的慌亂和痛苦，變得沉靜起來，『我不想再被困在這種婚姻裡了，我決定好了，我要離婚。馬上離。』

成瑤鬆了一口氣，李夢婷終於想通了。在錯的人身上不值得浪費時間，及時止損才是最正確也最勇敢的決定。

李夢婷頓了頓，堅定道：『我要維護我自己的權益，我要盡可能多的爭取到共同財產。瑤瑤，我想聘請妳當我的律師。』

「可我的經驗其實還不太夠，我怕我沒法……」

李夢婷十分堅持：『我不相信別人，我只相信妳。除了妳，我不要請別的律師。』

掛了李夢婷的電話，成瑤內心激動的同時又有些遲疑。她真心替李夢婷的勇敢果決高興，也感激她的信任，可同時，她對自己到底能不能處理好這個案子也十分懷疑。

雖然一路在錢恆的指導下吸取知識積累了經驗，但說到底，自己全程跟進的案子，不過白星萌和董山這麼兩個。成瑤知道自己的斤兩，她無論如何都不到能獨立一個人辦案的程度。

李夢婷信任她，她更不能辜負她的信任。

只是，包銳最近在忙三個涉外婚姻案，因為不少財產取證需要在國外進行，他忙得恨不得有三頭六臂，絕對不可能自加壓力再多接一個案子了；而譚穎和自己一樣，工作經驗比較少，也尚在需要別的律師指導的階段；其餘同事……其餘同事多有自己的案子安排，更何況不是同個團隊，讓別人教自己做李夢婷的案子，也名不正言不順。

想來想去，成瑤心一橫，還是只能求助錢恆了。

成瑤幫自己打了打氣，敲門進了錢恆的辦公室。

「老闆，我想接一個案子。」

錢恆本來正在辦公桌前看案卷，聽了成瑤的聲音，抬頭看了她一眼，也不在意是什麼案情，直接道：「多少標的額？」

「暫時不清楚，財產清單我還沒和當事人整理出來。」

「有五千萬嗎？」

「肯定沒有。」

「那不能接。」

大概是成瑤臉上的「我真的很想做這個案子」的表情太過明顯，錢恆咳了咳，一下對半砍降低了標準：「兩千五百萬。」

他看了成瑤一眼，抿著唇補充道：「真的不能再低了。」

李夢婷和張浩雖然家境尚可，但都不是大富大貴的家庭出來的，恐怕涉及糾紛的標的額，撐死也只有幾百萬。

「就是李夢婷的案子！我那個朋友！老闆，我真的很想代理她，你……你能不能稍微指點把控一下？怎麼操作這個案子我來就行了。」成瑤保證道：「我絕對不會讓這個案子占到你多少時間的！」

錢恆沒說什麼，他放下手中的案卷，輕輕移了下老闆椅。

他頂著一張英俊的臉，面無表情道：「成瑤，妳覺得一個成功的律師，應該做到什麼？」

成瑤試圖引導道：「為愛發電？為了人間的大愛，為了公益，為了社會正義的建立，為了國家法制的健全……」

「成瑤，我姓什麼？」

這是什麼跟什麼話題的跳躍啊，成瑤摸不著頭腦，下意識道：「姓錢啊！」

錢恆微微一笑：「所以我只為錢發電，不為愛發電。」

「……」

「我接案子的標的額下限，是五千萬，低於這個標的額的，對不起，我不做慈善，也不愛公益。」錢恆用手指輕輕敲擊桌面，「成瑤，妳知道為什麼越是為錢發電的律師，越是能成功嗎？」

「為什麼？」

錢恆笑笑，理所當然道：「因為為愛發電的律師，都已經餓死了啊。」

「……」

「當然，五千萬是我的標準，如果妳自己執意要接，我也不會阻攔。」錢恆看了成瑤一眼，「從職業角度來說，妳是擁有律師執照的律師，可以單獨處理案件，不需要經過我的同意，只是所有後果，也由妳自己負責。」

在進錢恆辦公室之前，成瑤並沒有預想過這種結果，她好像理所當然的覺得錢恆會幫這個忙。

如今面對錢恆的拒絕，她才冷靜下來。

錢恆做的沒錯，他是君恆的合夥人，要撐起整個事務所的收益，律師的分紅、基本薪水，還有行政財務開銷等等等等，他接案子有所考量也是正常的。

只是成瑤對自己潛意識裡的想法覺得有些需要好好清醒下了。自己竟然覺得憑藉自己和錢恆那點接觸，可以影響錢恆的決斷？真是太膨脹了。

錢恆是老闆，自己只是員工。

雖然這個認知有點殘酷，也讓成瑤有些酸澀和失落，但或許這就是現實。

「好，我會自己接這個案子。謝謝老闆。」

成瑤說完，準備轉身退出房間，不料錢恆又叫住她。

「上述的角度是我站在老闆立場的態度。」錢恆轉開頭，望向窗外，「站在我私人的角度，我不建議妳接李夢婷的案子。」

成瑤愣了愣：「為什麼？」

錢恆轉過頭，抿了抿唇，看向成瑤。

雖然錢恆什麼都沒說，但成瑤望著他的表情，心中有了大致的猜測，她試探道：「你是不是覺得我處理李夢婷的事，不夠專業？會因為是自己的朋友，情緒被左右？」

「成瑤，如果不能保持感情完全中立，極有可能會陷在一個案件裡，無法冷靜地去理清所有細節。妳有沒有想過，一旦因為妳的原因，輸掉了這個官司，或者結果不理想，妳和她的友情還能不能繼續下去？」錢恆的聲音平靜而鎮定，但也十分溫和。

不知道為什麼，站在私人角度建議自己的錢恆，好像比站在老闆角度建議的自己更帥一點。明明只是幾十秒鐘的差距，成瑤總覺得，眼前的錢恆好像比剛才更有吸引力了。

她深吸一口氣：「我知道，作為法律人，面對遭遇如此婚姻糾紛的情形，第一時間應該是讓對方冷靜下來，如果選擇繼續這段婚姻，那要警醒起來，開始有計劃地保護自己的財產，警惕另一方的財產動向；如果選擇離婚，那更要好好理清財產情況，避免財產被對方轉移，為自己爭取最大限度的權益。我會做到的。」

「成瑤，我已經帶著妳做了兩個案子了。」錢恆的聲音冷冽但乾淨，「我很早就和妳說過，離當事人遠一些，做案子不要帶入自己的情緒。妳心裡明明也知道，為什麼現在全部忘記了？妳昨晚安慰她的時候⋯⋯」

「不是這樣的，你說的每一句話，我都記得。」

錢恆愣了愣。

成瑤抬起頭，目光灼灼：「我記得的。」

錢恆不知道怎麼的，突然有些不敢直視成瑤這樣的目光，他避開自己的視線：「那妳昨晚第一時間就應該讓她冷靜下來，而不是順著她來。」

「老闆，我是個女律師，作為女性，更容易感性，有時候這是一種缺點，但我也一直在思考，是不是能把這種缺點，反過來變成一種優勢。」成瑤不卑不亢道：「每個人有不同的接案風格，我無法完全複製你的，我也在尋求我自己的路。」

「很多時候，家事糾紛的當事人，尤其是女當事人，情緒很激動，過分冷靜地勸說反而不能讓他們放下戒備，而帶著同理心的循循善誘，能讓他們更快的認清現狀，並且給予信任。」成瑤笑笑，眼睛明亮而自信，「我在勸說李夢婷的時候，腦子裡非常冷靜，也知道該怎麼處理。只是我的處理方式和你不太一樣。」

「我能贏這個案子。」

成瑤說這句話的時候，臉微微仰著，黑而漂亮的眼珠睜得大大的，心無旁鶩地盯著錢恆，臉因為內心的情緒而紅著，讓她雪白的臉襯得更加豔麗，而她臉上那種對自己未來強烈的把握感和銳不可當的自信，一時之間讓錢恆覺得有點耀眼。

錢恆比任何一次都更清楚的意識到，成瑤已經不是當初那個在他面前畏畏縮縮怕出錯的菜鳥了，她不會再哭哭啼啼睜著小狗一樣濕漉漉的眼睛等著自己幫她擦屁股了，也不會每次犯錯時六神無主地尋求自己的身影了。

在不知不覺間，她努力著、學習著、成長著，她正在緩慢但堅定地變得獨立而強大。假以時日，她會從束縛著自己的蛹中澈底破繭而出。會振翅高飛，會不再需要自己。這個認知讓錢恆有些微妙。成瑤是他親手帶出來的，她的成功無疑是對自己的肯定，但一時之間，錢恆又有些道不明說不清的情緒。

什麼都要求助自己用小狗眼睛盯著自己的成瑤固然讓人無法拒絕，可現在自信地直視著自己的成瑤，卻讓人更難以移開眼睛。

錢恆突然有點不想讓別人看到這樣的成瑤。

有點太耀眼了。

「這個案子好好把握。」最終成瑤離開前，錢恆鬼使神差地又一次開了口，「有什麼不知道的，可以問我。」

成瑤愣了愣，咧嘴笑了，露出雪白而漂亮整齊的牙齒，她的眼睛像是有光，晃得錢恆覺得頭暈。

「我怕妳搞砸了，砸我招牌。」

成瑤用力點了點頭：「謝謝老闆！」

錢恆繃著臉：「別亂謝我，我才不是為了幫妳，我是怕妳拖累我的名聲。妳不要想太多。」

然而成瑤還是笑，她用一種「我早已看穿一切」的表情盯著錢恆看了幾秒鐘，看得錢恆臉上表情都快繃不住了，她才又道了一聲謝，像個兔子似的跳走了。

得到錢恆的首肯，成瑤效率很高的立刻和李夢婷簽下了代理協定。

李夢婷不想再見到張浩，因此一切便都交給成瑤去交涉。

離婚如果走訴訟途徑，不僅耗時還耗費精力和金錢，既然張浩想要離婚再娶，李夢婷也不願將就，如果兩人能達成協議，再好不過。

可惜對於成瑤幾次想要溝通的表態，張浩始終不鹹不淡，明明他都有了新歡，急的應該是他，可他卻很反常地拖拖拉拉，像是並不急於和那女同事結婚似的，也不知道有什麼考量。

成瑤打了好幾次電話，一開始張浩還接起來敷衍兩句，時間久了，他大概直接把成瑤的號碼拉黑了，每次撥號，等待成瑤的都是無盡的忙音。

「這怎麼辦？」李夢婷被張浩的反應氣紅了眼睛，「這人渣，他自己出軌我現在成全他們狗男女要離婚，他竟然還囂張上了？應該急的人明明是他，因為要是按照法律，妻子懷孕和哺乳期男方不可以提起離婚，我要是故意不離婚拖著他們這對狗男女，他們最起碼一年半裡無法名正言順在一起！」

成瑤幫李夢婷順了順她的背：「別急，我們走訴訟。」

李夢婷咬著嘴唇點了點頭：「對了，我昨天把我們共同財產的部分整理出來了。另外，還有這個東西妳看一下。」

李夢婷說完，就把一紙協議拿給成瑤：「登記結婚後，我想我以後就是個全職太太了，心裡其實也有點忐忑，所以半開玩笑性質地哄著張浩簽了這個『婚內忠誠協議』。他一開始還遲疑，我提了以後過了兩天才肯簽。」

成瑤快速掃了一眼，簡直是雀躍：「果然是法律系畢業的，妳的法律沒白學啊。知識改變命運，這話還是有道理的！」

李夢婷垂下眼睛：「雖然當時心裡也是有些小心思，但主要是玩鬧性質亂寫的，根本沒想過這一紙『忠誠協議』，真的有用的一天，還是這麼快就派上用場。」

在成瑤和李夢婷面前，是一份簡單的「婚姻忠誠協定」，這份協定裡，李夢婷和張浩約定，一旦婚姻中有任何一方出軌，那出軌方在離婚共同財產分割時，將房產中自己的比例全部分配給另一方，放棄自己那部分財產。

這份協議下面，是李夢婷和張浩兩人的簽名以及落款時間。

雖然簡單，但可別小看這份忠誠協議。

李夢婷畢竟是法律系畢業的，忠誠協定所有需要的要件都齊全了，寫的協定內容也完全合法。雖然婚內忠誠協議在司法實踐中存在爭議，部分會被判定無效，但通常約定了離婚時財產分割的婚內忠誠協議，在法律上效力是完全被認可的！會被作為離婚時財產分割判決的參照！

「也就是說，我們只需要鎖定張浩出軌搞婚外情的證據，在離婚財產分割時，法院會基於婚內忠誠協議條款的考慮，將那間婚房分給妳！這樣幾乎等同於讓張浩淨身出戶！」

李夢婷點了點頭：「只可惜我之前氣過頭了，找人跟蹤偷拍這對狗男女的證據屬於違法取證，不能採用，現在反而打草驚蛇了，恐怕再取證會有難度。尤其上次我傳給他們全公司那照片以後，張浩大概怕在公司裡口碑受到影響不利於未來發展，聽說各種澄清是誤會然後他們最近也收斂了很多。」

成瑤笑笑：「妳別急，交給我吧。」她看了李夢婷一眼，「妳有更重要的事要考慮。」

李夢婷下意識看了自己的肚子一眼，臉上也有些遲疑糾結，和張浩這婚是離定了，那這一對雙胞胎，還要不要？

如今懷孕的月份，尚能考慮流產，時間再拖下去，別說引產比流產對女性傷害更大，到時候月份大了，如非胎兒重大畸形，恐怕正常醫院不願意做引產。

從孩子的角度來考量，這對孩子，假如降生，註定不可能得到健全的父愛，只能和李夢婷相依為命；而從李夢婷的角度考量，她還年輕，如果沒有孩子，以後想要再開始一段感情和新的婚姻，選擇會更廣；而一旦有了孩子，再婚市場上不受歡迎倒是小事，更真實的問題是怎麼養活這一對雙胞胎和自己？李夢婷幾乎沒什麼拿得出手的工作經驗，生完孩子稍稍休養，又要和社會斷層一年，這之後必須馬上去找工作，收入不能低，還必須能兼顧到孩子……

直到這一刻，李夢婷才真正深切地後悔起來。

她從一開始就做錯了，生於憂患死於安樂，她貪戀當時的安逸，卻沒想到人生不是一條毫無波折的坦途，如今在荊棘面前，她手無寸鐵，被動而艱難。

如果當時她能像成瑤一樣，就算律師這條路很艱難，熬一熬，是不是如今根本不會陷入這樣的境地？

成瑤已經走了，李夢婷摸著自己的肚子，皺著眉，陷入天人交戰的深思。

成瑤見完李夢婷，剛回所裡，就接到快遞的電話。

她之前從秦沁那裡托人訂購的禮物已經到了。

成瑤興高采烈地從快遞員手裡取了包裹，找了個會議室躲起來，迅速拆了快遞盒。秦沁給自己的工廠倉庫聯絡人果然很可靠，知道是用來送人的，禮盒外已經做好了禮物包裝，漂亮的包裝紙上印著「Happy Birthday」的花體字，配上綢緞的絲帶，綁著一個漂亮的蝴蝶結，處處透露著低調的高雅。

成瑤滿意的不得了。

她原本是想拆開盒子看看裡面有什麼，但看著這如此精緻的禮物包裝，成瑤覺得自己完全沒有必要拆開了，否則自己怎麼弄回這麼完美的包裝啊。

結果她剛偷偷摸摸把禮物帶到自己辦公桌下面，就接到錢恆的內線電話。

『來我辦公室一趟。』

成瑤帶上筆記本和筆敲開了門，結果她還沒開口問錢恆什麼事，錢恆就先開了口。

他的視線輕輕垂著，看向辦公室角落裡的綠植：「晚上有空嗎？」

「是要加班？」

錢恆瞥了成瑤一眼：「難道妳有沒有空還要視是不是加班而定？」

成瑤「嘿嘿」笑了兩聲：「有空，加班就更有空了。誰不是為了讓社會更美好而奮鬥呢。」

錢恆輕輕掃了成瑤一眼：「晚上收拾一下。」

「嗯？收拾案卷嗎？」

「收拾妳自己。」錢恆抿著嘴唇，「餐廳有 dress code，回家換件小禮服。」

「啊？」

「一起吃個飯。」

成瑤愣了愣，然後掏出筆記本，做好了洗耳恭聽的準備：「陪客戶嗎？是哪個客戶？需要我準備什麼資料嗎？」

從剛才開始，錢恆就有些煩躁，而成瑤這個問題，不知怎麼的觸到這位的逆鱗。

錢恆炸了。

他惡狠狠地瞪了成瑤一眼：「成瑤，妳不要得寸進尺。」

成瑤：我做了什麼違法亂紀的事嗎？難道有什麼新法律在剛才一剎那生效了嗎？

錢恆轉過臉，不再分給成瑤一點目光，他冷冷道：「就我和妳。」

「哦哦哦。」

「散夥飯。」

成瑤驚了，她的腦袋一下子沒轉過來，腦海裡全是譚穎和包銳這對戲精的表演，脫口而出道：「老闆，你真的要C位出道？」

難道錢恆知道自己昨晚做了公開直播了？難道錢恆也覺得直播輕鬆賺錢，比吭哧吭哧做案子省力很多？難道錢恆也被光怪陸離的娛樂圈迷了眼？

「這不太好吧……」成瑤努力勸說道：「娛樂圈很亂的，你不要覺得自己是男的就可以逃離潛規則，娛樂圈裡有很多男的會對你這樣的下手的。你沒聽過一句話嗎？人美……那個菊受累啊……」

錢恆皺了皺眉：「妳在說什麼亂七八糟的。」他揉了揉眉心，「我知道我親自請妳吃飯妳很激動，可能語言邏輯都混亂了。但平靜一下心情，淡定點，成瑤，妳是個大人了，是時候做個處變不驚的人了。」

成瑤尚且沉浸在錢恆真的要退出君恆進軍娛樂圈的悲慟裡，一點也沒意識到錢恆到底在說什麼。

她想了想，自己捨不得錢恆啊，才跟著他做了兩個案子，還有好多沒學到，自己都還沒出師，他怎麼就不當律師了呢！

「成瑤，我知道有些事，事到臨頭，才有真實的感覺，才會察覺失落和不捨，但人生就是這樣的。」

媽呀！難道包銳和譚穎竟然猜對了！錢恆真的要走？

錢恆突然這麼文藝，成瑤有些忍不住了，她挽留道：「老闆，我捨不得你……」

錢恆雖然仍舊繃著一張臉，然而仔細看，嘴角微微帶起一小點得意的弧度，但他仍維持著語重心長的姿態：「天下無不散的宴席。」

「那老闆，你能留什麼紀念品給我嗎？」

「什麼紀念品？」

成瑤想了想：「用過的東西都行，什麼你的筆記本啊，你隨手的塗鴉啊什麼的。」

成瑤是這樣盤算的，如果錢恆進軍娛樂圈，看他這個長相，外加這麼劇毒，怕是要在娛樂圈掀起一股血雨腥風，那他有朝一日紅了，自己如果有些他曾經的舊物，上網拍賣豈不是大賺一筆？

一想到這裡，成瑤加了一句：「如果有貼身衣物就更好了。」

貼心衣服，錢恆原味，怕是能拍個六位數！

然而這些話聽在錢恆耳朵裡，就是另一個味道了。

錢恆澈底愣住了，他仔細看了成瑤幾眼，一向處變不驚的心裡有些愕然，想不到成瑤竟然這麼大膽？看來自己的魅力確實太大了，讓她忍不住說出這麼露骨的話，都想要自己貼身衣物了……

真頭痛啊，錢恆想，給她什麼好呢？內衣？男人又沒什麼內衣啊？內褲？這……這實在有些不適合。襪子？襪子也不對……

錢恆想了想，最終下了決定：「給妳襯衫吧。」

成瑤臉上果然露出了驚喜：「謝謝老闆，能不能到時候在衣服上再簽個名啊。」

錢恆高貴冷豔道：「既然妳都這麼求我了，我也不是不可以答應，妳要知道，我的襯衫都是高級訂製的……」

「是是，謝謝老闆！謝謝老闆！」成瑤點了點頭，「不過是不是叫上包銳和譚穎一起啊？既然是散夥飯，他們理應有知情權，大家一起吃個飯也合情合理。」

等等……

錢恆覺得有些不對，他皺起好看的眉：「為什麼要找包銳和譚穎？難道他們已經知道我們合租的事了？」

「啊？」成瑤也愣住了，「不是散夥飯嗎？和我們合租有什麼關係？」

錢恆緊緊盯著成瑤，這下終於覺察到不對：「妳以為是什麼散夥飯？」

「難道不是我們團隊解散的散夥飯？你不是要C位出道進軍直播圈娛樂圈了嗎？」

「……」

錢恆簡直想掐死成瑤，他咬牙切齒道：「誰和妳說我們團隊要散夥了？我會去進軍直播圈？我有的是錢，我直接買一個直播平臺都可以為什麼還要進軍直播圈？」

「我說的是我搬出去的散夥飯！」

哦……這樣啊……

不知道為什麼，錢恆一時之間不C位出道了，成瑤又有點失落了。

不過他終於準備搬回自己的大別墅了？

「週六會在我的別墅裡開生日會。」錢恆側開頭，隨手翻了兩頁桌上的案卷，「所以要在週六之前搬回去，否則一個月沒住了，一點生活氣息也沒有，吳君肯定要懷疑了。」

錢恆要搬走了，那自己豈不是可以獨占房子了？

成瑤一掃剛才的失落，內心又竊喜起來。

然而她的喜悅之情竟然引起錢恆的怒視和拷問：「妳這個笑是什麼意思？」

欸？

「我要搬走了妳這麼高興？」

「沒沒。」成瑤連忙否認：「我、我是因為能參加老闆週六的生日宴而感到高興！」

這句話下去，錢恆的臉色總算好了點。

成瑤從他辦公室裡出來，心裡還有些嘀咕，最近錢恆也不知道怎麼了，情緒怎麼有點陰晴不定呢？提前進入更年期了？才二十八歲，也太早了吧？

還是男人也懼怕歲月老去？畢竟他快過二十八歲生日了，心裡有提前步入中老年的悲愴也不是不能理解。

算了算了，成瑤想，我一個二十四歲的年輕人，還和二十八歲的中年朋友過不去啊。

原諒中年朋友吧，畢竟世界是我們年輕人的啊！

可惜這晚和錢恆的散夥飯最終還是沒吃成。下午的時候，李夢婷突然腹痛難忍，成瑤哪裡還顧得上其他，趕緊和錢恆說明情況，陪著李夢婷去醫院。

好在雖然過程驚險，但結果是好的。到了醫院打點滴之後，李夢婷的情況穩定下來。但成瑤不敢輕易走開，張浩已經澈底把李夢婷的聯絡方式拉黑了，是絕對指望不上了，於是成瑤決定這晚留下來陪她。

「瑤瑤，我決定生下來。」

李夢婷臉色有些蒼白，她躺在床上，整個人還些虛弱，然而她的聲音卻很堅定：「這兩個孩子，我要生下來。」她輕輕地撫摸著肚子，「原本我以為自己不在意的，但剛才以為自己可能會流產的時候，我才意識到自己捨不得，張浩是個人渣，但孩子是無辜的。」

成瑤什麼也沒說，只是握緊李夢婷的手。

「這兩個新的小生命，我還是期待的。」李夢婷笑笑，「大概真的是為母則剛，有了他們，我好像也有了力量，現在不覺得悲慘，只覺得或許這是生活對我的考驗，可能老天覺得我變成一個在家帶孩子的全職主婦太浪費了，給我一個機會做一個成功的職業女性和單親媽媽。」她看向成瑤，「歷來天選之子不都要經受各種磨難嗎？」

「何況現在也不是最差的情況，至少我還有法律可以維護我的權利。」

雖然李夢婷的身體狀態並不怎樣，但此刻她的臉龐上，已經恢復了神采和光芒，整個人都有精神了。能看得出來，她是真的想開了，因此能心無旁騖調侃起來。

「我知道單親媽媽會很累很困難，但我會熬過去。我也不是草率做決定，我這幾天加了幾個單親媽媽群組，未來會經歷什麼我心裡有數。」李夢婷下定決心，「我也和我爸媽交代了這些事，他們也支持我。所有我才有後盾和底氣能夠這麼決定。」

成瑤發自內心地替她高興，意識到前路的困境，但仍能勇往直前，這也是一種擔當：「孩子出生了必須認我做乾媽！」

「沒問題，最好妳趕緊幫我兩個孩子找個乾爸，找個霸道總裁吧，我孩子還能抱抱未來乾爸爸的大腿。」

這一夜，成瑤就這麼和李夢婷回味著大學時的趣事，最後沉沉睡去。

李夢婷的情況穩定後沒多久，李夢婷的爸媽也從外地趕了過來。李夢婷的爸媽對張浩

突然出軌變臉十分不能接受，對這場變故仍有些恍惚，但最終都站在女兒這邊，全力支持她離婚並維護自己的權利。對於她要留下孩子的決定，他們也表示支持，讓李夢婷安心，他們會從物質和精力上對未來這兩個孩子悉心照料。

只是李夢婷仍舊心中羞愧難當：「爸媽，我也是成年人了，結果不僅沒工作賺錢孝敬你們，還盡給你們添麻煩，現在這兩個寶寶生下來，恐怕又是拖累你們，啃你們的老……」

李爸爸是個寡言的中年人，他說不出什麼煽情的話，只是拍了拍李夢婷的手：「沒事，這樣也挺好的，以後這兩個寶寶，都跟著我老李家姓李，我們老李家香火不僅沒斷，還挺旺。」

李媽媽緊緊抓住李夢婷的手：「傻孩子，家人之間怎麼存在拖不拖累，家人是用來幹什麼的？不就是最困難的時候相互扶持嗎？何況，妳為了這兩個未出生的孩子，能咬牙面對未來的苦，那我和妳爸，也同樣是為了自己的孩子，有什麼苦吃不下的？只要妳健康開心，爸媽累一點心情也好！何況小孩子這麼可愛，妳媽我還搶著帶呢！」

李夢婷終於忍不住，輕輕啜泣起來。李爸爸和李媽媽互相看了一眼，眼裡雖有心疼和淚意，但更多的是心照不宣的堅定和溫情。

家，對有些人來說是毫無約束力的一個字，而對另外一些人，則是窮盡一生守護的珍寶。

李夢婷因為自己的家庭而生活變得支離破碎，但她也因為父母給予自己的家庭，而有重新站起來的力量。

有了李爸爸、李媽媽照顧李夢婷，成瑤也放心多了，她重新投入工作，開始細細整理李夢婷和張浩的共同財產清單，並想辦法對張浩出軌這件事進行取證。

而和錢恆那頓散夥飯，自那天錯過後，竟然沒再約出時間來。不是成瑤的客戶臨時有事，就是錢恆出差。

到了週五的夜晚，成瑤幫錢恆打包好大部分行李，看著他搬上賓利，準備歡送錢恆搬回自己的別墅兩人正式散夥之際，這頓散夥飯竟然還沒吃上。

「要不然，等老闆你過完生日我們再吃？」成瑤在寒風中搓了搓手，「為了表達我的誠意，我願意和你AA。」

可惜錢恆對成瑤的示好絲毫沒有感激，他面無表情道：「不用了。」

成瑤挺堅持：「你別客氣！我們作為租客，是平等的，沒必要一定要你請的。」

「我選的餐廳，人均三千。」

這一句話，讓成瑤立刻閉嘴了。

告辭。

於是在週五的晚上，錢恆就開著他的賓利，帶著他的大部分行李，在夜色中絕塵而去。

因為號稱自己隨時有可能因為這裡離君恆近，平時加班太晚了可以來住，錢恆還放了部分日用品在這房子裡。只是不論怎樣，大部分行李是搬空了。

面對突然空了一半的房子，成瑤竟然沒來由地覺得有點寂寞。這一個月來，她都習慣做飯做兩人份的了。

這晚睡得也不太踏實，暖氣突然壞了，冷得成瑤醒了好幾次，斷斷續續做了一夜的噩夢。

第二天睡到日上三竿一起來，鏡子裡一照，深重的黑眼圈連成瑤自己都不忍直視。不過不管怎樣，今天可要打起精神來，今天是五毒教教主錢恆的生日呢！

『成瑤，妳準備好了嗎？我們三點過來接妳啊。』電話裡譚穎已經在催促了：『包銳開車先來接我，然後順路去妳那，妳快點準備好啊，吳 Par 說今天下午先在錢 Par 的別墅後院裡 BBQ，我們還買了一堆食材呢。』

三個人沒多久就勝利會師了，平日裡錢恆公私分得很清，對於他傳說中的豪宅，大家十分期待。三個人嘰嘰喳喳了一路，便到這片高檔別墅區。

錢恆選的社區鬧中取靜，價值不菲但掩映在一片綠蔭裡，奢華得很低調，背山環水，從風水上來講也十分好。

包銳看到錢恆別墅的大門，眼睛幾乎要濕潤了：「啊，我也好想住這種房子啊……」

他按下門鈴沒多久，錢恆就穿著居家服過來開了門。

「錢……錢 Par 親自幫我開門啊？」包銳非常激動，「謝謝錢 Par。」

「不是我幫你開門，難道還有別人幫你開？」

「我以為會是管家開門。」

錢恆揉了揉眉心：「包銳，你是不是覺得我家裡從大門走到屋子需要開車繞半個小時，一進門就有兩排女僕、男僕向我鞠躬，管家叫我『少爺』？」

包銳驚呆了：「看來貧窮限制了我的想像力。」

錢恆瞪了他一眼：「你醒一醒。貧窮不僅沒有限制你的想像力，我看還讓你想得有點多了。」

「……」

「進來吧。吳君他們已經在後院了。」

不知道怎麼的，今天的錢恆從剛才到現在都像是沒看到成瑤似的，他甚至對譚穎也點了點頭，但就是對成瑤視而不見。

成瑤內心一頭霧水，自己又哪裡得罪他了？穿的格調配不上他的別墅嗎？沒有吧，這條蕾絲小黑裙可不便宜啊！也是美國輕奢品牌的呢！今年秋天太短，一下子就降溫了，聽說過幾天還會下雪，成瑤想著這今年買的裙子怎麼都要穿一下，不然直接到第二年穿都沒穿就變成舊的了，這才特地拿出來穿的，誰叫平時上班都穿正裝也沒機會啊。

錢恆的後院很大，並且規劃得當，草坪和花藝非常漂亮，一看就是請專業人士設計和有專人維護的，成瑤一邊走一邊感嘆，覺得確實貧窮限制了自己的想像力。

住著大別墅的錢恆，看不上平時租住的那個房子，也是情有可原的，這一對比，自己住的房子確實是有點慘澹。

成瑤穿著小黑裙出來的時候，加了個小外套，然而沒料到今天氣溫這麼低。大家熱火朝天地在錢恆的院子裡ＢＢＱ聊天扯淡，自己也不好貿然一個人離群跑到大廳。於是成瑤只能裹緊小外套，瑟瑟發抖地圍在燒烤架旁，只差沒開始搓手了。

「成瑤。」

「欸？」

剛才一直連正眼也不願意看自己的錢恆，竟然抬了抬頭，喊了成瑤的名字。

成瑤循著目光看向他，才看到錢恆微微皺著眉，抿了抿嘴唇：「妳跟我來書房一趟。」

「嗯？」

「我想起來有個客戶婚前協定沒改，有點急，妳過來改一下。」

WTF？

成瑤想，今天不是說好了來參加你的生日宴嗎？為什麼受傷的總是我？為什麼大家可以BBQ，我就只能去改合約呢？

錢恆冷冷瞥了她一眼：「妳有意見嗎？」

成瑤慫了：「沒有。」

她依依不捨地看了燒烤架一眼，她還沒吃幾口呢，只能奉旨加班了。

不過雖然沒了口腹之欲，但改合約也有改合約的好，錢恆的書房裡暖氣很強，成瑤一進去，就感覺自己剛才快被風吹結冰的手腳慢慢復甦了過來。

錢恆安頓好她，一句話也沒說，就如此無情地走了。

成瑤嘀咕著改了兩行婚前協議，他才又冷著張臉回來了，這次手上抱了一堆零食。

「鑑於妳因為加班沒辦法和他們一起BBQ，拿一點零食給妳彌補下。」錢恆轉開視線，沒有看成瑤。

他說完，又面無表情地走了。

老闆一走，成瑤也放鬆起來，她忐忑地來到那堆零食前，生怕這次又是什麼香菜巧克力、老乾媽冰淇淋的，結果看了一眼，她鬆了口氣。

這次錢恆拿來的，都是零食、甜食，她隨便拿了一袋薯條三兄弟，便一邊看協議一邊吃起來。

吃完了薯條三兄弟，接著是彩虹糖。

吃完了彩虹糖，可以來點蟹黃口味蠶豆……

成瑤吃了一陣子，才意識到什麼，她翻了翻這一大堆零食，發現和上次白星萌案後錢恆帶自己去超市買的那些一模一樣。

看來錢恆真的很喜歡自己上次推薦的零食呀！成瑤一邊吃，一邊有點驕傲，看看，這就是品味，連錢恆都忍不住肯定的品味。

結果正當她開始吃長鼻王的時候，錢恆又一次推開書房的門，繃著臉走了進來。

這一次走進來後，他也沒說什麼，只是找了一張正對著書桌的沙發，旁若無人地坐了下來，然後從書櫃上抽了一本法理學的書，隨手翻起來。

等……等等……

這個架勢，怎麼看起來像是要一直待在書房裡了？

雖然錢恆並沒有看自己，但……成瑤不知怎麼的，和他一起待在安靜的書房裡，就有點緊張。成瑤看了看這陌生的性冷淡風格的書房，得出結論——大概因為自己不是主場作戰的緣故！

「老闆，那個，大家都在下面烤肉呢，你要不要下去加入大家？」成瑤笑嘻嘻，一臉狗腿，「我能一個人在你的書房加班是我的榮幸，你不用覺得不好意思，一定要和我同甘共苦似的也蹲在書房裡。我沒事！」

可惜錢恆連頭也沒抬：「別想太多了。」他聲音雖然聽起來一如既往有些距離感，然而動作卻有些不自然，「我書房裡有很多保密資料，妳一個人待著我不放心，坐在這裡是監督妳。」

「……」

真是……

成瑤想，錢恆對人下毒都這麼明目張膽嗎？可真是藝高人膽大啊。這麼多年沒被人打死真是生物史上的奇跡啊！

她本來氣呼呼地想繼續看協議，餘光瞥了錢恆一眼，卻發現什麼……

「老闆，你的書，拿反了。」

雖然知道他並不是真的有心看書，不過是為了一邊監督自己一邊找點事做，但直接把書拿反這種事，也太不走心了吧！

錢恆被戳穿了，竟然羞愧得一雙耳朵都紅了。然而一張嘴還是不饒人——

「改婚前協議認真點，別東看西看！」

「……」

錢恆的書房坐北朝南，下午的陽光很好，灑在身上暖洋洋的，而不知道是不是書房裡暖氣太足了，成瑤剛才又胡吃海喝了一堆甜食，血一下子往胃裡湧去消化了，大腦頓時缺氧，外加昨晚睡得不好，竟然一邊改協議一邊頭慢慢歪倒在書桌上……

等她醒過來的時候，窗外的天色已經暗了。

成瑤掀開毯子，從床上爬起來，等等，她突然驚愕，自己不是在書房嗎？怎麼跑到床上了？這是哪裡？

這下她的腦袋澈底清醒了，再環顧四周，才發現這是一間完全陌生的臥室，自然，裝潢風格一如既往的十分北歐性冷感風，到處是原木和純色元素，簡潔質樸卻不單調，彰顯著主人的品味。

這應該是錢恆別墅的客房吧……應該是客房吧！

成瑤在心中默念了幾遍，然而當她一轉頭，看到掛在衣架上的大衣時，就知道自己的祈禱沒靈驗。

那件大衣是錢恆前幾天才穿的，剛從自己的出租屋裡搬走的。

自己千真萬確，怕是真的躺到了錢恆的房裡，躺在錢恆的床上……

就在成瑤絕望混亂之際，房門被輕輕地推開了，錢恆看見成瑤，也不意外，只看了她一眼：「醒了就從我的床上起來吧。」

成瑤剛想解釋自己不知道怎麼就到了這裡，就被錢恆預先搶白了──

「是妳自己睡著了夢遊跑到我床上的，不是我看妳睡著了怕妳睡得不舒服把妳抱過來的。」

錢恆的表情有些不自然，但語氣倒是理直氣壯義正辭嚴，讓成瑤完全沒有辦法懷疑他話的真實性，質疑他此地無銀三百兩的澄清。

成瑤剛醒來，也沒醒透，只是暈乎乎地想，自己可能真的是昨晚太累了，睡得太少了，最近因為接了李夢婷的案子，怕辦不好，心裡確實有些壓力，看來人啊，壓力太大果然不好，都直接夢遊了……

到了別人的家裡竟然還睡了別人的臥室，這實在非常不禮貌，就算是夢遊也十分不妥。

成瑤又是道歉又是賠笑的，幸好今天自己並非空手而來，成瑤想了想，決定提前先把自己準備好的那份生日禮物送出去。

「那個，老闆，你稍等一下！」

成瑤蹭蹭蹭下樓把自己的禮物提了上來：「包銳他們說等等才到送禮物的環節，但是……那個，我睡了你的床，為了表示我的歉意，我想先把禮物單獨送給你！」成瑤遞上禮物，「這是我特地為你準備的！裡面的禮物代表了我的心意！祝你生日快樂！」

錢恆對這樣的發展有些意外，但很快恢復鎮定，接過禮物，然後放進書房裡。

雖然還是臉上沒什麼特殊的表情，但大概因為收禮物，錢恆看起來心情不錯的樣子。

「錢 Par！錢 Par？！你在哪裡呢？一起來打撲克牌呀！」

「錢恆，你人去哪了？」

就在這時，樓下傳來了包銳和吳君的聲音，錢恆掃了成瑤一眼：「我先下去。」

「嗯嗯！」

「妳先不要下來。」

「欸？」

「妳等十分鐘再下來。」

「啊。」

錢恆抿著唇：「下來時當心點，別被人看見。」

「如果被人看見了，妳就說是上來找廁所的。」

「……」

「知道了嗎？」

「嗯……知道了……」

至於嗎，成瑤想，我們心裡沒鬼，都敞亮著，還怕一起下去被人說閒話啊？何況以你的霸權主義，誰敢說閒話啊？無情鎮壓不就好了……

錢恆說完，就轉身準備下樓了。

「謝謝。」

直到他往下走，成瑤又一次聽到他略微壓低的聲音。

而等錢恆的身影消失在樓梯口，成瑤才意識過來，那是在對自己的禮物道謝。

等成瑤下樓的時候，樓下已經在進行送禮物的環節了，氣氛熱烈，是包銳最喜歡的熱鬧場面，他一個人帶頭控場，大家情緒激昂，說說笑笑的，很熱鬧，因此成瑤下去的時候，根本沒有任何人注意。

哦，也不是，只有錢恆，雖然被圍在人群裡，但竟然大發慈悲地看了自己一眼。

雖然看了一眼不知道怎麼的就轉過了頭……

不過成瑤很快就不在意了，因為在別墅裡舉辦生日趴，吳君貼心地安排好一切，晚上的餐飲他請了他的主廚朋友來操刀，而甜點則是直接訂了一家法國老牌甜品店的外送服務。等甜點上來的時候，成瑤完全控制不住自己，她坐在一旁，大快朵頤起來。

因為所裡大部分是年輕人，晚飯也很隨意，很西式，自助制，主廚做了一道道菜出來，擺在餐桌上，想吃的自己去拿就行了。

大家平日裡接案子很忙壓力很大，難得休閒，都十分放鬆。送完禮物後，包銳拿著錢恆的PS4打VR遊戲，譚穎則和幾個女同事圍在一起講感情八卦；男同事們拉著錢恆打牌，成瑤則湊在譚穎身邊，一邊聽八卦，一邊吃甜點。

而成瑤心無旁騖吃甜點的時候，錢恆卻有些心不在焉地在打牌。

因為不認真，這牌簡直輸得沒眼看，倒是一起打牌的吳君十分開心，贏了一局又一局。

錢恆也不知道自己怎麼了，似乎從今天下午開始，就有些注意力不集中。他仔細想了想，覺得還是成瑤的錯。

不過就是生日趴而已，至於穿這麼少嗎？雖然蕾絲黑裙是挺好看，但在院子裡戶外燒烤的時候，她瑟瑟發抖的像一隻鵪鶉，不認識她的還以為小女生年紀輕輕就得了帕金森氏症呢。

而且自己生日趴請的是所裡的同事，外加幾個吳君其餘所裡的朋友，都是律師圈的，大家平時低頭不見抬頭見的，有什麼新鮮的？穿這麼顯身材的衣服給誰看啊？律師律師，要無時無刻端莊。穿黑色蕾絲裙，成何體統？讓別人看見了不會覺得君恆的律師專業素養不行嗎？

錢恆想了想，覺得為了事務所未來的可持續發展，不能縱容這種穿衣風格，就算不是工作時間，但見的都是法律圈的，就應該注意著裝。

事不宜遲，他當場就叫住行政部的朱姐。

「下週安排一個律師禮儀著裝培訓。」

朱姐：「最近所裡沒有來新人啊？」

錢恆皺了皺眉：「有些培訓應該定期加強一下。」

「……」

可惜就算安排好了禮儀著裝培訓，錢恆看了在院子裡縮成一團的成瑤一眼，還是覺得有點礙眼。

穿這麼少，感冒了如果傳染君恆其餘人怎麼辦？君恆還開不開張了？

錢恆想也沒想，就把成瑤叫了過來。

可惜人到了書房，他才突然意識到，手頭竟然並沒有什麼需要她加班的事。幸好他隨機應變地從網路上隨便下載了一個漏洞百出的婚前協議，丟給成瑤修改。

只是成瑤也不知道怎麼的，改著改著就睡著了。就這麼睡在書房裡，萬一睡到肩頸肌肉拉傷，豈不是又要訛上自己？

錢恆迫於無奈，只能勉為其難抱著成瑤丟到自己的臥室裡。

昨晚才剛搬回別墅，客房一個月沒整理過了，實在是太髒太亂了，也只有臥室能睡。錢恆一把把成瑤往床上丟，一邊心裡高貴冷豔地想，真是便宜成瑤了。

好在成瑤還算知恩圖報，一醒來就向自己「進貢」了禮物，看著那一大個包裝精美的禮物，錢恆終於覺得自己內心的煩躁稍微平息了那麼一點。

只是成瑤還是一臉無知地在自己面前晃，一下子吃個慕斯蛋糕，一下子吃一塊巧克力，她果然很喜歡甜點，以為別人沒在意，一口氣擼走了十幾個馬卡龍。

錢恆不知道怎麼的，看成瑤一眼，心裡就多一點煩躁。為了讓自己心情平靜下來，他決定對成瑤視而不見。

只是終究還是有些在意。

和吳君打牌到一半，書房裡的電話響了，錢恆便起身上樓去接聽，不經意看到成瑤的禮物。

掛了電話，錢恆看著禮物沉默一下，覺得自己應該檢驗一下成瑤的「一片心意」。

他拿起禮物，準備拆開包裝，有些意外，他的心情竟然還有那麼一點點微妙的忐忑。

褪去包裝紙之後，拆開盒子，錢恆心態稍微平衡了點。

自己這位助理律師，看來終於懂得什麼樣的禮物才能配得上自己的格調了。至少從盒子質感來看，非常大氣有品。

然而當錢恆打開禮物，他整個人炸了。

這是什麼東西？

映入眼簾的是一片顯眼的紅，還有大顆大顆的愛心，一打開盒子，入眼的便是觸目驚心的紅色玫瑰花瓣。盒子設計的十分巧妙，是個盒中盒，只要拉開外面的盒子，那玫瑰花瓣便如沙漏般掉落到第二個盒子裡，最後彙聚成愛心的模樣。

而那個盒中盒裡，便躺著禮物。

是一瓶一九八二年的拉菲，還有一整盒……一整盒保險套！

錢恆的眉頭緊緊皺著，他震驚了，一九八二年的拉菲，就算是最差的酒莊，也要五、六萬，他完全沒想到成瑤竟然下這麼大血本就為了買個生日禮物給他，而那盒保險套就讓他混亂了……

那又是什麼意思？

好在他眼尖，在那些聚攏成愛心狀的玫瑰花瓣裡，翻出一張卡片。

只是卡片上的內容，再一次震碎了錢恆的認知——『親愛的，我想給你生孩子！』

他死死盯著這張卡片，已經不知道如何形容自己內心的感受了。

一切都很混亂，又似乎有跡可循……

錢恆告誡自己，一個成功的法律人，面對任何事，最珍貴的品格就是冷靜！然後抽絲剝繭，找出真相！

他看著那盒保險套，陷入沉思……

成瑤喜歡他！她果然對自己有非分之想！

漸漸的，一個猜想終於在他的腦海中成形——

按照這個設定一想，錢恆突然全明白了，繁雜的線索細細展開，為他還原出真相。

真是看不出來，平時成瑤看起來挺乖巧的，對待愛情，竟然如此狂野。

而也是直到此刻，錢恆覺得自己今天整個人不太正常的困惑，也迎刃而解了。看來自己未卜先知，在成瑤還沒火熱告白之前，已經從她對自己那種黏答答的目光裡感受到危機，敏感地意識到蛛絲馬跡，所以才會有些煩躁不安。

至於為什麼會煩躁。當然是因為不知道怎麼拒絕她。

辦公室戀愛，非常不專業！十分不可靠！絕對不可以！

但成瑤作為自己團隊的助理律師，自己對她如此狂野的表白，如果直接拒絕，恐怕會挫傷她的自信心自尊心吧？她會不會經受不住打擊，直接辭職走人？

一旦她被拒絕後羞憤難當辭職，那自己之前對她的培養豈不是打了水漂？而且她不是還剛答應要幫自己打掃一個月別墅嗎？這一拒絕別墅打掃沒了，做飯恐怕也是不可能了。

有點難辦。

錢恆一瞬間，陷入苦惱。

錢恆沉著張臉走過來的時候，成瑤正在往嘴裡塞馬卡龍。

「成瑤，妳過來。」

成瑤看著錢恆嚴肅的臉色，嚇得馬卡龍差點噎住，她戰戰兢兢地跟著錢恆，走到遠離客廳和眾同事們的樓梯口。

「是我的婚前協議改的不對嗎？」

錢恆一雙唇緊緊抿著：「沒有，是更嚴肅的事，我相信妳心裡清楚。」

成瑤咯噔一下，自己已經做得如此神不知鬼不覺，這他媽都能發現？

「對不起老闆！」她當即恨不得跪地認錯，「你的那盆多肉，實在是拿過來的時候下面的根也爛了，我搶救了好久，都搶救不活，怕你難過，所以後來給你的那盆是我自己買了替換的。我看長得挺像，以為你不會發現的，誰知道老闆如此火眼金睛目光如炬……」

「什麼？」錢恆抬高了分貝，語氣裡充滿愕然，「我那盆多肉死了？」

「……」

成瑤簡直欲哭無淚，原來錢恆來質問的不是這事！他原來根本不知道！自己真是白自首了！

因為擅自替換多肉，欺騙老闆，成瑤不得不被錢恆站著訓了三分鐘。訓得成瑤都忘了問錢恆到底找自己是要聊什麼事。

錢恆似乎也忘了。因為成瑤聽他略微有些不自然地問道——

「昨晚沒睡好吧？」

「欸？」成瑤摸了摸自己的臉，自己的黑眼圈看來挺嚴重啊，她點了點頭，不疑有他，「是的，沒睡好。」暖氣壞了啊，好冷的。

「妳這件裙子，特地穿的吧？」

成瑤點了點頭。這錢恆都能看出來啊！

錢恆看著成瑤，面色陰晴不定，他沉默片刻，才有些意味深長地道——

「成瑤，我不僅是不婚主義，還是頂客族。」

成瑤：？

你不婚和頂客難道要求下屬也必須不婚和頂客嗎？

應該不至於吧……

就在成瑤如揣測聖旨般揣測著錢恆這句話的意義，權衡著是不是要表態一下自己未來就算結婚和有孩子也不會影響工作的時候，錢恆轉移了話題。

他看了成瑤一眼，隨即很快垂下視線，睫毛輕輕地眨動了兩下：「妳的禮物，是認真的嗎？」

提到這個，成瑤拼命點頭以表衷心：「是的，是我認真挑選為老闆準備的！希望你喜歡！」

說完，成瑤還補充道：「除了禮物，我還親手為老闆做了個蛋糕呢！一拎來就和包銳一起放冰箱啦，本來想正好飯後同事們一起當甜點吃，只是沒想到吳Par買了專門的甜點，我的蛋糕和法國烘焙師的比就有點遜色了，不過！我對老闆的心意，都親手做在這個蛋糕裡了！」

可惜成瑤這麼一番熱情的表態，竟然完全沒有引起錢恆絲毫回饋，他只是頗為微妙地看了成瑤一眼，然後又轉開視線。

「沒想妳平時看起來挺大剌剌，但關鍵時刻心思竟然藏得這麼深。」

成瑤愣了愣，隨即便反應過來，錢恆是覺得自己平日裡對老闆並沒有顯示出多麼熱烈的擁護，關鍵時刻在這精心以及親手準備的生日禮物上，才讓他看出自己對他一片耿耿衷心！

這種時候不趁熱打鐵狗腿，什麼時候再狗腿？

成瑤當機立斷：「老闆，有些事情，雖然我嘴上不說，平時也不一定能看出來，但其實在我心裡，早就扎根發芽了，只不過最終找了你生日這個適合的時機，才表現出來而已，你沒聽過一句話嗎？潤物細無聲，有些感情，就是這樣的……」

錢恆聽完，澈底沉默了。

隔了很久很久，成瑤才再次聽到他的聲音，聲音仍舊冷靜，只是不知是不是成瑤的錯覺，總覺得他冷靜語氣的末梢裡，帶了點微微的顫音。

「成瑤，這個世界上，不是所有事都能心想事成的。」

「也不是所有事，妳付出就一定會有回應和收穫的。」

成瑤抬頭，迎上錢恆的目光，不知道為什麼，他的目光中竟帶著一絲憐憫，而等成瑤再用力盯著他的眼眸看去，錢恆卻別過了頭，避開成瑤的視線。

這是什麼和什麼啊？

成瑤心裡一邊十分疑惑，一邊也十分忐忑，臨近年關了，錢恆突然這麼高深莫測神神祕祕的，總覺得有什麼不幸的事情即將發生在自己身上。

難道是他準備找藉口苛扣自己的年終獎金？

還是因為自己偷換了多肉，他準備收回之前允諾的福利？

就在成瑤戰戰兢兢完全摸不準錢恆套路的時候，錢恆又開口了。

這一次話題的跳躍更大了。

他咳了咳，聲音十分不自然：「妳大學時，法律邏輯學，學的不太好吧？」欸？這都知道？自己法律邏輯學當時因為學院採取全英文教學，老師也採購了美國的課本，結果成瑤英語不太行，整個課程聽得一頭霧水，學的確實算不上好。

「老闆你看到我成績單了啊？」成瑤有些忐忑，「這門課我成績確實不算高，拉低了我的GPA，但我沒像有些人一樣造假，我提供給我們所的成績單和個人履歷都是真實的……」

錢恆沒說什麼，他只是緊緊抿著嘴唇，然後神色莫測地點了點頭。

「嗯，妳確實學的不好。又想生孩子，卻還避孕，這完全是矛盾的，邏輯不通的。」

成瑤：？

難道自己上次去B市出差時在飛機上無聊看《霸道總裁的帶球跑新娘》被錢恆看到了？那男主角就是這種昨天「給我生個孩子吧」，今天「吃藥，我不想有遺留問題」的設定，一個風風火火的神經病。要不是秦沁極力推薦說好看，撐過前面三分之一後續劇情很棒，成瑤根本不會堅持到第五章！

「別成天想這些亂七八糟的事，就算是女的，也要有事業心。」

成瑤絕望地想，看來自己看那個小說果然被錢恆看到了……

錢恆看了成瑤一眼，又矜持地補充了一句：「我比較欣賞有事業心的女性。」

哦，好……成瑤心想，我下次看法院經典判例……

錢恆說完，瞪了成瑤一眼才走。

成瑤望著他離去的背影，整個人非常混亂，她覺得自己的法律學邏輯恐怕沒什麼問題，倒是錢恆的法律學邏輯，可能不及格，畢竟今晚這一席話，真的是完全沒頭沒尾毫無邏輯啊！

算了算了，他都二十八了，別和他計較吧！

成瑤自我安慰精神勝利了一下，便又高高興興跑到包銳那邊一起打遊戲了。只是遊戲沒打多久，譚穎就拿著手機一臉八卦地走過來打斷他們。

她一臉神祕，和特務對接似的左顧右盼，才壓低聲音道：「最近所裡王璐和李明磊談戀愛了。」

包銳一驚：「真的假的？王璐不是剛分手沒多久嗎？她比李明磊還大兩歲吧？我記得李明磊和我說過不吃姐弟戀這套啊？」

譚穎白了包銳一眼：「你沒聽過一句話，恐同即深櫃啊，同理啊，恐姐弟戀的，其實內心深處非常喜歡。」

包銳和成瑤表示不相信。

「欸？你們這什麼表情？」譚穎怒了，「我有理有據的好不好？你們先拿出手機看看剛才朱姐傳的郵件。」

成瑤從善如流地拿出手機看了信箱一眼，發現就在不久之前，朱姐寄了一封律師禮儀及穿著培訓的通知，而沒過多久，她又寄了一封如何平衡好律師私人感情及工作的講座通知。

包銳一臉狐疑：「這培訓通知雖然有點莫名其妙，但和李明磊、王璐有什麼關係啊？」

譚穎點開郵件：「你們看，這個如何平衡好律師私人感情及工作的講座郵件裡，附件裡簡單寫了講座的大綱。」

「所以？」

「平時哪次講座，有附過講座大綱？」譚穎一臉成竹在胸，「各位，你們可是律師啊，任何不尋常的蛛絲馬跡都不能放過的好嗎！我，未來的知名大Par譚律師，靈機一動，覺得這並不簡單！於是我順藤摸瓜，仔細研究了講座大綱！」

「結果不得了！你們看看！這個大綱，『一、律師與同行談戀愛的弊端；二、律師與同所同事談戀愛的弊端；三，律師上下級談戀愛的弊端；四、律師如何處理表白被拒後的尷尬；五、新人律師拼事業最好的執業黃金三年』。」

譚穎念完，敲了敲桌面：「你們看，這場講座明顯是有針對性的為個別同事舉行的，我一開始怕想錯，所以特地去朱姐那求證了，果然啊，朱姐說，這個講座之前根本沒安排，是錢 Par 今天生日會上，突然把她叫過去，說下週趕快安排這個講座，連大綱都是錢 Par 直接口述確定的。」

包銳被說動了，他的臉上露出狐疑的表情。

譚穎趁熱打鐵道：「你們想想，錢 Par 什麼時候關心過講座和培訓了？而且突然在生日會上安排這個主題的講座，肯定是在生日會上撞破了什麼啊！肯定是發現我們所裡出現辦公室戀情了！」

成瑤忍不住插了一嘴：「可那也不能證明王璐和李明磊在談戀愛啊，也可能是別人呢。」

「妳最近談戀愛了嗎？」

成瑤搖了搖頭：「沒有。工作已經把我掏空了。」

「那妳想想，我們所裡目前單身的女的，就三個，妳，我，還有剛分手的王璐，我和妳都沒有談戀愛，所以只有王璐了；而男的呢，吳 Par 感情狀態成迷，但我覺得他心有所屬，pass；那剩下如今單身的就只有錢 Par 和李明磊了！錢 Par 可能談戀愛嗎？不可能！因為他一直和他的錢熱戀著呢！那犯罪嫌疑人就只有一個了！」

譚穎的臉上，差點掛出「凶手就是李明磊」這七個大字。

成瑤看了看不遠處正在一起打牌的李明磊和王璐，覺得他們的氣氛，怎麼看怎麼不像是有火花，她還是不太信：「也不一定是單身的才會談戀愛啊？會不會像包銳這樣有家室的突然劈腿啊？」

「成瑤，妳別亂說啊！」包銳第一個跳了起來，「早些年我們所裡出現過一個劈腿的男律師，結果原配和小三打到所裡來，錢Par不堪其擾，後來雖然沒明文禁止，但如果所裡有律師搞婚外情一旦證據確鑿的，會直接開除。」

行吧，成瑤又看了李明磊和王璐一眼，他們都避嫌成這樣了，結果竟然還是被錢恆撞破，她頗為同情：「可我們所也沒規定不許辦公室戀情吧？為什麼要這麼大張旗鼓搞講座旁敲側擊人家小情侶啊？」

「不清楚。」譚穎也有些不解，「以前聽說辦公室戀情錢Par都不管的。不影響工作就行了。」

包銳湊了上來，壓低聲音道：「我覺得我知道原因。」他偷偷瞟了不遠處一臉面無表情和吳君聊天的錢恆一眼，「聽說錢Par上次那個相親，沒了。」

譚穎激動了：「欸？」

「總之可靠消息，肯定沒了。」包銳一臉同情，「錢Par也不容易啊，都二十八歲高齡了，還保留著處男之身，再這樣下去，到了三十歲，就要會魔法了。可能他也會寂寞吧，想要找個人陪，可誰知道現實如此慘澹。他現在看不慣辦公室戀情，我覺得也情有可原，自己感情失利，卻還要看著辦公室裡的小情侶在眼皮子底下打情罵俏，對比之下，不是覺得自己更慘了嗎？必須棒打鴛鴦把人家打散！」

「……」

成瑤雖然覺得錢恆並不是這樣的人，但被譚穎和包銳一洗腦，也覺得有些可疑。畢竟今天的錢恆，確實十分異常，找自己說了一堆亂七八糟邏輯不通的話，之前確實也親口承認對相親對象很滿意，難道是真的這次相親失敗受刺激太大到都行為異常了？

結果成瑤還沒澈底想通，她的手機就震動了一下。

她一看，是錢恆的訊息——

『希望妳管住自己的眼睛。』

『十分鐘裡妳已經偷偷看我六次了。』

成瑤：？

剛才譚穎講八卦的時候，自己確實下意識看了錢恆好幾眼，但十分鐘裡有六眼這麼多？

等等，錢恆如果不看自己，怎麼知道自己十分鐘裡看了他那麼多次啊？他是不是又在暗地裡想怎麼找理由扣自己年終獎金？

好在生日會現場氣氛很熱烈，很快，成瑤就沒再注意錢恆了。因為吳君的「茶話會」開始了。

「今天難得大家能聚聚，有什麼問題你們儘管問。」吳君一雙桃花眼笑咪咪的，他看了手錶一眼，「限時半個小時，半小時內的問題我全都回答，半小時後，就只選擇性回答了。但是今天在這裡說的所有話，我都算大家口頭上簽保密協議了，只能留在這裡，不能帶出去哦。」

「我！吳Par我有問題！想問問你當初是為什麼選擇進入法律行業的？」

「吳Par，我想問問，我們今年什麼時候再招聘啊？我有個表弟很想來，我想讓他也投個履歷。」

「吳Par，我很好奇啊，你初戀幾歲？」

「聽說你和中院婚姻庭的袁菲談過一段，真的假的啊？」

最初，大家還比較矜持，問的問題挺正經，可吳君一直笑咪咪的，平時又很有親和力，不知不覺，大家開始順杆往上爬了，問起各式各樣的八卦問題。

「吳Par，正好趁錢Par去酒窖拿紅酒不在，我問問他的八卦啊，我聽我一個學姐說，金磚事務所的那個女Par梁依然大學時追過他啊？是不是真的啊？」

成瑤本來津津有味地聽著其餘八卦，此刻一聽到錢恆兩個字，更是豎起了耳朵。

吳君笑了笑：「我的是假的，他的是真的。」

眾人沸騰了：「想不到是真的啊！梁依然長得挺好看的，怎麼沒在一起啊？律師CP多帶感！現在說不定孩子都能打醬油了！」

「梁依然當初為了追他，找了不少司法考試題請教他，想一來二去能輔導出感情來。」吳君眨了眨眼，「結果你們錢Par完全沒理解人家一片苦心，最後樑依然憋不住，告白了。」

成瑤突然有一點緊張。她抬起頭，盯著吳君。吳君也掃了她一眼，表情突然有些戲謔和不懷好意。

錢恆是怎麼說的？錢恆接受了嗎？

「他接受了……」

成瑤內心不知道為什麼，剛才還情緒高昂，此刻卻突然像鼓脹的皮球漏了氣，扁了。

「他接受了才有鬼。」惡劣的吳君卻在把大家胃口都吊足了以後，才來了一個急轉彎，他笑嘻嘻的，「錢恆對梁依然說，『妳老是問我這麼簡單的司法考題，我覺得我們智力上差距太大，應該沒有共同話題，還是不要在一起』。」

「……」

成瑤感覺自己的氣漏掉的好像還沒有很多，心情又好了一些。

也是嘛，這種回答風格，十分錢恆。

不過既然有半小時問答時間，成瑤也有一個問題十分好奇，趁著錢恆還沒回答，她抓緊機會道：「吳Par，你知道錢Par小學時的事嗎？我聽說你和他小學也是同學呢。」

「嗯？是啊，怎麼了？」

成瑤扭捏了一下，覺得當眾問這個問題不太好：「我這個是個私密問題！我單獨和吳Par說！」她也不顧周遭其餘同事的噓聲，湊近吳君，偷偷低聲道：「那個，錢Par小學時是不是遭遇過校園霸凌啊？當初他是不是挺可憐的？你覺得他這個心理陰影是不是對他現在的感情觀和人際處事有點影響啊？」

「霸凌？」吳君皺著眉回憶了一下，「你是指的他霸凌別人嗎？那也沒有吧……」

成瑤有點愣住了：「不是他被別人霸凌嗎？不是他被其他小朋友欺負嗎？」

「沒有啊。」吳君一臉意外，「其他小朋友當時確實對他有點意見。也有幾個比較皮孩子的想找他麻煩的，但都被他打服了啊。有誰敢霸凌他啊？他那時候就練散打了，他不去霸凌別人就不錯了。」

成瑤：？

「可他說他以前受了傷還要給這些霸凌他的孩子錢啊！」

「哦，妳說這個啊，他剛學散打時掌握不好力道，和那些小孩打的時候是有過擦傷，但是他們比他更慘，有一個想欺負他的小胖子還被錢恆打到骨折住院了，所以錢恆賠償醫藥費啊，給他們錢很合理啊。」

「……」

「至於那些小朋友為什麼對他有意見想打他，我想妳也懂的。」吳君意味深長地看了成瑤一眼，「說實話，妳作為他的助理律師，現在一個月也有三十幾天想打他吧？」

「……」

誠然，成瑤並不是沒有疑惑過，為什麼以錢恆這樣欠扁的性格，竟然能安安穩穩活到二十八歲還沒被人打死？此刻，她終於知道答案，並非別人不想毆打錢恆，只不過是他武力值太高，打不過……

就在成瑤內心風中凌亂之際，她不經意間抬頭，便見到從地下室的酒窖上來的錢恆，他的手裡提著一瓶紅酒，正皺眉看著成瑤，可當成瑤一臉疑惑地回望過去，他卻動作突兀地轉過頭。搞得和成瑤有多麼不忍直視似的。成瑤想，這簡直是莫名其妙啊！

「吳君，你過來一下，我有事找你。」

而雖然轉過了頭，但錢恆還是把吳君叫走了。

吳君一走，搞得眾人一下子失去了八卦的源頭，又各自為政地玩了。

吳君走近錢恆，才發現他一張臉上有些陰晴不定：「什麼事？是有什麼案子出事了？還是有什麼輿論需要我公關？」

結果錢恆只是掃了他一眼：「沒有。」

「那你叫我過來幹什麼？」

「我還沒想好。」

面對錢恆如此理直氣壯的無理取鬧，吳君也有些愣住了：「你怎麼了？怎麼和生理期來了似的？」

錢恆抿了抿嘴唇：「你作為合夥人，和下屬之間要注意保持距離。」

吳君：？

錢恆咳了咳，一本正經道：「尤其和女下屬，平時說話什麼注意一下安全距離，免得被別人看到了傳我們所合夥人喜歡潛規則長得還行的女下屬。」

吳君愣了愣，才反應過來：「我和哪個女下屬行為不端了？誰？」

錢恆卻不回答，又一次移開視線：「我是好心提醒你，有些下屬已經心有所屬了。」

吳君簡直莫名其妙，他看了錢恆一眼，拿走他手裡的紅酒：「少喝點，你今晚酒喝有點多了。」

「……」

作為生日趴的主角，錢恆回來後，大家又起鬨起來，包鋭首當其衝：「我們玩點好玩的吧！錢 Par 生日，總要有點活動是不是？」

吳君挺贊成：「行啊，這樣吧，我們玩真心話大冒險吧。」

「不不不，別了別了。」

「不太好吧……」

「上次婚姻法繼承法都背完了，這次難道要背信託法嗎……」

可憐的吳君，一腔熱情的提議遭到眾人的抵制。

他看眾人的反應，臉上了然：「怎麼？錢恆上次讓你們玩真心話背法條了？」

看這樣子，這項真心話背法條還是錢恆的固定死亡節目了。

「今天不背法條，我們玩真的真心話大冒險，讓你們有機會讓錢恆也來真心話大冒險一下，怎麼樣？」

「我反對。」

結果就在眾人一呼百應之時，錢恆繃著張臉又出來煞風景了：「都是律師，要注意一下形象，玩這麼無聊的遊戲。」

吳君挑了挑眉：「怎麼？以前年會時，更誇張的遊戲我們都玩過，也沒見你出來阻攔，現在是什麼意思？難道你有什麼見不得人的心思不能真心話的？」

意味。

錢恆抿著唇，沒說話，只是惡狠狠地掃了成瑤一眼，那眼神裡，帶了非常濃重的警告

成瑤完全不明所以，真心話大冒險又不是自己提出來的，瞪我幹什麼？冤有頭債有主，你有本事瞪吳君啊！

不管怎麼說，這個真心話大冒險，就這麼開始了。

吳君做了開場白：「玩遊戲，要重視遊戲精神，不能因為什麼上下級啊同事關係啊，就不盡興，提前說好了啊，遊戲就是遊戲，不能因為遊戲輸了就在工作上挾怨報復啊。」

「既然今天是錢恆的生日，第一輪就由錢恆來開局吧，由你來選擇誰進行什麼挑戰。」

成瑤一臉看戲地等著錢恆和吳君互相傷害，結果出乎她的預料，錢恆叫了她的名字。

「成瑤。」他的眼睛輕輕掃了成瑤一眼，剛和她的目光在空中交錯，就飛快地轉開了視線，「妳，大冒險。」錢恆如安排工作般毫無感情地開了口，「去超市買兩根棒棒糖。」

成瑤：？

等等，這是什麼魔鬼大冒險？

「別看了，去買吧。」錢恆非常不自然地掏出錢包，塞幾張錢給成瑤，「買兩根棒棒糖給我，這就是妳的大冒險挑戰。」

成瑤看了看手上的錢，錢恆竟然塞了六張鈔票給她：「老闆，棒棒糖很便宜，你給的錢太多了吧？」

「給妳來回搭車用。」

雖然錢恆的別墅區離超市不算近，但走路來回十五分鐘也足夠了，搭車的話因為路線問題，來回恐怕也要十分鐘呢。

「不用，我走路就行了。」

結果錢恆很堅持，他抿著唇：「必須搭車。」他頓了頓，「這也是大冒險的內容之一。回來把發票給我看。」

「……」

「去之前把這件衣服穿上。」

不知道什麼時候，錢恆的手裡拿了一件貴婦氣質的貂皮大衣。

成瑤忍不住驚出了聲：「這是誰的啊？穿貂？要是年紀大點的，穿上像大哥的女人，年紀輕點的，穿上就是個年輕的二奶啊！」

錢恆看了成瑤一眼，面無表情道：「我媽的，上次留在我這裡忘記拿走了。」

「……」

成瑤趕緊補救一波：「普通人是穿不出效果，但是我相信阿姨穿著完全不同凡響，完全是……」

「別解釋了。」錢恆冷冷道：「穿上衣服，搭車，去買棒棒糖，把錢花完了才能回來。」

「……」

等成瑤叫好計程車，穿著貂毛大衣走出別墅的那一刻，才突然感覺到這麼做的英明。外面太冷了！自己穿的少，要不是這件貂和計程車內的暖氣，別說是十五分鐘的路程，連五分鐘成瑤都撐不下去。

只是成瑤還是不能明白，錢恆這法西斯到底怎麼了？要自己穿著媽媽的大衣坐著計程車去超市買棒棒糖給他，然後花完六百塊錢？難道是小時候生日媽媽沒買過禮物給他，因此長大了內心還有疙瘩，讓成瑤穿上自己媽媽的外套去買禮物，以此暗示自己，這是來自媽媽的禮物？

等成瑤用那六張鈔票買了一堆零食坐在回別墅的車裡，還在糾結，難道自己身上很有母性嗎？讓錢恆竟然想從她身上找？刻意挑中自己？

幸好她動作快，來回沒用太久，回別墅的時候正輪到錢恆在真心話。

這次逮著機會問錢恆的人是包銳，他一點也不客氣。

「錢Par，我們都挺關心你目前的感情生活啊，能不能透露點啊？」

錢恆見成瑤回來了，看了她一眼，然後就這麼盯著她，回道：「目前單身，但並不準備談戀愛。」他咳了咳，「希望你們可以尊重我保持單身的原則。」

包銳一臉狗腿：「好的好的。放心吧錢Par，我們絕對不會介紹人的，一定讓你保持單身到底啊哈哈哈。」

「……」

成瑤剛出門了一趟，一回來，還帶回來一堆零食，立刻受到眾人的擁簇，可惜錢恆似乎和她有仇似的。

「成瑤，我想起來有個郵件比較急，妳先幫我草擬一下。」

「……」

成瑤回完郵件，錢恆又讓她翻譯一個英文條款，翻譯完了，又說要她去書房裡找一份文件……

成瑤簡直莫名其妙了，怎麼故意支開自己不讓自己參與真心話大冒險似的啊。

這一晚，成瑤跑上跑下鞍前馬後，好在最終終於被她成功擠進遊戲。可惜不知道是什麼運氣，剛加入，她就被包銳選中真心話挑戰。

包銳給她的題目並不為難：「成瑤，妳選擇我們在場的任何一個人，說一句真心話吧！」

成瑤想了想，看向錢恆，她心裡有一句話，已經想講很久了！

「老闆，我想對你說……」

結果自己剛開口，錢恆就就迫不及待地打斷成瑤的話。

「妳想清楚，到底要說什麼。」錢恆的睫毛眨動的非常快，竟然像是在緊張，「有些話，一旦說了，很多事情就改變了。」錢恆盯向成瑤，一字一頓道：「成瑤，妳真的想好了嗎？這些話真的要說嗎？在這裡當眾說真的適合嗎？妳考慮好了？」

成瑤點了點頭：「我一定要說，老闆，我考慮好了！我考慮了很久！考慮的非常透澈！我一定要對你說！」

成瑤的話說完，錢恆臉上露出了命運果然難以阻止般絕望的表情。成瑤也沒多想，就著他這種表情，勇敢道——

「老闆！我想要加薪！」

「……」

錢恆瞪圓了眼睛，彷彿這並不是他預想中的真心話，他惡狠狠地看了成瑤片刻，才站起身。

錢恆沒表態，眾人屏息看著他的一舉一動，而成瑤則內心忐忑著等待著宣判。她這個真心話提起之前，其實也是做過調查的，聽包銳講，通常年底只要和錢恆爭取加薪，都能加到；但如果不爭取，錢恆自然也不會主動加。

錢恆本來十分害怕成瑤會當眾利用真心話的機會對自己告白，他還沒有想好怎麼處理這件事，因此絕對不允許不受自己掌控的事發生。他找了很多藉口，把成瑤支走，好阻止她參加真心話大冒險的活動，可天不遂人願，大概她想對自己真心話的意願太過強烈，竟然還是被她找到了機會。

只是，加薪？他不敢置信地盯著成瑤，她是認真的嗎？沒有告白竟然要加薪？呵，對自己有了那種非分之想竟然還妄想加薪？

錢恆家有很好的音響設備，之前正放著舒緩的鋼琴曲，音響可以透過藍牙用手機控制。

成瑤忐忑地看著她的老闆，只見錢恆繃著臉，站起身，拿起手機，他看起來像是在調整音響裡的音樂。

沒多久，舒緩柔和的鋼琴曲不見了，取而代之的是一首經典老歌——〈夢醒時分〉。

錢恆沒說話，他盯著成瑤，用這首歌實力拒絕了成瑤的真心話請求。

加薪？呵，不存在的，清醒點。

「……」

因為錢恆的騷操作，眾人都憋著笑，同情地看著成瑤。成瑤一張臉上簡直姹紫嫣紅，好在她在錢恆的荼毒下早就習慣他的操作，對這種毒性的行為自帶以毒攻毒體質了。

她揉了揉臉，很快恢復鎮定自若。

接下來便是傳統的生日趴流程了，行政部代表事務所全體同事為錢恆訂了蛋糕，加之成瑤親手做的那一個，大家關了屋裡的燈，一個蛋糕上插著數字「二」，一個蛋糕插著數字「八」，就這麼幫錢恆點上了「二八」蠟燭，為他唱了生日快樂歌。

氣氛十分溫馨，只有生日趴的主角一張臉上仍舊面容冷峻，看起來十分出戲。

「錢 Par！許個願望吧！」

「二十八歲的第一個願望！來一個！」

錢恆抿著嘴唇，環視事務所的眾人一圈，然後在人群裡看到了探頭探腦盯著蛋糕的成瑤，她看起來有點心不在焉。

「許願許願！然後吹蠟燭！」

在眾人的催促下，錢恆來不及多想，他下意識地想到自己今年的願望——處理好和成瑤的關係。

然後他吹熄了蠟燭。

這一晚，錢恆過得十分混亂，總覺得像是坐雲霄飛車一樣，一邊為如何處理成瑤而困擾，一邊還要嚴防緊守成瑤當眾對自己做出什麼出格的事。

好在最終，成瑤還是選擇穩重，沒有鬧出什麼事，送她走後，錢恆才鬆了一口氣。

然而大概日有所思夜有所夢，成瑤的禮物表白沉甸甸地壓在錢恆心裡，他當晚就做了噩夢，夢裡成瑤穿著蕾絲小黑裙，唇紅齒白，頗像話本裡的美女蛇，她的氣息盤繞在自己身邊，對他輕聲勸誘——

「老闆，讓人家幫你生個孩子嘛。」

第二天一早，錢恆看著鏡子裡自己的黑眼圈，煩躁又困擾。

早知道應該早一點把她開除，錢恆憤憤地想，這下好了，紅顏禍水果然開始發功了。

相比錢恆的噩夢連連，成瑤過得很舒爽。

老闆走後，她的生活空間和領地進一步擴大，雖然錢恆的房間還保留著，但整個客廳都歸她了，她終於可以晚上直接穿著睡衣大剌剌在客廳晃來晃去了。暖氣也修好了，晚上再也不會冷到睡不著了。

第二天，她神清氣爽地一早就去了君恆，開始處理起李夢婷的案子。

如今李夢婷手握忠誠協議，那自己致力於找張浩出軌證據就可以。只是李夢婷之前的操作有點打草驚蛇，成瑤試了很多辦法也未果。

問張浩的同事和鄰居，想透過採集協力廠商證據來佐證，自然是失敗的。現代社會，誰沒事參與到別人的家事糾紛裡來，大家本著多一事不如少一事的原則，對成瑤的取證不是搪塞不知道就是直接冷淡拒絕。

李夢婷澈底振作了起來，也給出自己的建議：「要不要找人查開房記錄？我就不信找不到！」

「侵犯隱私權，就算拿到了開房記錄也是不合法的，外加他們未必是用兩張身分證一起登記開房。」

「那找人跟蹤，但不拍照，只要跟蹤到他們去開房，確定好房間號，然後我衝進去當場抓奸取證？別人不能抓奸，我作為合法妻子總能抓奸吧？」

結果對李夢婷的提議，成瑤不得不又一次否定：「不行，除非張浩和她跑到你們租的房子裡鬼混，否則在酒店，妳就算是張浩合法妻子，衝進去抓奸也是違法證據，侵犯隱私權。」

「那我們就打一一〇報警說那個房間有賣淫嫖娼，讓警方執法的時候幫我們間接確定證據，這總合法了吧？」

成瑤有些無奈：「不合法。而且妳會因為報假警，謊報案情被行政拘留。」

「那怎麼辦？」

成瑤想了想：「妳別急，我再想想。」

李夢婷聽了安慰，也笑笑：「沒事，我相信妳，瑤瑤，妳現在真的變得很厲害，雖然我們都是法律系畢業的，但有沒有實踐過真的不一樣，要不是妳告訴我，我還以為我那些抓奸的辦法挺聰明也挺好的呢。」

成瑤愣了愣，突然意識到。很多民間流傳的抓奸取證方案，並不合法，這也是她逐漸從身邊其餘同事案件操作裡得知的。

有時同事一起吃午飯的時候會聊聊案子，只要認真聽，其實能從八卦裡過濾到好多有用的操作和知識。在不知不覺中，成瑤自己也累積了不少別人看來很專業的知識了。

只是李夢婷這個案子，取證的突破口在哪裡，成瑤仍舊有點迷茫。

一天就這麼到了下班的時候，成瑤收拾好東西，便傳訊息給錢恆。

『老闆，等等餐廳見！』

之前不斷被推遲的散夥飯，今晚終於找到時間，可以吃了。

餐廳是錢恆選的，這次選了一家西餐廳，環境高雅，價位比環境更高雅。

不過錢恆買單，成瑤舉雙手雙腳表示沒意見。

錢恆因為臨時有個會議，因此比成瑤晚到，成瑤便利用這段時間看了個外國案例。

錢恆來的時候，她還在努力鑽研，以至於錢恆叫了她，她才反應過來。

錢恆咳了咳，像是不太在意地隨口問道：「在看什麼案例？」

成瑤也沒在意：「一個美國獵奇家事案例。」

錢恆掃了成瑤的手機螢幕一眼，他很希望自己沒看到，可惜二點零的視力沒有輕易放過他。

——女子與不婚頂客男友口交並吐出其精子受孕，男友狀告其盜竊精子，法院認定合意性行為中精子視為贈予，不屬盜竊……

「成瑤，別看什麼亂七八糟歪門邪道的東西影響工作。」

成瑤正準備收起手機，突然聽到錢恆嚴肅的聲音，她抬頭，才看到錢恆正黑著臉瞪著她。

成瑤：？

成瑤愣了愣才反應過來，錢恆說的是李夢婷的案子嗎？知道自己最近搜集出軌證據太難，以為自己要非法取證嗎？

她立刻搖了搖頭：「放心吧，老闆，我會規規矩矩做人做事的。」

只是不知道為什麼，即便自己保證過，錢恆似乎還是沒有放下戒心，整場飯局，他顯得非常違和和不自然，總覺得整個人十分緊繃。

大概是工作壓力太大了吧？

成瑤貼心地想，那就和他聊些私人話題吧，別提起工作了。

「話說上次和我爸媽報備過我們『分手』以後，我爸媽竟然怕我走不出『失戀』陰影，要介紹新男朋友給我，笑死我了。」成瑤決定以自己的親身經歷拋磚引玉，來轉移錢恆苦大仇深的注意力。

這一招果然很有效，一聽這種八卦，錢恆剛才彷彿藐視全人類的眼神，終於抬了起來，看向成瑤，他的聲音微微抬高：「妳要相親？」

他皺了皺眉，非常嚴肅道：「成瑤，感情不能將就，勉強自己去相親，是會很痛苦的。妳不必這樣。」

成瑤在心裡腹誹，相親有這麼差嗎？也不至於吧，你自己不是相親相得還挺歡的？相親也不一定就遇不到真愛啊！

可惜不等成瑤反駁，錢恆又興師問罪地開了口：「而且妳忘了答應過我的事嗎？」

「啊？」

錢恆盯著成瑤，抿著嘴唇：「我說了，這兩年不要想著談戀愛不要想著結婚。」

「沒有沒有！沒忘！」成瑤生怕錢恆以為她沒事業心不肯再帶教她，幾乎立刻澄清，順帶來了一波馬屁，「我記住的，在遇到比老闆你更優秀的人之前，我是不會有這種想法的！你可以放心！說是相親不過是走個過場，因為他媽是我媽的閨密，直接拒絕讓人家沒面子，我和他彼此也算認識，我準備和對方吃個飯，就當朋友聚餐那樣。」

「而且他人還不錯，因為他還在B市工作，這次來A市出差我當然得堅持做東。他怕我破費，說什麼也不肯吃貴的餐廳，索性我就約他來家裡吃了，正好之前打折買了好多海鮮。」

錢恆聽了解釋，終於相信成瑤，他沒再說話，正好主菜上了，兩個人便安靜地吃起來。

「什麼時候？」

就在成瑤拿著刀叉努力切牛排時，錢恆的聲音突兀地響了起來。

成瑤愣了愣：「什麼什麼時候？」

錢恆抿緊了嘴唇，他移開視線，看向不遠處的擺設：「妳相親，哦不，和那個人吃飯，什麼時候？」

不等成瑤反應，錢恆又補充了一句：「我在想最近的工作安排，妳先告訴我哪天晚上你們一起吃飯，我不幫妳排工作加班了。」

哦哦哦！成瑤高興道：「謝謝老闆！我們約了明晚！」

「哦。」

結果成瑤沒提起工作，錢恆倒是主動提起了，他又一次清了清嗓子：「李夢婷那個案子，有困難嗎？」

說起工作，成瑤便也認真起來了，她對這個案子的取證確實存在疑問，便一五一十和錢恆說了。

錢恆眼睛都沒眨一下：「很簡單，做個電話公證。」

「欸？」

「到公證處，約好時間，用公證處的電話在公證員的見證下打電話給對方，引導對方說出出軌的資訊就可以了。後面交給公證員出具公證書就行了，合法有效，方便快捷。」

欸？還可以這樣？

要不是在席間，成瑤恐怕要掏出小本子記下來。

「除了直接去公證處，現在還有手機公證，有些科技公司自己開發軟體APP，透過下載他們的用戶端撥打電話，電話錄音能夠直接上傳到軟體的後臺和雲端備份，而後臺和雲端透過一些技術手段連接公證處技術中心，用戶點擊申請公證後，公證處可以直接訪問這次儲存在軟體雲端的音訊，然後開出公證書。」

成瑤放下刀叉，完全進入學習模式，好學地問道：「那這麼一對比，感覺這種軟體公證更加高效和方便啊？不需要去公證處就可以自行操作？」

「電話公證需要約好公證員的時間，現在公證員工作量普遍都很大，如果妳沒有熟人，確實不太方便，尤其如果案子緊急，需要馬上做好公證的話。」錢恆喝了口無酒精雞尾酒，「但手機公證也是近幾年才有的新東西，一開始確實效果還行，但隨著大家對公證的需求越來越多，這些軟體後臺堆積了大量的公證申請，公證處必然優先處理自己受理的業務，這些軟體上來的業務都來不及處理，有幾個ＡＰＰ為此被用戶投訴到下架了。」

這下成瑤有些苦惱了：「也不知道現在去排隊要等多久才能做公證。」

錢恆輕輕瞟了一眼成瑤：「我在公證處正好有熟人。」

「老闆！求幫忙！」

錢恆雖然臉上一如既往表情寡淡，然而嘴角卻帶了微微的弧度：「妳這麼可憐兮兮地求我，也不是不能幫妳。」

「我請你吃飯！」成瑤從善如流道：「想吃什麼餐廳，隨你訂！」

錢恆輕輕咳了聲：「最近有點上火，我也不想在外面吃了。」

「那要不要我做一桌家常菜？」

錢恆想了想，像是有些勉為其難道：「也行吧。」

「要不然就後天吧？等明天我和我媽媽閨密兒子吃完飯，就請你！」

錢恆的老闆病導致他對自己竟然排在別人後面有些不爽，他臭著臉：「我也要吃海鮮。」

「欸？」

「我吃的，必須比他更高規格。」

「嗯？」

錢恆面不改色地冷哼了一聲：「我是時薪五位數卻無償幫妳忙的老闆。難道妳做飯的規格都不提高嗎？」

成瑤立刻點頭稱是：「老闆說的對！必須提高規格！」

一頓飯，竟然就這麼十分和諧地吃完了。後半程沒有案子可以再討論，錢恆便沒有再開口，成瑤也摸不準他什麼態度，不敢吱聲，她默默地看著錢恆十分貴族十分優雅地吃完了牛排。

至此，兩人的散夥飯，就這麼落幕了。

只是分別的時候，錢恆看向成瑤，有些欲言又止，最後竟然沒頭沒尾地對成瑤來了一句——

「妳這麼克制，辛苦了。」

錢恆說完這句話，才面色複雜又帶著微妙地看了成瑤一眼。

成瑤直到回到家，還有些莫名其妙，自己克制什麼了？食量嗎？成瑤想，今晚自己吃的少完全是因為在想案子，才不是為了替錢恆省錢呢！看看他都想到哪裡去了。

不過很快，成瑤就沒空想這些了。因為秦沁的電話來了。最近她出差特別多，兩個人也有許久沒聚了。

雖然今晚的秦沁仍舊在出差，但兩個人一打起電話來，完全沒有空間的距離感，從彼此最近的近況，講到威震天最近新交的女朋友。

朋友之間，即便好久不見，也有說不完的話題。

結果成瑤和秦沁就這麼拉拉雜雜聊了一個多小時。

『哇靠，好晚了，我們還是早點睡吧。』秦沁看了手錶一眼，決定懸崖勒馬，不過掛斷之前她想起一件事，『對了，上次妳找我客戶訂的禮物，有寄錯嗎？』

成瑤愣了愣：「怎麼了？」

『我客戶和我說，工廠管出貨的人好像連續寄錯了好幾個包裹，買家正在投訴呢，其中一個買家訂的是個自己訂製的表白禮物。據說是個富婆，想搞定個小鮮肉，花了重金訂了一瓶八二年的拉菲，還有一整盒保險套，連同一些表白的東西一起放禮物裡，這一盒東西雜七雜八大概要十幾萬，結果這麼一個禮物，不知道被倉庫的人寄到哪去了，現在來投訴發錯貨的就已經有十幾個了，數字還在增加，售後那邊急瘋了，在一個個核對，力爭早點找到那個十幾萬的禮物。』

「現在的富婆表白起來真是熱辣啊，都直接送保險套……」

震驚完之後，成瑤有些不以為意：「不過我的肯定沒寄錯。我老闆的禮物應該拆了，最近對我還挺好的呢，本來一個案子說了標的額太小他不會浪費時間，結果今晚還特地指導我呢，可能是終於感受到我的狗腿衷心吧。」成瑤想了想，「反正就算錯，也不可能錯成那個表白禮物，要是我老闆看到這個禮物，還不當場打爆我的狗頭，教我做人讓我不要對他有非分之想？」

『說的也是，妳這個劇毒老闆如果收到的禮物不對，恐怕早就收拾妳了。』秦沁安心道，『反正妳這沒錯就好。』

兩人又隨便扯了幾句，才掛了電話。

第二天一早，成瑤剛進君恆，就被錢恆叫進辦公室。

「我上午正好有空。」

「嗯？」

錢恆清了清嗓子：「可以帶妳去公證處做電話公證。」他看向窗外，試圖解釋道：「畢竟是麻煩公證處的熟人，我自己不親自去打個招呼說不太過去。」

錢恆能帶自己一起去自然是再好不過，萬一有什麼情況還能現場諮詢他。何況有錢恆在，成瑤不知怎麼的，就覺得十分安心。

而這一次電話公證，必須一擊即中，必須有百分之百的把握。否則一旦打草驚蛇，再想來這麼一次公證，恐怕不可能成功了。

「老闆，能不能等一下，我想先去一趟張浩住的地方找點東西。」成瑤想了想，還是說出自己的決定，「等我找到我要的東西，我再打電話給你，我們在公證處見面？」

然而今天的錢恆大概真的是太空了，他看了成瑤一眼：「我送妳去吧。」說到這裡，他垂下視線，「妳一個女的去人家家，對方又認識妳，萬一起了衝突妳受傷了還是算工傷。」

成瑤望著錢恆那張口是心非的冷臉，簡直想大聲咆哮，老闆，工傷梗，你都用了多少次了？都用爛了你知道嗎？下次換點新梗吧求你了！連我都看穿了！擔心下屬安危你直說不行嗎？

可惜作為當事人的錢恆渾然不覺，他還維持著他的高貴冷豔，然後開著賓利一路充當車夫般的把成瑤送到張浩住處樓下。

雖然成瑤認為自己一個人也沒問題，但錢恆還是很堅持，跟著她一起上了樓。

「低頭！背別挺得那麼直！」在電梯裡，成瑤忍不住，拉了拉錢恆的衣袖，低聲建議，「降低存在感！」

錢恆對此十分不解，他看著成瑤一臉鬼鬼祟祟地上了樓，然而她並沒有去張浩的門口，而是打開了逃生梯的門。

直到成瑤從包裡掏出一雙一次性手套，找到防火門後的垃圾桶時，錢恆才意識到她要求自己低調的原因何在。

因為她要掏垃圾！

垃圾桶的蓋子一打開，錢恆就感覺自己要窒息了，他立刻屏住呼吸，不敢置信地盯著成瑤：「妳在幹什麼？」

張浩租住的公寓一樓兩戶，因此這垃圾桶裡便是這層兩家住戶的垃圾，而面對各種髒污和充滿異味的生活垃圾，成瑤一邊掏著，一邊面不改色地回道：「掏垃圾啊！」

錢恆皺了皺眉，隨即不敢置信道：「成瑤，妳不要告訴我妳來這裡掏垃圾，是為了找張浩出軌的證據？」

成瑤點了點頭：「當然了！」她翻了翻，拿出其中一袋，「這袋裡有很多小孩用完的尿布，所以肯定不是張浩的垃圾，是隔壁鄰居的。」排除掉之後，她更認真地盯著剩下的另一袋開始翻找。

錢恆簡直忍無可忍：「妳是不是美劇看多了？以為律師真的和那些律政劇裡一樣靠翻

垃圾找證據？我勸妳還是死了這條……」

「找到了！」

結果錢恆的話還沒說完，成瑤就一臉驚喜地從一袋垃圾裡掏出一小張紙張碎片。

那是一張婚紗店的廣告宣傳冊碎片。成瑤鍥而不捨地又掏了掏，終於拼湊出這家婚紗店的名字——愛舍婚紗攝影中心。

她再找了找，又發現另外一家婚紗店的廣告。

「因為李夢婷懷孕了，所以他們之前沒有拍婚紗照，本來約好生完孩子直接拍全家福的。」成瑤看向錢恆，一雙眼睛明亮到像會發光，「現在他的垃圾裡有這麼多婚紗店的廣告，這說明什麼？」

「說明張浩這個渣男，雖然連婚都沒有離，但已經在考慮帶著小三拍婚紗照了，甚至已經去看了好幾家婚紗店挑選了！」

錢恆面無表情道：「成瑤，就憑幾張垃圾桶裡找到的婚紗店廣告，根本不足以證明出軌，這證據一點效力也沒有。」

可惜成瑤仍舊十分激動，她亮晶晶的眼睛盯著錢恆：「有的！相信我！」

錢恆沒來由的覺得有些心悸，就在成瑤嘴角帶著狡黠的笑意盯著他的時候，他感覺自己的心臟突然跳得有些失調了。

怕不是工作太辛苦熬壞了心臟吧？錢恆心有餘悸地想著，同時立刻飛快地約了附一醫院的高端體檢VVIP套餐。

不管怎樣，掏完垃圾的成瑤神清氣爽，跟著錢恆一路去了公證處。

原本以為公證處的人情面子大，才需要錢恆出馬，結果到了公證處，幾個工作人員見了錢恆簡直像見了散財童子似的。

「錢Par，最近有沒有大額標的的房產需要來做公證啊？快年底了我還缺業績呢。」

「你們所別的律師有業務也歡迎來啊。」

「……」

成瑤看了錢恆一眼，這就是必須親自來的情誼？根本只要錢恆打個招呼就行吧！

「聽說公證處新裝潢完。」錢恆抿著嘴唇，狀若不經意地解釋，「我想來看看裝潢風格。」

說出就是為了怕自己搞砸公證所以陪著來會怎樣？說出自己其實對下屬操著一片老父親的心會怎樣？

見成瑤盯著自己，錢恆咳了咳：「參考一下。」

「參考什麼？所裡不是一年前剛翻修過嗎？難道用來幫你的別墅裝修做參考？」成瑤

盯著錢恆，她惡劣的玩心也上來了，咄咄逼人追問道：「這種風格，別墅裝潢有什麼好參考的？」

「我就喜歡這種莊重簡潔的風格。」

「……」

很快，負責這次電話工證的公證員就帶著成瑤和錢恆到了公證電話旁，講完注意事項，公證員便示意成瑤可以開始了。

倒是錢恆攔了下成瑤：「妳知道怎麼說嗎？要誘導對方說出自己出軌的資訊，妳要……」

成瑤卻自信地笑了笑：「我知道。」她朝錢恆眨了眨眼，「看我的表演！」

說完，成瑤拿起電話，撥出張浩的號碼。

電話接通的那剎那，成瑤瞬間變了聲，她用服務業從業人員特有的甜膩聲音道：「張浩先生您好，我是愛舍婚紗攝影中心的工作人員，您之前和您的未婚妻梁瓊瓊小姐來諮詢過我們的婚紗套餐，想問問您二位現在決定好在哪家拍攝婚紗照了嗎？」

錢恆愣了下，直到這時，他才反應過來成瑤翻垃圾的意圖，她不是妄想從垃圾桶裡找到能證明張浩出軌的證據，而是為了找一個能合理讓張浩放鬆警惕交代甚至間接承認自己出軌的辦法。

電話裡的張浩也同樣愣了愣，雖然對推銷電話有些不耐煩，但並沒有直接掛斷：『你們雖然樣片挺好，可套餐價格太貴了。』

成瑤像個稱職的銷售般語氣勸誘道：「是這樣的，我這次就是為了通知您年終大促銷活動，目前如果確定套餐並且到店簽約付訂金的話，我這邊可以給您七折的折扣。」

錢恆就這麼看著成瑤一本正經地和張浩針對婚紗照套餐來來回回扯了十分鐘，最後兩人竟然對套餐達成了共識，張浩當場拍板明天去店裡簽約。

而看聊得差不多氣氛也熟絡了，成瑤開始更進一步的收網：「謝謝您選擇我們愛舍，您和您未婚妻梁小姐真的非常相配，一看就很恩愛，感覺已經談了七、八年戀愛了，特別有默契！」

張浩早就放鬆了警惕，外加成瑤這位大方的銷售給他讓利實在是讓得多，張浩對她頗有好感，他忍不住笑著糾正道：『沒有七、八年那麼久，我們才交往了半年，沒想到和她那麼合拍。』

成瑤假裝驚訝道：「你們才在一起半年呀？」

『是的，哈哈。』張浩的聲音裡掩蓋不住開心，『有些人認識好多年未必適合，可有些人只要相處沒多久，就會覺得合得來，我和妳也算緣分，能這麼快把婚紗套餐定下來，解決了我一樁心事，妳的聲音我聽著還覺得挺親切的。』

即便是對著一個銷售人員，電話那頭的張浩都想要傾訴，甚至稱得上健談，與和李夢婷在一起木訥寡言的他完全是兩個人。大概在他看來，他這些改變，都是因為終於遇到了「對的人」吧。

從來只聞新人笑不聞舊人哭，此刻對張浩而言，李夢婷陪伴他的最好的那些年華，完全不值錢，只是他人生裡的錯誤吧。

成瑤忍著心裡的憤怒，捏著嗓子笑了笑：「哈哈是啊，都是緣分，我聽您這麼急著想訂完婚紗照套餐，是最近就要結婚辦喜酒了嗎？」

『那倒沒有。』張浩的聲音爽朗愉悅，『只是再拖下去，我怕我女朋友肚子大了不好拍照。』

成瑤忍著內心的驚濤駭浪，張浩簡直是替自己送人頭，不僅在電話裡承認了和梁瓊瓊婚外情的開始時間，甚至透露出更關鍵的資訊——梁瓊瓊已經懷孕了！

之後張浩又隨便說了幾句，然而成瑤已經不在乎了，她知道，這事成了。

電話裡的資訊完全足夠證明張浩這段婚外情，已經持續半年了，也就是在和李夢婷婚姻存續期間，他就出軌了。而梁瓊瓊那個懷孕的孩子，更是張浩死也賴不掉的鐵證。

如此一舉把證據確定了下來。

而直到掛了電話，成瑤終於虛脫般地放鬆下來。也直到這時，她才看了錢恆一眼。成瑤一句話也沒說，然而看向自己的眼神，已然說明了一切，又是那種濕漉漉的小狗一般等待表揚的表情。

錢恆不知道為什麼，被這種眼神看得有些煩躁。他想起成瑤熱辣的表白禮物，覺得自己要是開口表揚她，恐怕有可能被曲解成對她的回應。

不行，不能這麼做，錢恆想，辦公室戀情，很不專業，不可以。

於是他繃著臉，轉開視線，一句話也沒說。

而錢恆不知道，他的行為在成瑤看來，完全是幼稚的不認輸。

搞定了電話公證，成瑤心裡有些小小的得意，看啊，剛才還鄙視自己掏垃圾的錢恆，現在也不得不為自己的機智而鼓掌吧？

他不承認也沒事，反正自己這一次掏的垃圾，值了！

回去的路上，成瑤還在回味著這次電話公證裡的每一個細節，想著自己哪裡可以做到更好，哪些話如果說了是不是能更快地引導張浩主動交代他的「戀情」，根本沒顧上和錢恆說話，自然，錢恆也安靜著。

兩個人便這麼各自相安地回了所裡。

結果成瑤剛回到自己辦公桌準備跟李夢婷彙報這個絕佳好消息時，錢恆突然又走到自己的辦公桌前。

成瑤還沒反應過來，就見錢恆隨手丟了一袋東西到自己的辦公桌上。是一袋彩虹堂。

成瑤詢問地抬頭看向錢恆。

結果這個眼神卻把錢恆觸怒了，他惡狠狠道：「行了，不就是沒表揚妳嗎？至於一句話不說給老闆擺臉色嗎？」

成瑤：？

「正好有袋彩虹糖，賞妳了。」錢恆高傲地道：「再接再厲。」

欸？正好？

成瑤想，我不信！

她幾乎沒多想，轉過身叫住剛才才從外面開庭回來的包銳：「包銳，錢Par剛才有叫你做什麼事嗎？」

「有啊！妳也聽到了啊？」包銳痛苦道：「錢Par主動打電話給我問我有沒有回所，我還以為是特地關心我，結果一聽我沒回所，竟然叫我路上帶一包彩虹糖給他！是人性的扭曲，是道德的淪喪！」

雖然錢恆還是一如既往的彆扭，但是成瑤意外的竟然十分習慣，回到家後她吃著彩虹糖，覺得十分受用，心情大好，整個人都甜甜的。

她和秦沁又例行打電話聊了天，說起這事，她忍不住又向秦沁道了謝：『多虧了妳的禮物啊，我老闆最近對我態度變好了！』

和秦沁聊完，成瑤正準備睡覺，結果李夢婷突然打來電話。

今天成功完成電話取證後，成瑤就把情況和李夢婷溝通了，兩人都很激動，成瑤也加班準備好起訴材料，準備明天一早就去法院立案，事情目前來說完全在把握中，即便律師不能去承諾當事人必定勝訴，但成瑤心裡已經對這個案子勝券在握。

李夢婷最近也調整好心情，有爸媽的陪伴，外加肚子裡的雙胞胎，她的作息十分規律，以往這個時間，早就睡了。

這個時間打來電話，必然是很緊急的事。

成瑤接起電話，心裡有些不太好的預感。

『瑤瑤，出事了！』李夢婷的話驗證了成瑤的預感，『我看到朋友傳給我的截圖，張浩的社群動態上曬了他和梁瓊瓊的結婚證書！』

成瑤有些傻眼：「他找人走關係更改了婚姻資訊？不過就算這麼操作，這也是公然重婚啊，重婚還這麼囂張？這可是刑事犯罪啊，而且還曬結婚證書，生怕我對於他出軌這件事取證困難嗎？趕著送一排人頭？」

『他不可能這麼無知到重婚。』李夢婷的聲音有些顫抖，『瑤瑤，我現在覺得，我和他的結婚證書可能是假的。』

成瑤驚了：「怎麼回事？」

『之前我和張浩結婚時，我沒有親自去，是他托人在他老家找關係辦的。當時我正好剛發現懷孕，緊接著開始了嚴重的孕吐反應，還有點先兆流產，保胎都來不及，根本不能長途跋涉，我和張浩的老家又很遠，路途太顛簸了。後來張浩就和我說，他老家那邊戶政機關有熟人，只要我把戶口名簿與身分證資訊給他，就能幫我們辦了。』李夢婷頓了頓，『我們老家都是小縣城，我知道在我們那邊，確實有這種操作，我朋友也是這麼結婚的，完全沒問題，所以我相信了他。』

李夢婷懊喪道：『也難怪，我說他為什麼一點也不急著和我提離婚，現在加上妳說的，既然張浩和梁瓊瓊半年前就勾搭在一起了，那他和我「登記」的時候，可能已經存了不想和我繼續過的心了，「登記」只是他在猶豫時的權宜之計，為了幫自己留退路，怎麼都不可能和我真的結婚的。』

這個資訊讓成瑤有些措手不及：「一旦你們的結婚證書是假的，那我們的辦案方向也必須全部改，因為你們沒有婚姻關係，忠誠協議就是無效的。」

法律認可婚姻關係的穩定性，但並不認可同居關係的穩定性。戀愛未婚期間同居，彼此雙方間在法律上並沒有忠誠的義務。同居關係中的忠誠協議因此沒有法律強制約束力，撐死只在道德範疇上有義務。就算最後一方違反了忠誠協議，另一方也不能根據協定去要求賠償。

這個道理，成瑤懂，同樣是法學生的李夢婷自然也懂。

雖然兩人還沒驗證，但已經有了一致的猜測——李夢婷和張浩的結婚證書，是假的！自始至終，兩個人都沒有形成婚姻關係！

李夢婷又氣又悔：『我不應該輕信他的，是我自己蠢，這兩個人在我眼皮子底下勾搭了半年之久，我都沒發現。現在想想，才反應過來為什麼我提了忠誠協議以後，張浩遲疑了兩天才和我簽，他是用這兩天的時間去諮詢律師了！看簽了自己會不會真的有責任！確認了因為結婚證書是假的，這種協議沒有約束力，才假惺惺和我簽了！』

雖然面對如此變故，但成瑤最終還是鎮定了下來，她安慰李夢婷一番，才掛了電話。

成瑤自己也沒意識到，不知從什麼時候起，面對案件如此措手不及的新情況，她已經不會再急得六神無主，而是能冷靜從容分析，努力轉變思考重新尋找辦案線索了。

這個案子，恐怕必須全部推翻，重新再來了。

第二天一早，成瑤就帶著李夢婷去主管機關，查閱她自己的婚姻登記情況。

果不其然，她仍舊是「未婚」。

張浩真的做了假證。

這下之前做的所有工作全部變成了白用功，電話公證也沒有任何用處了，一切都要重新推翻再來。

婚內忠誠協議裡擬定的離婚時財產分割方案，自然完全不作數了，這間共同購買的「婚房」，想讓張浩一分不取直接出局，是不可能了。只能接受現實，就其餘同居期間的財產進行分割，為她爭取到最大利益。

李夢婷雖然臉色慘白，但也不得不接受現實，她氣憤震驚之餘，也開始想對策：「瑤瑤，張浩這樣，算不算是偽造國家證件罪？而且他一邊用假結婚證書和我同居，一邊又和梁瓊瓊領了真的結婚證書，這該是重婚罪了吧？算是刑事犯罪了，能讓他坐牢嗎？」

雖然從法律條款來說，張浩這種行為無疑是犯罪，只是想要證明他的行徑，是需要證據的。

「妳這裡只有妳自己那份假結婚證書，而且妳也和我說了，當初你們都是電話或者口頭溝通的，妳也沒錄音，根本沒有留下證據，妳就算拿出妳這份假證書，張浩完全可以說，這不是他做的不是他給妳的。」

成瑤很冷靜：「他完全可以說，他和妳雖然同居，但一直以來只是男女朋友，他是和妳提了分手後，才和梁瓊瓊結婚的。這假結婚證書，是妳因為分手因愛生恨，刻意做來污蔑他的。」

李夢婷下意識便反駁：「不，怎麼可能是我？」

「我知道不是妳，主審法官甚至心裡可能也和我一樣認為，但是法律是法律，沒有證據，不能貿然對張浩定罪。」

「瑤瑤，雖然沒有張浩製作假結婚證書的證據，但我想我能找到證據證明他一邊和我同居讓我懷孕了，一邊卻讓梁瓊瓊也懷孕了，是不是找到這些細節，就能做出證據鏈，證明他有重婚？」

「重婚實踐中很難舉證，而且必須是有配偶又與他人結婚或者以夫妻名義生活的。可現在張浩完全可以說，和妳只是同居關係，始終沒有說過結婚，也沒有以夫妻名義一同生活，妳沒有工作，自然沒有同事為妳證明張浩和妳曾以夫妻名義對外示人，而我作為妳的律師和朋友，證言的效力可想而知。」

成瑤看了李夢婷一眼：「張浩一直拖延不肯和妳在A市辦喜酒請同事朋友來參加『婚宴』，就是為了防止出現這種情況。至於電話公證也行不通，因為張浩已經和梁瓊瓊結婚了，我就算裝作任何人打電話給他，他也不會承認和妳的關係了，口徑肯定是『分手的前女友』。」

李夢婷咬緊了嘴唇。

「而且最高法院出過《關於如何認定重婚行為問題的批覆》，還規定，『重婚，如果情節顯著輕微危害不大的，不認為是犯罪』。司法實踐上對界定重婚罪本身也有很多爭議。」

重婚罪和偽造國家證件罪這兩條路，顯然都走不通。

為此，成瑤不得不與李夢婷又緊急溝通了很久，不知不覺，她花了一整天時間梳理李夢婷和張浩的案子還有共有財產情況。

等她反應過來時，已經快下班了。

成瑤一看手機，才想起來今天還約了自己媽媽閨密的那位兒子在家裡吃飯。她急急忙忙收拾了東西，便準備往家裡趕去了。

走的時候，成瑤路過錢恆的辦公室，下意識朝門口看了一眼，錢恆不在。

其實本來成瑤打算找錢恆討論一下李夢婷案子的情況，只是等她去敲門，才發現錢恆竟然不在。

成瑤挺好奇，按理說沒有行程的下午，錢恆是不會離開辦公室的，她好奇地問了包銳：「錢 Par 什麼時候走的？是有什麼事嗎？」

「沒多久。像是約了什麼人吧，我聽到他辦公室裡手機鬧鐘響了他才拿著包走的。」

沒來由的，成瑤心裡咯噔一下：「難道又是相親？」

「不像，我看他板著張臉，不太開心的樣子。」

哦……不知道為什麼，聽到錢恆不開心，成瑤反而安心了……

回家的路上，成瑤其實還在想著李夢婷這個案子的突破口。作為例行程序，因為案子案情發生重大變化，成瑤將大致情況簡要在郵件中向錢恆做了報備。不過截至目前，並沒有收到錢恆的回覆。

因為晚上的聚會，成瑤沒再多想，她幾乎一回到屋裡，就開始準備晚餐，等一桌子菜搞定，門鈴正好響了。

媽媽這位閨密的兒子叫薛明，雖說曾是小時候的玩伴，這幾年斷斷續續也有聯絡，但很久沒見，成瑤面對門外的大男生，一時之間竟然有些不好意思。

薛明倒是挺大方，他舉了舉手裡的東西：「正好妳媽讓我帶點厚衣服給妳。」

成瑤道了謝，便把他引進門。

兩個人聊了幾句，說起以前一些趣事糗事，一時之間氣氛拉近不少。

薛明看著一桌豐盛的菜，由衷發出讚嘆：「妳的手藝也太好了吧，以後誰娶妳都是福氣。」他掃了成瑤一眼，然後垂下視線，「不過聽妳爸媽說妳之前遇到人渣，現在剛恢復單身？」

「呃……」成瑤乾笑兩聲，「算是吧。」

「那是對方眼光不行。」薛明看向成瑤，笑了笑，「手握珍寶不知道珍惜。」

這……這怎麼有點尷尬啊……

成瑤斟酌片刻，才道：「我知道我媽肯定和你媽哭訴了，說我失戀了很慘，怕我嫁不出去什麼的，你也不用當真啊，不用為了安慰我這麼恭維我。我真的沒事，你看，我的心情挺好的。你千萬別覺得你媽對你施壓讓你安慰我最好和我談戀愛，你就真的強迫自己啊。」

薛明卻笑了：「我沒恭維妳，我是真心這麼覺得的。」他挺直接，「我下個月就會從B市的分公司調來A市總公司了，以後我們同城，又是同個家鄉的人，家裡也知根知底，比起外面那些相親第一次見面的，從小認識有感情基礎，我單身妳也單身，我是真的覺得我們可以試試。」

欸？

「從朋友做起也行，真的，瑤瑤，其實我以前就挺喜歡妳的……」

而就當成瑤尷尬得不知道如何應答之際，主臥室的門，突然開了——

錢恆穿著睡衣，一臉睡眼惺忪地從房裡走了出來。

成瑤：！

自從錢恆搬走後，雖然還保留著他的房間，但這房間平時都關著門，成瑤今晚回家的時候，房門也一如既往關著，沒有燈光也沒有聲音，因此她根本沒想到，怎麼突然大變活人，裡面走出了錢恆！

成瑤震驚了，薛明自然也震驚了。

只是錢恆似乎根本沒注意到兩人的眼神，就在他們的震驚裡，非常自然地走到飯桌旁，然後抽開椅子坐了下來。

「今晚吃海鮮啊？挺好的。」

他的動作和話語真的太自然了，以至於成瑤也好，薛明也罷，都忘記質疑他，愣愣地看著錢恆自己添了雙筷子，準備開動。

大約一分鐘後，薛明終於反應了過來，他看向成瑤，表情有些複雜：「瑤瑤，這是？」

成瑤硬著頭皮，趕緊解釋：「欸，這是我以前合租的室友，最近退租了，可能有點事回來了吧，是我同事、是我同事……」

成瑤不想解釋為什麼老闆和自己合租，因此直接模糊了資訊，說成同事。

她說完，就看向錢恆：「那個，老……老錢，你怎麼來了？」

「哦，下午突然有點不舒服，就回來睡了一覺。」錢恆毫無心理負擔地說道：「一不小心睡過頭了，剛才醒過來發現已經到吃飯時間了。」他說到這裡，才抬了抬頭，毫無誠意道：「我是不是打擾到你們兩位了？如果你們介意的話，我也可以走。」

「……」

話都說到這份上了，成瑤想，難道讓我當場攆人嗎？

薛明自然也抹不開面子：「老錢你好，我叫薛明，既然是瑤瑤的同事，那就一起吃吧。」

本來兩人的聚餐，一下子變成了三人，氣氛一下微妙了起來。

好在薛明挺會活躍氣氛，他吃了個蝦子，便大讚道：「這真是我吃過最好吃的蝦，瑤瑤妳的手藝真的很棒。」

錢恆一邊夾起一隻蝦，一邊微微抬了抬眼皮：「哦，成瑤今晚的蝦水準普通，上次她做的鮑魚更好吃。」

「……」

錢恆，真是再蝦也沒你今天蝦啊！

薛明愣了愣，決定無視錢恆，他看向成瑤：「早知道我們還是出去吃飯了，今晚在妳這裡吃，妳為了準備這一桌菜，肯定辛苦了，等我下個月調來A市，我請妳一個月的晚飯就當報答妳這一飯之恩吧。」

結果成瑤還沒說話，錢恆先表態了：「不用。」

薛明不明所以地看向錢恆。

錢恆抿了抿唇：「哦，她下個月一個月都要加班。」

成瑤驚了：「欸？」

錢恆淡然道：「下個月案子比較多。團隊裡大家都要一起加班。」

薛明有些心疼地看向成瑤：「你們律師這行也太辛苦了，怎麼動不動加班就一個月的加啊。妳有想過換個工作嗎？法律系其實考公務員挺好的，除了公檢法之外，好多公務員和公司要求法律專業。」薛明真心建議道：「或者去國營企業當法務也挺好的，我認識個國營企業的中層，最近他們正好在招法務專員，妳要是有興趣我幫妳投履歷？」

錢恆沒說話，他輕飄飄但十分危險地看了成瑤一眼。

薛明見成瑤沒反應，還特地再追問了一句：「妳覺得怎麼樣？」

成瑤欲哭無淚，薛明啊，你這是哪壺不開提哪壺，當著我老闆的面挖他的牆角，我吃了熊心豹子膽敢說什麼嗎？

成瑤只能義正辭嚴道：「我還是決定當律師，為律師事業奮鬥終身，我喜歡這種每天都有挑戰的人生，特別刺激！」

薛明愣了愣隨即道：「妳喜歡就好，人能找到自己喜歡的工作挺不容易的，只不過妳是女孩子，早晚還是要結婚生孩子的，等組成家庭以後還這麼忙的話就很難兼顧了啊。」

「哦，成瑤兩年內不準備談戀愛結婚的，她要專注事業。」錢恆丟開一隻蝦，雲淡風輕地笑了笑，「尤其平時身邊的參照物太優秀了，她現在眼光很高。」

「……」

這個天，看來是聊不下去了……

好在薛明雖然臉色有點發黑，但沒說什麼，只是席間成瑤走開去廚房看看烘焙的糕點之時，薛明終於忍不住——

「這位兄弟，你對我敵意這麼強，是也喜歡成瑤嗎？」

錢恆想也沒想就反駁道：「不可能。我絕對不會搞辦公室戀情。」

「那你處處針對我是為了什麼？」薛明十分茫然，「我們以前認識嗎？我以前得罪過你嗎？」

「……」

錢恆緊抿著唇瞪著薛明，然而他發現自己回答不出來。

「你明顯是故意阻撓我和瑤瑤溝通互動。」薛明是個爽快人，他理性地分析道：「或者是不是瑤瑤得罪你了？所以你不希望她能脫單體會到愛情的美好和幸福？」

什麼瑤瑤？錢恆想，你們很熟嗎？不就是八百年前的童年玩伴嗎？還愛情的美好？愛情能有什麼美好的？能比錢和工作還美好嗎？呵。

薛明不明所以，還在繼續：「如果瑤瑤工作中不慎得罪了你，我替她道歉，她這個人比較單純，為人也天真，有時候不太懂人情世故，還是個小女生，什麼也不懂……」

錢恆實在忍不住，看了薛明一眼：「你真的瞭解成瑤嗎？」

「啊？」

錢恆揉了揉眉心：「成瑤有時候是很單純，但也沒有你想的這麼弱到需要別人全方位的保護，或者必須透過你，或者任何人在背後保駕護航和打招呼才能好好生活。」

「生活上她自理能力很強，是個很獨立的人，做飯做菜不說了，修水管換燈泡也都沒問題；工作上她非常認真努力，也善於思考總結，從不驕傲，能心平氣和地看到自己和別人的差距，吸取別人的長處；性格上她是個很隨和的人，別人就算對她不客氣的批評，也從不動氣；不嬌氣，肯吃苦，也很能忍，有一股韌勁。」錢恆的聲音還是一如既往冷冷的，他平靜地闡述著，「她確實還年輕，很多事情處理還稚嫩，但她一直在成長，她不需要依附男人的照顧才能立足，她自己也不喜歡過依附別人的生活。她是個有想法也有目標和夢想的人，並且能為了實現去奮鬥。她看起來好說話，但對於原則性的東西認死理，脾氣還很倔，八成不撞南牆不回頭。」

錢恆說這些話的時候，成瑤剛從烤箱拿出烘焙好的甜點正準備回到桌前，她頓在廚房裡，突然覺得心裡有點甜，又有一點酸。

原來自己的努力，錢恆都看到了。

雖然平時彷彿從來不正眼看別人，但原來錢恆一直在默默關注著自己。

一分鐘折合人民幣一六六點六六六無窮的錢恆一口氣能為自己說這麼多話，成瑤只覺得內心像是湧過既平靜又洶湧的潮汐。

人生在世，有時自己也無法真正地瞭解自己，而成瑤完全沒想到，錢恆竟然如此正確地理解了自己。

被人這樣看透多數時候讓人覺得危險，然而如果對方是錢恆，成瑤卻覺得只剩下動容。在他面前，她覺得很安全。

而撩亂成瑤內心的始作俑者卻絲毫沒發現成瑤在聽，他冷著臉看向薛明：「如果你覺得成瑤是更適合養在家裡相夫教子的女人，那你和她不適合。」

這一瞬間，成瑤的心突然狂跳了起來，如果心中真的有小鹿，恐怕這個剎那，這鹿已經亂撞到直接撞死了……

唉，錢恆護短起來，真的帥的還挺要命的。

好在最終，她平復了心情和臉上的表情，才端著甜點走了過去。

可惜薛明也是個很堅強的人，經過錢恆這一番打擊，沒有被實力勸退，竟然在錢恆夾槍帶棒的冷嘲熱諷中繼續吃完這一餐飯，並且大有飯後留下來繼續聊聊天的意圖。

「今晚多謝妳款待了瑤瑤。」薛明很熱情，「我來洗碗收拾。」

成瑤哪裡會讓客人洗碗，她堅持道：「我來吧，你坐下休息一下。」

薛明的算盤打得挺好，他再堅持一下，最後的結果多半是和成瑤一起打掃收拾廚房，這樣兩人就能單獨相處，撇開飯局上成瑤那個長得挺好看，但特別陰陽怪氣的男同事了。

事情本來確實是按照薛明的計畫發展的，成瑤無奈下只能應允他到廚房幫忙，只是——

「成瑤。」那吃完白食就坐在沙發上毫無幫忙的意思，還冷眼看著自己的男人，突然喊了成瑤的名字。

「欸？」

只見那男人抬頭看了看手錶：「我正好有十分鐘。」

「妳想和我討論李夢婷案的話……」

「我是有挺多問題，但廚房還沒收拾完……」

錢恆瞥了薛明一眼，然後看向成瑤：「妳朋友不是自告奮勇要投桃報李一個人收拾來報答妳的晚飯嗎？」

「……」

話說到這份上，薛明饒是心裡再不願意，為了形象，也只能心不甘情不願故作體貼道：「瑤瑤，妳工作要緊，先和同事討論吧，十分鐘討論完等妳同事走了，反正我們聊天的時間還長，廚房我來收拾就行了。」

薛明故意把「十分鐘」和「等妳同事走了」加重了語氣，自我安慰的同時也妄圖扳回一城。

可惜……可惜成瑤一投入到工作狀態就完全忘我了。

「同居關係下的財產分割和婚姻關係下的財產分割完全不同，如果結了婚，那麼張浩的個人收入都屬於共同財產，李夢婷都可以分割；但只是同居，那個人收入通常都歸個人所有。」

錢恆非常言簡意賅地指出了同居和婚姻狀態下財產分割的不同原則，他輕輕用手指敲了敲手上的資料：「鑑於李夢婷和張浩同居時間不長，最主要涉及到的共同財產就是兩個人一起出資買的房子。」

成瑤聽完，有些感慨：「所以說《婚姻法》還是有意義的，同居關係中，即便兩個人完全和結婚的狀態一樣生活，比如男人在外賺錢，女人在家裡操持家務，但就因為沒有那張結婚證書，一旦分手，或者男人出軌，女人幾乎得不到什麼經濟補償。」

同居關係中，個人的收入仍舊歸個人，而忠誠協議也無效。那這麼多年同居中，大部分女性充當了免費的保姆，還滿足了男人的生理需求，平白浪費自己的青春。

「《婚姻法》本來就有意義，因為有婚姻法和婚姻制度，董山案裡，董山死後，所有夫妻共同財產，首先有一半是歸屬蔣文秀的，剩下的那一半裡，才屬於董山可分割的遺產，這部分遺產才由蔣文秀、董敏、董山爸爸和董山那個私生子平分。妳看，遺產的大頭，還是流向法定配偶和婚生子女的。」

直到這時，成瑤終於明白了過來。

董敏在一審結束後喊的那句「《婚姻法》根本不保護婚姻」，其實並不對。

《婚姻法》雖然還不夠完善，也尚有漏洞，但在最大的平衡中，傾向保護的，仍舊是法定配偶和婚生子女的權益。而因為沒有婚姻關係的保護，李夢婷就比蔣文秀被動多了。

成瑤打起十二萬分精神：「那房子是李夢婷和張浩本打算作為婚房的房產，這房子是他們花了四百萬全款買的，從李夢婷提供的銀行帳目上，李夢婷出資了一百五十萬，那麼剩下的兩百五十萬都是張浩出資的。」

錢恆掃了資料一眼：「共有房產這種不宜分割的標的，會考慮生活實際需求進行分割，但張浩和李夢婷家境又都不是沒了這間房就影響生活的狀態，更多的可能性是法院會按照出資多少，優先分配給出資占大頭的，另一方則按照共有的份額拿到折價補償。」

這樣很不妙。

如今房價飛漲，就算李夢婷按照如今市場價拿到自己那份折價補償，按照現在的房市行情，她這筆錢無論如何也買不起新房了。無法轉化成不動產，放在銀行也好，購買理財也罷，面臨的都是貶值。更何況，為什麼平白用自己當初的錢，讓渣男張浩鎖定了一間房？房子一旦判給了張浩，那想也不用想，肯定是用來和那個小三當愛巢了。

可就如今掌握的證據和資訊，恐怕一旦起訴同居期間財產分割，這是最有可能的判決結果。

成瑤和錢恆討論著，完全忘了薛明的存在，只留下薛明一個人打掃完廚房，又打掃客廳，結果半個小時過去了，薛明都快把整個屋子打掃完了，錢恆還在為成瑤梳理著思緒，絲毫沒有結束的意思。

薛明一顆心簡直出離的悲憤了！

說好的十分鐘呢！

他不甘心地又等了一個小時——

結果成瑤還是完全沒有記起他的跡象，倒是錢恆高高在上又輕飄飄地看了他一眼。

薛明不太懂如何形容人的表情，但看到錢恆那個神態的時候，他腦子裡第一時間飄過三個大字——心機屌！

他雖然沒有笑，但一張臉上，全然是得逞後的快樂和得意！

然而薛明雖然看穿他的套路，可一點辦法也沒有，最終，直到他實在等不下去，起身和成瑤告辭，成瑤才終於想起他來似的各種道歉。

而那個傢伙！那個傢伙竟然還似笑非笑把他送到門口，如同男主人般地說了一句「慢走」！

薛明簡直快要氣到七竅生煙！敢情自己來一趟，和上門打掃的家政似的！家政就家政，還不給錢！還是白嫖！

一進入案件分析模式，成瑤就完全停不下來，她像塊海綿一樣瘋狂吸取著錢恆身上的水分，直到她把所有線索理清，才發現已經和錢恆不知不覺討論了兩個小時。

整整兩個小時！

就算是錢恆那些幾個億標的額的客戶，恐怕也沒有這個待遇！

一時之間，成瑤感動得都快雙眼濕潤了。

因為剛才專心討論案情，成瑤和錢恆都沒在意甜點，此刻一看，才發現不知什麼時候，已經被薛明吃完了。

錢恆喝了口水，然後看了桌上已經空了的甜點托盤一眼：「我一個也沒吃到。」

成瑤卻笑了，雖然只有她和錢恆兩個人，但她還是特地壓低了聲音，偷偷摸摸的：「我偷偷留給你啦！」

她說完，就像兔子似的蹦跳著轉身去了廚房，再出來時，手裡變戲法似的拿著一小盤烘焙蛋糕。

「我剛剛怕你和我講案例來不及吃，所以預留了你的份。」成瑤獻寶似的把甜點捧到錢恆面前，語氣十分邀功，「這個是布朗尼，是我的拿手甜點；這個起司蛋糕做起來很花時間，要提前在冰箱冰一晚，但是口感很濃郁；這個水果塔我只做了幾塊，因為比較小，剛才沒拿出來給薛明吃。」說到這裡，成瑤抬起頭，對錢恆展演一笑，「特地留給老闆你啦。」

成瑤笑容真摯，然而被她亮晶晶的眼睛這麼盯著，又聽到她這句特地留給自己的話語，錢恆那種心率失調的感覺又來了。

心悸、慌亂、無措。那個瞬間，他的情緒彷彿不再受自己控制，而是為成瑤的一顰一笑而律動。

「上次做的布朗尼你說太甜了不喜歡，所以這次我用黑巧克力，配方裡糖也減半了。」成瑤卻一無所知，還望著錢恆笑，「老闆，你試試看，這次的你應該會喜歡，特地按照你的口味來的。」

該死。

錢恆幾乎想要失態地捂住胸口，好不容易緩和一點的心悸又一次開始了。

而事到這個地步，連他也無法再自欺欺人了，從來不是心臟出了問題，而是自己受到蠱惑。

錢恆惡狠狠地瞪著成瑤，他的腦袋裡混亂一片。

肯定是因為成瑤成天在自己面前亂轉，又對自己有非分之想，竟然還大膽送自己那種禮物，現在還用這麼赤裸裸的目光盯著自己。

自己變成這樣，絕對是成瑤的錯。

但既然成瑤這麼苦戀著自己，錢恆覺得，也挺可憐的，如果她很有誠意，和她試試也不是不可以。

他吃了塊布朗尼冷靜一下，然後清了清嗓子，決定給成瑤一點提示：「我現在覺得，其實辦公室戀情，也不一定會影響工作效率。」

成瑤抬頭，對這個突如其來的話題很意外：「嗯？」

只見錢恆飛快地掃了她一眼，然後又同樣飛快地轉開了視線：「我好好考慮了一下，覺得戀愛這種事，涉及個人自由，不能因為是同個所的就一刀切禁止，只要把握好度，克己守禮，也不是不可以。」

雖然成瑤聽得莫名其妙，但一想錢恆這口徑一開，那王璐和李明磊就可以正大光明在一起了，也挺不錯。

她附和道：「是呀，不影響工作就行了，大家都是有分寸的人。」

「嗯。」

錢恆就這麼點了點頭，然後沒再說話，只是看著成瑤。

成瑤被他盯得有些莫名其妙，然而對於辦公室戀情這個話題，她覺得自己也沒什麼好說的了，因為摸不準錢恆是什麼意思，她機智地選擇了安靜的閉嘴。

兩個人之間一時瀰漫著沉默。

成瑤已經沒什麼可說的了，錢恆卻似乎在等著成瑤說什麼似的，仍舊一直盯著成瑤。他的眼神從一開始的雲淡風輕，到後面略微帶了點疑惑不解，然後變得有些焦躁和坐立難安，最後變成了惡狠狠的瞪視。

「成瑤，妳沒什麼要說的了嗎？」

成瑤：？

她看了錢恆一眼，試探道：「我應該說什麼嗎？」

錢恆的臉色有些難看，他像是憋著氣一般一字一頓道：「上次送完生日禮物以後，妳難道沒有別的要說的了嗎？」

成瑤不明所以：「沒有啊。」

「……」

不知道是不是成瑤的錯覺，總覺得自己說完以後，錢恆的臉好像更黑了一點。

她想了想，莫非送了禮物還要負責跟進老闆對禮物的回饋？以此在明年老闆生日的時候能送出更合心意的禮物？

「老闆，禮物你喜歡嗎？」

「剛收到的時候不太喜歡。」錢恆矜持地抿了抿唇，「現在覺得畢竟是妳的一片心意。雖然有點太誇張了，但是我能感受到妳的心情。我會考慮一下的。」

成瑤有點緊張，禮物竟然不合心意？要考慮什麼？給不給自己加薪嗎？

她趕緊道：「那老闆你喜歡什麼樣的禮物？」

錢恆咳了咳，眼神看向遠處：「含蓄低調內斂一點的吧。」

「好的好的。」

成瑤想，反正離明年的生日還有一年，之後再思考什麼是低調內斂又含蓄的禮物吧。

案例討論完了，成瑤自然不敢多耽誤一分鐘折合人民幣一六六點六六六無窮的錢恆，她貼心地幫錢恆打包好還沒吃的甜點，然後便善解人意地道：「老闆，已經浪費你一晚的時間了，你日理萬機，恐怕回去還有工作要處理，你有事就走吧。對了，這些甜點你帶著，晚上熬夜加班時可以吃。」

錢恆神情複雜地看了成瑤一眼，然後他撇開頭：「我今晚沒有要加班。」

「哦哦！那真是難得啊！你一定想趕緊回去洗澡睡覺休息了！」成瑤不好意思道：「都怪我拉著你討論太久了。」

錢恆咳了咳，在曖昧的燈光下側臉上竟然有些微紅：「也沒有討論太久，如果妳還想討論，也不是不可以。」

「沒了！」成瑤感激道：「現在都梳理通了！等把您送走，我就準備去見李夢婷，和她溝通一下新的辦案方向，再核對房產上的一些資訊。」

「……」

錢恆頓了頓，才狀若自然道：「要我送妳嗎？說不定順路。」

「不順路欸，你的別墅和李夢婷現在住的地方，完全是相反方向。」

錢恆頓了頓，然後轉開視線，鎮定道：「哦，我不回自己的別墅。」他咳了咳，「我今晚要回我爸媽那裡一趟，他們那正好和我別墅相反方向，所以和李夢婷住的地方應該順路。」

成瑤求之不得，她趕緊說了旅館的地址。

晚上路空，兩人很快到了旅館。

而本來要告辭的錢恆沒開走，他停好車，跟著成瑤一起下了車。

「老闆？」

錢恆自然道：「哦，我爸媽剛才傳訊息給我，說晚上有聚餐，還沒回去，我沒帶家裡鑰匙，反正回去了也是在門口等，不如和妳一起去，正好監督妳對客戶的溝通有沒有盡職和逾越，作為年終考核評分的參考。」

成瑤點了點頭，案子當前，她也沒多想，帶著錢恆一起上了樓，在進門前，讓錢恆在外面稍等，自己先進門告知李夢婷錢恆也一同拜訪，經過她的同意，才將錢恆迎了進來。

李夢婷是自己的同學和朋友，但此時此刻，她是自己的客戶，一位懷孕的情緒敏感的客戶。這種時候，如果未經得她的首肯，就算是錢恆，成瑤也不應該不打招呼就隨意帶進去與她會面。

成瑤進屋後也沒浪費時間，她把今晚和錢恆討論的結果一一告知李夢婷。包括她可能面臨的處境。

雖然很難接受，但很多事情並不以自己的意志改變。

李夢婷果然十分不能接受：「為什麼會這樣？雖然沒結婚，但住在一起還有了孩子，為什麼法律就不對這種情況進行保護？」她的語氣充滿失望和憤怒，「真諷刺啊，我自己還是法律系畢業的，遇到這種明顯被不公平對待的情況，卻根本無法為自己維權。」

「別說我這種同居的，就算那些婚內出軌的，出軌也不成為離婚時一定可以讓出軌方少分財產的原因，完全看法官的酌情和自由裁量。」李夢婷面色灰敗，「瑤瑤，這種法律，根本不完善，根本不能卻實保護到兩性關係中弱勢的女性的權利，妳看，面對這種情況，我一個法學生沒辦法，妳一個職業律師也沒辦法，那我們學法律的意義在哪裡？連自己也保護不好？」

成瑤噎了噎，一時之間，她也不知道怎麼回答。

「妳的四年法學教育真是白學了。」

就在成瑤糾結之時，錢恆冷冷的聲音響了起來。

李夢婷愣了愣，看向這個傳說中的「業界毒瘤」。

錢恆還是一如既往的冷淡，他淡淡地掃了李夢婷一眼：「法律只幫助警醒之人，而不幫助懲懶之人。這種法律格言妳難道沒聽過？」

「很多人，因為不懂法，或者雖然懂一點法，但沒有意識到法律的重要性，在處理生活和工作中糾紛的時候，不能從法律的思考和角度去規劃自己的行動。最終在訴訟面前，發現自己根本無法做出法律上有利自己的行為，或者無法保護好證據，也不知道請律師或者沒能力請律師，最終只能面臨敗訴甚至遭到法律制裁的結局。」

錢恆的聲音冷靜也沒什麼人情味，然而一字一言，都直擊李夢婷的內心：「這些人因為出身的限制，根本沒有機會接觸到法學教育，不懂法也意識不到法律。雖然根源上不是他們自身的錯誤，但不能以此就逃避法律的約束力和制裁。成文法具有滯後性，不可能完善到完全與時俱進，但成文法白紙黑字的存在著，就算不夠完善，也是有強制力的社會規則，這套規則不論妳認可不認可，都客觀存在。妳是一個受過大學教育的人，去攻擊或者不認可法律，除了能發洩點情緒外，對妳的現實生活有什麼用？妳不認可，這條法律就不存在？就對妳不適用？還是妳不認可，馬上就能改變它？」

「我真的難以想像妳不僅受過大學教育，還受過四年法學教育。妳學法律最大的意義，不應該是警醒地意識到法律的存在，學習它掌握它，讓它為自己所用，在糾紛還沒發生之前就去做足事前救濟，冷靜地掌控好未來的風險，保護好自己嗎？」

李夢婷愣住了。

錢恆揉了揉眉心，很頭痛的樣子：「法學生與別人的最大優勢，應該是事前就能利用法律規避風險，而不是等出了事才想著補救，發現無法補救開始痛罵法律的不合理。」

錢恆的話雖然不近人情，然而說的一點也沒錯。

李夢婷的臉上露出了羞愧而難堪的表情：「我……我法律學的也不是太好，司法考試還沒過……」

她已經說到這個份上了，也算是承認自己的問題，正常人也就到此為止了，但錢恆顯然不是正常人……

「不是法律學的差的問題，是妳根本沒從普通人的思考轉變到法律人的思考。憑著本能渾渾噩噩過日子，安於現狀，得過且過，隨波逐流，經濟不獨立，根本不警覺未來的風險，也懶於去思考怎麼用法律規避風險保護自己。」

李夢婷一個孕婦，被說得快哭了，結果錢恆還不緊不慢地補了一刀：「所以現在不是成瑤，也不是我，是妳在面臨這種困境。」

李夢婷終於哇的一聲哭了出來，然而她竟然絲毫沒記恨錢恆插了那麼多刀，只是哽咽道：「錢律師，謝謝您的提點，您一直是業界……業界戰無不勝的傳說，想問問，這個案子，如果您指點一下，是不是我能拿到房子？」

不說李夢婷，就是成瑤也充滿期待地看著錢恆，錢恆這麼高貴冷豔地批評了李夢婷十分鐘，想來應該批評過後，有什麼致勝絕招準備先抑後揚吧？

結果錢恆一臉理所當然地挑了挑眉：「我又不是神仙，妳前期這盤棋下成這樣，我根本沒有可以補救的空間。」

「……」

「就看妳的對手，這盤棋會不會後面自亂陣腳，下出大的敗筆來了。」

因為錢恆這番打擊，成瑤不得不又花了十分鐘安撫好李夢婷才離開。

今晚的錢恆有一點奇怪。

平時的他，就算面對標的額幾個億十幾個億的客戶，也都是有事上奏無事退朝，多說一個字都恨不得要收費，結果今天面對李夢婷這個標的額小到他根本看不上的案子，錢恆竟然說了這麼多。

尤其說的這些話，就目前案子的情況來看，並不能扭轉什麼。

「老闆，你下次見到李夢婷可別再打擊她了，她好歹是個孕婦……」

結果錢恆冷哼了一聲，不以為意：「就因為她是個孕婦，才更應該直面殘酷的現實，未來一個帶著雙胞胎的單親媽媽，也沒什麼優秀的職場經驗和履歷，妳覺得她的生活會比現在更容易？作為一個母親，必須比現在更堅強。這點打擊都吃不消？還生什麼孩子，做什麼單親媽媽？」

成瑤抓了抓頭：「可以換種方式說嘛。」

錢恆專心開車，沒說話。

直到賓利轉過一個彎，成瑤才再一次聽到他的聲音。

「因為是妳朋友才說。」

成瑤心裡一滯。

「否則妳以為我會浪費我的時間？」

錢恆的聲音冷淡，然而成瑤卻覺得自己從中聽到了溫度，掩嘴笑起來。

「妳別想多。單純當做對妳今晚晚餐的謝禮。」錢恆卻不自然起來，他說完，又抿緊了嘴唇。

而並沒有隔多久，成瑤又聽到他的聲音——

「按照我的費率，剛才說了最起碼一刻鐘，其餘還坐鎮陪同妳見客戶半小時，路上接送還花了半小時，就算路程花費折半，正常應該收費一萬。」

錢恆的語氣是不經意的雲淡風輕，他用餘光瞥了副駕座位上的成瑤一眼，語氣裡充滿了意有所指：「禮尚往來，妳的晚飯和甜點，我可不像有些人，竟然以為打掃下衛生就可以抵消。我叫專業清潔來全屋清潔一整天，也才一千多塊錢。呵。妳今晚這桌海鮮，加上妳的人工，還不只一千。」

「……」

如果說之前成瑤還有些反應不過來，那到這一刻，她算是全明白了。

錢恆大概是怕她真要沉迷戀愛無心工作，因此拼命暗示薛明的缺點，希望成瑤能懸崖勒馬。

對於他的憂慮，成瑤覺得必須立刻打消了。

「老闆！你放心吧！我現在想通了！兩年內！我絕對不會談戀愛！」

結果錢恆聽完她的保證，臉色竟然沒有轉晴，反而有些複雜和微妙，他沉默了片刻，才道：「兩年這個時間，定的也沒有那麼死。」錢恆清了清嗓子，「要是真的特別喜歡，控制不住自己的那種喜歡，兩年內談戀愛也不是不可以。」

成瑤想起錢恆當初不許自己兩年內戀愛的強硬態度，又對照現在他的善解人意，心裡感動壞了。

自己的老闆，雖然劇毒，但是相處久了，竟然對下屬如此有人情味！

自己還能怎麼報答？當然是不談戀愛專心工作來報答啊！

成瑤當即道：「不了，老闆，我這兩天思考了下，覺得愛情猶如過眼雲煙，太短暫了，只有工作和錢是永恆的，我決定把我有限的生命都投入到無限的工作中！甚至在成為成**Par**之前，都不要戀愛了！」

「……」

這一番保證下去，錢恆大概是感動壞了，一時之間口才巨好的他，竟也動容到沒了言語。

他就這麼板著張臉，繼續開著車，緊緊抿著嘴唇，沉默著，彷彿生怕一個不小心，就洩漏了自己內心的感動。大概為了讓成瑤捉摸不透，他臉上更硬是憋住了感動的表情，還繼續黑著臉。只讓人感覺這位合夥人可真是深不可測。

直到被錢恆送回了家，成瑤還忍不住感慨，自己離成為成Par，真的還要繼續努力啊，光錢恆看似生氣實則愉悅，能處處掩藏住自己的真實情緒的無法捉摸，自己就不合格！

錢恆今晚感覺自己簡直要被成瑤氣死了。

他本來應該開著車繞一個大圈子回自己的別墅，然後好好平靜一下，洗個澡，睡覺。可惜最終，行動先於內心，在離家還有一刻鐘距離的路口，錢恆一個轉彎，掉頭開去了吳君家。

吳君喜歡酒店式公寓，沒有別墅那麼安靜，但更有現代感，周邊更熱鬧，購物娛樂都方便。

而當他開門見到錢恆時，臉上寫滿意外：「怎麼了？」

錢恆熟門熟路地坐上沙發：「哦，正好路過，想起來有個案子和你討論一下。」

案子是錢恆最近接洽的家庭保險糾紛，他心不在焉地和吳君隨便聊了聊，而正當吳君準備認真研究的時候，錢恆轉移了話題——

「哦，正好還有個事問問你。」

「嗯？什麼方面的？」

錢恆抿了抿唇，避開吳君的視線：「感情方面的。」

吳君一下子來了興趣：「哦？你有情況？」

錢恆瞪了他一眼：「不是我。是我一個朋友。」

吳君意味深長地笑：「哦，是你一個朋友。」

錢恆懶得理他，他咳了咳：「我這個朋友，最近遇到一點感情上的困擾，來問我，但是我對這塊也不擅長，所以覺得經驗比較豐富的你應該更能解答。」

吳君笑咪咪的：「你那位朋友，是遇到什麼樣的困惑？」

「他收到一個女的狂熱的表白。這個女的，和他工作中常有交集。」

吳君循循善誘：「如果不喜歡的話，拒絕就可以了。就算工作上有關連，但我們男人，要忠於自己內心。而且你……你朋友，按照物以類聚的規律，應該也像你一樣，不會為了工作就勉強自己吧？」

「嗯。」錢恆點了點頭，「他沒有答應，用委婉的暗示拒絕了對方，然後冷處理了這件事。」

「然後呢？」

「然後，這個女的竟然就這麼放棄了。」錢恆說到這裡，忍不住有些咬牙切齒，他努力平靜道：「就我……這個朋友，覺得她這麼一片心意比較真誠，思前想後，覺得不是不能試一試，結果還沒過幾天，這個女的就變卦了，絕口不提當初的表白了。還號稱醉心工作無心戀愛。完全兩副面孔。」

吳君摸了摸下巴：「對方表白後，你有給過對方可以試一試的暗示嗎？」

「……」

錢恆不得不再次強調：「是我一個朋友。」

吳君毫無誠意道：「哦，我指的是你朋友。」

錢恆矜持道：「我這個朋友，也有暗示過。」

「那就是你……你這個朋友暗示的還不夠明顯。女生在主動表白的那一刻，已經耗光了全部的勇氣，其實她們也沒那麼勇敢，臉皮還是很薄的，也很敏感，人家表白後，你……你這個朋友不聞不問冷處理甚至還隱隱帶著拒絕，那人家哀莫大於心死。可能只是一天的時間，對方的情緒已經坐了一百次雲霄飛車，最初的熱情冷卻了，然後開始後悔自己表白的行為……」

錢恆聽到這裡，忍不住抬高了聲調冷哼：「後悔？她有什麼好後悔的？」

吳君眨了眨眼睛：「因為會覺得很尷尬，很沒面子，自尊受損啊。」

「所以？」

「所以追求人這種事，還是應該我們男人主動啊。」吳君道：「尤其，你……朋友有這麼考慮，就已經是喜歡在意對方了。既然喜歡，就不要錯過，直接上啊！」

在意成瑤？喜歡成瑤？

錢恆沉默了。

雖然一直逃避不願去思考這個問題，但如今當面被吳君指出，他終於不得不稍微正視一下自己的內心。

收到成瑤大膽禮物的時候，雖然震驚，但事後，確實沒有不悅，不僅沒有不悅，甚至還有那麼一絲絲愉悅。

只是——

「不行。」

吳君有些疑惑：「嗯？」

錢恆抿緊了嘴唇：「我這個朋友，不追人，這是原則。他是個有底線的人。追人這種事，不符合他的格調。」

吳君深深看了錢恆一眼，然後意味深長道：「那至少也要給點更明顯的暗示，拋出更能讓她理解的橄欖枝，然後讓她再接再厲繼續追你……朋友吧！」

錢恆「嗯」了一聲，陷入沉思。

「然後要多增加一些兩人能親密互動的機會，在接觸中，讓她發現自己果然對你……朋友還是不可自拔，當然，這中間你……朋友也要撩一下對方，讓對方感覺對她也是有好感的，她主動追你……朋友還是很有機會成功的，那樣你朋友就可以不用破壞自己的原則坐享其成了。」

錢恆原本皺著的眉頭微微舒展開來，他看了吳君一眼：「似乎有點道理，我會轉告我的朋友。」

吳君友情建議道：「既然是工作中有關聯的人，那建議親密互動也擺脫平時的工作模式啊，要新鮮點，有衝擊一點，更曖昧一點！」

「嗯。」

「但是表白過一次的女生，未必有膽量表白第二次，所以等氣氛差不多的時候，你……朋友可以告訴對方，自己勉為其難地接受了她的表白，這樣就行了！」

錢恆點頭道：「不錯。」

既然解決了錢恆……朋友的感情困擾，那是時候來解決一下自己的，吳君抓了抓頭：

「錢恆，我最近感情上也遇到點困難，我喜歡的女生以前感情上受過傷害，她現在很抵觸……」

結果吳君的話還沒說完，錢恆就看了手錶一眼，然後動作流暢地起身，毫無誠意道：「哦，時間也不早了，我還有點事，先走了。」

「……」

吳君就這麼目瞪口呆地看著錢恆氣定神閒理直氣壯地走出自己家門。

友情呢？說好的友情呢？

敢情自己就是個免費的情感諮詢？而且他說謝謝了嗎？沒有！根本沒有！

吳君想想自己當前的感情困境，又想想如渣男般過河拆橋的錢恆，差點撲回自己 Kingsize 的床上哭一場。

成瑤第二天到君恆的時候，就見吳君在偷偷摸摸打聽。

「你們知道最近是誰向你們錢 Par 表白嗎？」

譚穎表示不知道，包銳也十分茫然。吳君問了一圈下來，大失所望，對所裡的八卦氛非常不滿，只能無奈地走了。

結果吳君前腳剛走，錢恆一個內線電話，把成瑤叫進辦公室。

「這週六，空出來。」

「有新案子要加班？」

「沒有。」錢恆言簡意賅，「週六，去我家一趟。」

成瑤恍然大悟：「哦哦，是別墅要打掃了是吧，拖把什麼的工具都有嗎？」

「……」

錢恆清了清嗓子：「不是去我的別墅，是我去爸媽的別墅。」

成瑤：？

錢恆鎮定自若道：「之前因為妳的緣故，導致我相親失敗，現在我爸媽催我必須帶人回家吃飯，否則要去人民公園相親角裡發我的宣傳資料了。」

成瑤抓了抓頭，終於想起這回事。

她忙不迭地點頭：「沒問題沒問題。不過穿什麼衣服，老闆你們家有講究嗎？有沒有什麼 dress code 啊？」

錢恆抿了抿嘴唇：「沒有，妳自己斟酌就行。」他垂下視線，「不用太激動，也不用太緊張。」

成瑤想，我激動什麼緊張什麼啊！反正穿幫了，你爸媽也不是去相親角發我的宣傳冊啊！

時間就在忙忙碌碌中到了週六。

成瑤挑來挑去，終於選定了衣服，才手忙腳亂地打理下自己，匆忙跑下樓。樓下，錢恆的賓利已經在等。

「老闆，我來啦，可以出發了！」

結果成瑤剛歡樂地鑽進副駕駛座，錢恆看了她一眼，就皺起了眉：「成瑤，妳穿這個，認真的嗎？」

「是啊！」成瑤邀功道：「這可是我精挑細選才選定的，這件大衣，你看，簡潔工整，不失禮貌，但是毫無特色，絕對路人，保證穿上以後往你身邊一站灰頭土臉，一秒出局。」

「……」

錢恆的聲音有些咬牙切齒：「所以妳就穿這個見我爸媽？」

成瑤不明所以：「這樣以後不是方便『分手』？因為我太差勁了，所以你馬上甩了我？這樣你爸媽不僅很容易就接受了，甚至為你眼睛的重見光明而熱淚盈眶！」

「……」

錢恆揉了揉眉心，努力克制住自己的情緒沒有說話，他發動了汽車。

「欸？怎麼來純然路了？不是說約在細雨路的餐廳嗎？完全不同方向啊。」

當錢恆停進純然路購物中心的地下停車場時，成瑤才意識到問題，她詢問地看了錢恆一眼：「老闆？」

錢恆連看也沒看她，跨出賓利。成瑤沒辦法，只能亦步亦趨地跟著。

結果錢恆就這麼一路直接上了四樓女裝區，他想了想，走到一個法國品牌女裝店門口，然後回頭瞟了成瑤一眼：「愣著幹嘛？進來。」

這個品牌成瑤有所耳聞，她平時看娛樂八卦明星分享私服沒少見到這個牌子，衣服確實好看，又洋氣又仙，只是……價格也很洋氣很仙。

錢恆根本沒見到成瑤眼裡的掙扎，他直接走進店裡，朝貨架上掃了幾眼，然後便手起刀落：「這件、這件、還有這個。」

銷售非常熱情：「先生，要讓您女朋友試試嗎？」

成瑤想解釋：「不……我不……」

「不用，直接買。」

成瑤：？

銷售眉開眼笑：「我去包起來。」

錢恆抿了抿唇：「不用包。」他終於正眼看了成瑤一眼，「妳直接穿上。」

「要穿成這樣去見你爸媽嗎？」成瑤忐忑道：「會不會太精緻太隆重了？萬一你爸媽對我印象太好？」

大概是和錢恆這個劇毒待久了，連成瑤都不自覺間被帶偏了自我感覺良好起來：「人靠衣裝，穿成這樣，萬一他們中意我中意到不行，當場要求我們原地結婚怎麼辦？」

「……」

錢恆忍了忍，終於克制道：「成瑤，清醒點。」

「……」

他非常嫌棄地看了成瑤此刻的穿著一眼，然後轉開視線，「妳穿的灰頭土臉會影響到我的格調。」他冷冷道：「我錢恆的眼光，必須是最好的。」

行……行吧……

成瑤雖然戰戰兢兢，然而內心忍不住激動起來，難道這就是傳說中，因為假扮老闆女友，所以老闆買衣服？只是假扮一次女友而已，竟然可以白得一套這麼貴的衣服！值了！

錢恆的眼光和他的嘴一樣毒辣，雖然此前根本沒有試，但是衣服上身，竟然像是為成瑤量身訂做的一般，非常契合她的氣質。

連成瑤看著鏡中的自己，也有些驚呆了。

她想，我可真他媽美啊！

等她自戀完重新回歸到正常狀態，第一時間就是向錢恆道謝：「謝謝老闆！」

錢恆卻刻意移開了目光，冷冷道：「不用謝我，錢會從妳的年終獎金裡扣。」

「……」

別原地結婚了，成瑤想，還是讓我的老闆原地爆炸吧。

兩個人趕到餐廳時，錢恆的爸媽早已在包廂中落座了。與成瑤想像中的一樣，錢媽媽是個非常貴氣的美人，錢恆的容貌幾乎全遺傳自她，而錢恆的神情氣質，則是錢爸爸的翻版了，首富非常嚴肅，板著張臉，看起來不太好說話的樣子。

錢恆還是那副死樣子，他看了自己爸媽一眼，直接無視自己老子，冷硬道：「媽，這是我女朋友成瑤。」

「小成是嗎？來吧，坐這裡。」錢媽媽挺溫和，一下子掃除了成瑤和首富一家吃飯的尷尬和緊張，拉著成瑤聊起來。

可聊天，總有進入正題的一刻……

果然，相談甚歡了沒多久，錢媽媽就話鋒一轉——

「小成啊，我想問問，妳和我們錢恆是怎麼認識的呀？」

錢恆想回答，卻被錢媽媽瞪了回去：「我在問小成。」說完，她接著笑咪咪地看向成瑤。

「工……工作認識的。」

「在一起多久了？」

成瑤求救地看了錢恆一眼，然而四個人一桌，實在沒有作弊的可能性，她只能硬著頭皮亂編道：「在一起沒多久。」

錢媽媽來精神了：「那妳真的瞭解錢恆嗎？」

「我……我還是比較瞭解的。」

「那妳覺得錢恆有什麼缺點？」

錢媽媽盯著成瑤，錢爸爸盯著成瑤，錢恆也盯著成瑤。

在老闆面前說他的缺點，是嫌命太長嗎？

成瑤睜眼說瞎話道：「錢恆十分完美，唯一的缺點就是太完美了，讓我有時候會有些自卑！」

錢恆剛才黑雲壓陣的表情和緩了下來，嘴角微微上揚。

成瑤抹了把汗，這道送命題，看來是保住自己狗命了。

只是錢媽媽不打算放過成瑤：「妳不用在我面前不敢說實話，人無完人，妳交往中，覺得錢恆到底有哪些問題？」她雖溫和，眼神卻很精明，她意有所指道：「要是真的交往過，就算時間短，肯定也能說出磨合中發現的問題的。」

「……」

成瑤咬了咬牙：「這個，錢恆有時候有點太過特立獨行，讓我跟不上他的節奏。」這個所謂缺點，不痛不癢，成瑤覺得自己這個度，把握的還可以。

「只有這個缺點嗎？」

成瑤點了點頭：「嗯！」

錢媽媽一臉驚訝：「那妳真的和他交往的時間還太短，所以沒發現他還有自我感覺過於良好、嘴巴毒、龜毛、過分講究、不近人情、直男思考、毫不暖男、不會哄人、面子大過天、老闆病、心狠手辣、唯我獨尊這些毛病。」

「……」

「而且他在家事法律方面非常專業，妳和他如果分手，肯定一分錢也拿不到的。」

成瑤想，錢恆不能脫單，除了他自己的實力外，他媽媽的實力也是不可小覷。

剛才在一旁保持沉默的錢爸爸看了成瑤一眼，也開了口：「成這個姓我其實不太喜歡。」

「……」

「但以妳看上我兒子這一點，可見妳的品味和眼光，還是可以的。」

「……」

「另外，我還是希望妳能提供妳從國中到大學所有成績單原件，影本的話加蓋學校的公章。」

「欸？」

錢爸爸微微一笑：「這樣我可以知道以後和妳聊什麼樣的話題我們溝通能比較流暢。」

成瑤：？

成瑤愣了足足三分鐘，才終於反應過來。

從成績單中瞭解了基礎智商，才能確保彼此智商在不在同個層次上，能聊什麼話題……

「對了，最近三年的體檢報告，希望妳也能提供給我。哦，你們家有族譜嗎？」錢爸爸鎮定自若道：「妳放心，做生意……哦，不，年輕人談戀愛，講究的是公平，妳提供給我的資料，我也會相應的把錢恆的相關材料提供給妳。」他一邊說，一邊拿出一本看起來有四百頁厚的書，「這是前期資料，先供妳參考。」

成瑤接過一看，差點被封面上的字亮瞎了眼。

《優秀單身男青年圖冊之錢恆大全》。

副標是——依法結婚，拒絕單身！

而翻開這本圖冊的目錄，更加讓人無法直視了。

如同寫論文般的，圖冊目錄裡從錢恆產地、錢恆屬性、錢恆特徵、錢恆短期持有與長期持有優勢對比、錢恆缺陷免責條款、錢恆實拍這六個方面進行闡述……每個小標題下還有二級目錄，二級目錄下還有三級目錄……而翻到最後一頁，用黑體字大大地印刷著——錢恆搶購熱線：180XXXXXXXX。

成瑤一看，這串數字，就是錢恆的手機號碼無誤了。

媽啊！這是什麼樣的魔鬼啊！

成瑤看著這本錢恆大全，簡直不敢相信自己的眼睛，她用眼神詢問錢恆，而錢恆，也唯一一次有些彆扭地直接轉開了頭，他面上的表情充滿了無法直視的生無可戀。

看來，這就是錢恆爸媽為他花重金訂製的相親手冊了，一旦今天自己沒來和錢恆吃這頓飯假扮他的女友，看來沒多久，這本手冊就會在相親圈裡流傳，不出三天，就能出圈，說不定還能上個熱搜……

成瑤看看錢恆，又看看錢爸爸錢媽媽，心裡只有一個念頭——

祖傳魔鬼！

這他媽絕對是祖傳魔鬼一家！

第八章　請求妳做我女朋友

成瑤就這樣嚴陣以待與這三個魔鬼共進午餐。

在短暫的沉默後，又開始了新一輪的生存挑戰。

錢媽媽喝了口紅酒，看向錢恆與成瑤，她笑咪咪的：「你們兩個，是誰追誰？」

「……」

成瑤立刻用餘光求救似的看向錢恆。

錢恆瞥了她一眼，然後鎮定自若道：「哦，她追我的。」

「……」

行吧，成瑤想，今天是你的主場，就算為了報復我上次黑你，說我是失足少女從良，我也只能咬牙認了。

「哦？」錢媽媽玩味道：「看不出來小成挺勇敢的呀，所以追了多久？是怎麼表白的？」

錢恆高貴冷豔道：「她應該暗戀我挺久了，只是一直沒有表白。所以表白的時候，我是沒有什麼心理準備的。」

錢媽媽點了點頭，一臉願聞其詳。

錢恆抿了口茶水：「其實也沒有大張旗鼓追的行動，可能我的優秀讓她有一些壓力，她採用的是潛移默化想要日久生情的策略。」

錢媽媽捧起了臉：「感覺很浪漫啊。所以是怎麼潛移默化潤物細無聲的？」

「她早上幫我準備早餐便當，晚上做晚飯，平時還能通水管、代駕，隨叫隨到，方便快捷。」

等……等等，這聽起來完全不浪漫好嗎……

「我的胃不好，所以她幫我熬養胃粥，出差的時候也各種關照我按時吃飯。」

嗯……這個聽起來還差不多……

「別人都覺得我是業界毒瘤，只有她不這麼覺得。」

「帶我玩遊戲，讓我喜歡上打地鼠。」

「歪理邪說很多，但每次都在關照我勞逸結合；在任何場合都非常維護我。」

「和我有共同的愛好，喜歡相同的遊戲和音樂，有很多話題。」

錢恆的口才實在太好，這麼平鋪直述，錢媽媽就已經為年輕人們感人的愛情而迷醉了；連成瑤這個當事人本人，都被他說得恍惚間覺得自己真的暗戀錢恆已久，早就步步為營準備對他溫水煮青蛙了。

「那所以表白呢？是誰表白的？還是小成嗎？」

「嗯。」錢恆這一次，終於輕輕掃了成瑤一眼，然後他轉開頭，「是她。」

成瑤想，這彆扭傲嬌的模樣，這爐火純青的演技，這毫無漏洞的故事，想不到錢恆編得還挺像。

「怎麼表白的？」

成瑤在內心點評，別說錢媽媽想問，自己都想問錢恆，按照這故事情節的發展，自己該怎麼表白才能ＨＥ？

錢恆又掃了成瑤一眼：「她在我生日的時候送了一盒禮物給我，用來表白。」

高明，實在是高明，故事要讓人信服，講究的就是虛中有實，才能以假亂真，錢恆真是個編劇人才啊，生日送禮物的真實細節加上虛假的表白，實在是有板有眼讓人信服。

這一次錢媽媽沒有再追問，然而錢恆頓了頓，卻繼續下去。

「她在禮物裡對我表了白。說想和我生孩子。」

成瑤穩了穩，才沒把手裡的茶杯扔出去。好嘛，報復終於來了。但你注意一下人設好嗎？腹黑到潛移默化扮豬吃老虎的我，怎麼突然變得這麼狂野？還生孩子？成瑤簡直氣笑了，也不知道錢恆是怎麼想出來的。這是什麼三流言情小說裡的臺詞啊，盡往自己身上按。

她覺得是時候挽救一下自己的形象：「我還送了別的禮物。」

「嗯。」錢恆認可了她的說法，「是這樣。」

他意味深長地看了成瑤一眼，然後耳朵上微微爬上了幾不可見的紅色，然而聲音還是一貫的冷靜：「她還送我一瓶酒。」

成瑤想，哦。原來禮物裡有酒啊。

「一瓶一九八二年的拉菲。」

哦……欸？不對？八二年的拉菲……等等？成瑤突然有種不妙的預感……

錢恆卻沒意識到成瑤的慌張，他故意咬重了每個音節：「還有一些別的東西。」

別的東西……是那一盒保險套嗎……

成瑤絲毫沒餘力去追究錢爸爸、錢媽媽臉上的表情了，她的心裡像是住著一隻受了驚的松鼠，準備隨時躥到樹上躲起來。

八二年的拉菲……

她就算是白癡，現在也反應過來了。

錢恆現在並不是在編故事！他說的那麼有板有眼，那麼細節真實，是因為這本來就是真的！

工廠搞錯發貨的那個禮物！那個富婆重金表白小鮮肉的禮物，被自己當做禮物送給錢恆！

他恐怕是真的以為自己如此狂野的表白！恐怕是真的以為自己對他有所覬覦！恐怕是真的以為自己暗戀他！

這他媽要命了！

就在成瑤整個人快被嚇到呆滯的時候，只聽錢恆繼續道——

「我一開始是拒絕的。」他的聲音仍舊冷淡，卻帶了一種不自然的乾巴巴，像是竭力保持無感情的鎮定，然而那種微微的微妙還是從語氣的末梢裡洩露了出來。

他咳了咳，蜻蜓點水般輕飄飄瞥了成瑤一眼：「但就算我冷處理，她也沒有退縮，忍著自己心裡的難過和被拒絕的尷尬，繼續陪在我身邊。」

「……」

不是啊！不是！不是這樣的！成瑤在心裡瘋狂擺手，老闆！你這樣的想法！真的很危險啊！

結果這樣還沒完，就在成瑤已然非常凌亂的時候，錢恆給了她致命一擊——

「所以最後，我被她的執著和不記名分感動了。」錢恆恢復了高貴冷豔，他飛快地望向成瑤，又飛快地移開視線，然後望著不遠處的窗外鎮定道：「我決定勉為其難和她在一起。」

他這個語氣，恍惚間讓成瑤想問他，此時此刻，自己是不是應該跪下謝主隆恩？

只是……只是這發展！他媽的不對啊！

成瑤的腦海裡一片混亂，這到底是什麼情況？自己的禮物，該不會真的送錯了？錢恆說的這些，是為了應付他父母的假話還是真的？

接下來的飯局裡，成瑤已經是個戰五渣了，她差點打翻紅酒，切牛排的時候刀差點脫手，最後吃甜點的時候還把甜點蹭到衣服上，時不時表情微妙複雜地看向錢恆……

簡直不忍直視。

而對於成瑤層出不窮的出洋相，錢恆今天卻格外包容。

這自然要包容。試問哪個女性能在自己同意交往的暗示面前冷靜自持？

照理說，成瑤還能有這個表現，已經是難能可貴了。

錢恆一邊優雅地切著牛排，一邊內心滿意地想，自己這個計畫真是完美。

吳君說的沒錯，自己冷處理成瑤以後，只要利用合適的機會給她一點暗示，她就會激動到找不著方向，重新燃起追求的動力了。自己如今利用假扮女友的契機，既和成瑤有了非工作接觸的親密互動，又利用這個機會，旁敲側擊順水推舟地暗示成瑤自己對她的接納。

這樣自己不用主動，就給出成瑤可以繼續再接再厲追自己的訊號。

簡直是機智。

而成瑤也確實如自己所想，後半場飯局裡已經激動得渾渾噩噩，緊張到手腳不協調。

錢恆胸有成竹地想，等飯局結束，成瑤一定會拉著自己向自己求證自己的話是不是那個意思的，到時候……哼。

成瑤忍著心中巨大的忐忑、悸動和不安到了飯局結束。

幾乎是錢爸爸、錢媽媽剛走，她就拉住了錢恆。

「老……老闆……」

錢恆了然地朝她笑笑：「妳要問什麼，就問吧。」

「我的禮物裡真的是八二年的拉菲？你……你喝了嗎？」

錢恆矜持地笑笑：「我還沒喝，妳要是想一起喝的話，也不是不可以。」

「那，你說，那個……就『勉為其難地和我在一起』是……」成瑤忐忑道：「是為了應付你爸媽的吧？」

錢恆不等成瑤說完，就大發慈悲般地打斷她：「不，就是妳一直夢寐以求的那樣。」

他矜持地看向成瑤：「雖然女友是假扮的，但妳也聽出來了，妳送我禮物表白，包括平時對我的暗戀，都是事實，我確實很感動，所以也決定給妳個表現自己的二次機會。如果妳繼續努力，各方面以高標準要求自己，考核通過的話，也不是不能上崗成為我的真女友。」

「……」

成瑤震驚了，成瑤迷茫了，成瑤感覺自己腦袋壞掉了……錢恆？錢恆在說什麼話？怎麼覺得每一個字自己都聽得懂但是連在一起是什麼意思成瑤只覺得頭腦一片空白……

「可是我……」

「沒有可是。」錢恆篤定道：「讓妳考察期通過後上崗已經是我對妳最大的通融了，妳就算說自己心急如焚一天也等不及，也不行。畢竟辦公室戀情，我還是覺得不太妥。我還有心理建設要做。」

「考察期一個月。」

「不……」

「三週。」錢恆惡狠狠地瞪了成瑤一眼，「妳就算哭，也不能再低了。光是考慮談戀愛這件事，已經對我的工作造成了影響。談戀愛後，我的收益也可能減低，所以我需要很慎重地考慮。」

「我……」

「兩週。」

「老闆！這是個誤會啊！」成瑤終於找到機會，見縫插針般地把話喊了出來。

錢恆愣了很久，才皺著眉，一臉興師問罪：「什麼誤會？給妳兩週妳還想順杆爬？」

成瑤硬著頭皮：「那個……這個禮物，是個誤會。」她抹了把汗，把秦沁那邊工廠送錯貨的事一五一十交代了。

錢恆的臉色很恐怖。並且隨著成瑤的交代，他的臉色越來越恐怖了。

直到成瑤說完，他才陰沉地瞪著成瑤，一字一頓道：「所以，妳沒有表白？」

成瑤點了點頭：「真的！我今天就去投訴那個出錯貨的工廠！我可以把人叫來跟你當場對峙！這真的是個誤會！我沒有！我絕對沒有對老闆你有非分之想！」

「所以，我之前的情緒全白費了？」

成瑤立刻點頭保證道：「老闆，你不用這麼勉為其難左右為難，不用糾結辦公室戀情不妥這種問題，也不用為了考慮談戀愛而影響工作！也不用考察我了！不用在乎我的感受！因為我很好！我沒有失戀！我也沒有表白失敗遭到毀滅性打擊！你放心！我會繼續心無旁騖地工作！為法律與社會秩序而奮鬥！」

「……」

其實遇到這個情況，成瑤的腦子至今也還沒轉過來，她整個人非常混亂，錢恆的眼神讓她心慌意亂，錢恆的話更是讓她覺得煩躁不安忐忑緊張。她語無倫次地解釋著，下意識就想把如今這種不可控的場景恢復還原到原本的平衡。她暈乎乎地想，一切回歸到平時的話，就好了吧。自己的不正常也能好轉了。

成瑤劈里啪啦說了一堆，從主觀和客觀兩方面的證據分析了自己的無辜，並且努力完善邏輯，將主客觀融合起來形成證據鏈，以加強證明力證明自己確實對錢恆並無歹念。

「老闆，你千萬不要覺得我苦戀你很可憐，就出於憐憫勉強自己給我個機會！我沒有！我真的沒有！」

結果不知道為什麼，錢恆越聽越沉默，越聽臉色越難看，成瑤說到最後，他竟然站起身，直接走了！走了！了！

沒過多久，成瑤收到一則訊息。

『突然想起來有非常重要的工作要加班，妳自己回去吧，車費我報銷。』

附隨這則訊息而來的，是一個兩百元的轉帳。

「……」

這是什麼跟什麼啊，成瑤想，而且最近能有什麼加班？今天為了應付自己爸媽，錢恆不是號稱已經把時間都安排好了嗎？

不過不知道是不是巧合，錢恆前腳剛走，成瑤就接到了薛明的電話。

『瑤瑤，妳在哪裡呢？我今天正好又來A市辦事，一起吃個飯？』

「欸？」成瑤有些不好意思，「我剛吃完呢，要不然我陪你吃，然後喝個下午茶什麼的？」

薛明滿口應好，兩人便把這事定下了，薛明很想去嚐嚐A市風味小吃一條街上的小餐館，所以兩人便約在那見面。

也不知道今天成瑤是什麼運氣，薛明的電話剛掛，包銳就來電話了。一下子讓成瑤飄飄然得都有了點自己是個日理萬機的大忙人的感覺。

『成瑤，我們今天下午約了牌局，一起來我家打牌啊！譚穎李明磊和王璐都來的，就差妳了！我讓我老婆做了一桌甜點，妳不是老是說她做的好吃嗎？趕緊來吃吧。』

成瑤拒絕道：「替我謝謝嫂子！不過我約了人啦！下次一定來！」

『約了人？』包銳的八卦雷達一下子上線了，又是對著成瑤東問西問，還語重心長關照成瑤一堆約會須知，才掛了電話。

成瑤很快趕到了小吃風味一條街。

這裡算是A市的特色老街，遊客總要來逛逛，不少餐廳是十幾年的老店了，口味很不錯，只是因為街區太老，又有一些遺留問題，遊客多垃圾也多，這一帶的環境略微有些髒亂。

薛明和自己是不在乎，但如果換成是錢恆那種人，恐怕皺著眉頭，屏著呼吸，都不知道哪裡才算足夠乾淨到能安放自己尊貴的腳。

成瑤搖了搖頭，不知道怎麼的又想起錢恆，一定是平時中毒太深！

好在薛明很快就到了，兩人很快選定了一間川菜館，準備進去大快朵頤。

「來，瑤瑤，吃點水煮牛肉，很夠味。」

兩人的菜很快上了，薛明剛熱情地夾了一塊水煮牛肉準備放進成瑤的碗裡，就被突兀地打斷了。

「為了更健康衛生，國外都流行分餐制，還在這裡夾來夾去，如果你有幽門螺旋桿菌，不是正好傳染給她？」

就在成瑤準備開口道謝之際，她的頭頂突然響起錢恆冷冷的聲音。

而這位半路殺出的程咬金選手，無視了薛明和成瑤疑惑震驚的目光，大剌剌地從旁邊空餐桌邊拉過一把椅子，結果那椅子上有幾塊老舊的油斑，錢恆皺了皺眉，一臉英勇就義般小心翼翼地坐在那椅子的一個角上，堪堪避開那幾塊油斑……

「幽門螺旋桿菌你們懂嗎？」錢恆冷哼一聲，即便這坐姿應該相當不適，他還是一派高貴優雅矜持，屁股穩穩的猶如坐在自己昂貴的老闆椅上，「幽門螺旋桿菌感染，會讓胃癌的幾率增加二點七到十二倍。」

「……」

薛明這根伸出來的筷子，一時之間繼續伸著也不是，縮著也不是，就這麼尷尬地停在半空中。

他下意識解釋道：「我沒幽門螺旋桿菌。」

錢恆瞥了薛明一眼，冷哼了一聲：「我們律師，最講究的是證據，空口無憑，等你提供了你的體檢報告證明了再說吧。」

「……」

成瑤滿頭汗，她轉過頭去，看向錢恆：「老闆，你怎麼又過來了？」

錢恆面色不悅：「這條街是妳家的嗎？我為什麼不能過來？」

「你不是……不是剛才有重要的加班任務嗎？」

錢恆理直氣壯道：「我記錯了，車開到一半發現不需要加班。」

「……」

「那你是怎麼知道我們在這裡啊？」

「包銳邀請我去打牌時向我彙報的。」說到這裡，錢恆冷冷一笑，「沒想到我前腳剛走，妳後腳就已經約起來了。」

成瑤：？

自己做的有什麼不對嗎？成瑤不明白，錢恆走了難道自己還要隨時待命嗎？這他媽可是週末啊！為什麼錢恆的語氣，簡直就像是說自己屍骨未寒，控訴成瑤這個未亡人剛死了老公就迫不及待勾三搭四了……

不過令成瑤震驚的還不是這個，她看著錢恆對周遭環境嫌棄的表情，有些不忍：「老闆，是有什麼急事需要我處理嗎？你寄郵件或者打電話給我都可以啊，沒必要親自過來這裡，這裡……這裡的格調畢竟和你格格不入……」

薛明聽到這裡愣了愣：「他是妳老闆？」他轉了轉眼珠，隨即語帶敵意道：「雖然工作確實重要，但今天是週末，成瑤也有私人時間，我和成瑤約完會後回去會陪她一起把你的工作加班完成的。」

薛明說到這裡，話鋒一轉，他從上到下打量錢恆一眼：「何況你這樣的身分穿著，在這裡吃飯實在不太適合。這裡的菜恐怕是用地溝油做的，你嬌貴的胃，是接受不了的。」

不知道怎麼的，平時溫和的薛明，似乎和錢恆也不怎麼合，成瑤怕按照這個趨勢兩個人槓上，努力做著和事佬：「老闆，這裡實在太髒亂了，真的不適合你，我怕把你衣服弄髒了，多貴啊……」

「不貴，也就兩萬塊而已。」

「……」

雖然錢恆對周遭環境實在是肉眼可見的看不上，但他在成瑤和薛明的聯合勸說下，竟然十分頑強地待了下來，這腔調，是不準備走了。

換成別人，薛明說什麼都不忍了，但得知對方是成瑤老闆，本著為成瑤考慮的心情，只能敢怒不敢言，只是他也不準備將就錢恆了，直接吃起飯來，準備來一出無視大法，澈底無視錢恆，當他是空氣。

「瑤瑤，妳老闆既然這麼閒，想在這裡看我們吃飯，那就讓他留著唄。」薛明咬牙切齒道：「我們吃我們的，吃完了妳再跟妳老闆回去加班就是了。」

薛明一口一塊水煮牛肉，一邊又斜斜地瞟了錢恆一眼，像是故意說給他聽似的：「對了瑤瑤，還沒問過妳呢，妳的擇偶標準，是什麼樣的？」薛明說到這裡，看了成瑤一眼，有些不好意思，「想問問，妳喜歡什麼樣的男生？」

「啊？我啊？」成瑤有些意外，她想了想，剛想回答，卻被錢恆打斷搶了白。

「她喜歡身高超過一八五的男人。」錢恆說完，居高臨下地看了侷促的薛明，「你只有一七八左右吧。你看，你比我矮了大半個頭。」

「……」

成瑤剛想解釋，錢恆又開了口：「她喜歡工作能力強足夠優秀的男人。」

而見成瑤沒有說話，薛明以為她默認了這種標準。

薛明的眼睛重新亮了亮，有些靦腆：「我今年才被評為優秀員工。」

「哦，她喜歡的優秀，是指那種年收入破億的。」

「……」

「不是不是，別聽我老闆開玩笑……」成瑤連忙闢謠，結果錢恆警告地看了她一眼，雖然沒說話，但成瑤已經默契的從錢恆的眼神裡讀懂他的潛臺詞——年終獎金，還想要嗎？

「……」

為金錢屈服的成瑤只能識相地閉上了嘴，任由錢恆表演。

「她還喜歡穿西裝好看的男人。」

成瑤的沉默，進一步加深了薛明的誤解。

他的眼睛又亮了，他看向成瑤：「我穿西裝，我們公司的人都說我挺帥的。」

錢恆笑笑：「哦，忘了說，是穿兩萬以上西裝好看的男人。」

「……」

話說到這裡，薛明才意識到，反應過來成瑤的沉默恐怕是面對強權的敢怒不敢言，他終於忍無可忍：「你這個人怎麼回事？雖然你是瑤瑤的老闆，但也干涉太多她的私生活了吧？」

「我今天過來，不是以成瑤老闆的身分。」

成瑤已經不知道對這種發展該怎麼處理了，錢恆今天怎麼了？他是中央戲精學院畢業所以來展示他的專業的嗎？這次又要幹什麼？繼續以室友的身分作亂？他是報復自己上癮了？死活不讓自己有任何脫單的機會嗎？

「我今天來，是以成瑤準男友的身分。」

看吧，果然演上了……就在成瑤準備腹誹之際，她突然反應了過來。

等……等等……什麼準男友？

成瑤驚愕地抬頭，看向錢恆。對方卻在說出如此爆炸性消息之後仍舊維持著冷漠的鎮定，就像是在討論今天天氣一樣平常。

「成瑤，在追我。」錢恆臉部紅心不跳地宣告著，「我一開始是拒絕的，但現在，經過劇烈的思想掙扎，我想通了。」錢恆看向成瑤，微微一笑，「我允許妳追。」

「不不！老闆！你搞錯了！我剛才不是已經和你解釋清楚了嗎？我沒有在追你，那個禮物是個誤會啊！你最近的記憶力有點問題啊，我回頭買點腦白金給你清醒清醒吧！」

這麼一來二去，薛明自然被氣走了，只是薛明走後，成瑤不論怎麼解釋，錢恆也不表態，他只是眼神危險地看著成瑤。

「成瑤。」

等成瑤嘴巴都快說乾了，之前臉色複雜一言不發的錢恆，終於開了口。

他的表情仍舊鎮定，語氣也冷靜到不行：「我是善意第三人。」

「啊？」

「我想過了。」錢恆盯著成瑤：「妳和工廠之間發錯貨的關係和事實，我作為第三人，並不知情，所以我的誤解，也是基於不知情上非主觀惡意的誤解，那麼你們之間發錯貨造成的惡劣影響和後果，不得對抗我這個善意第三人因誤解做出的錯誤決定。因而我的決定所造成的損失，妳也不得向我主張，只能向發錯貨的工廠主張。我的決定，妳必須配合履行。」

成瑤一頭霧水：「什麼？」

錢恆抿了抿嘴唇：「我已經勉為其難做出決定允許妳追求我了。」

成瑤還沒反應過來，就聽錢恆理直氣壯道：「所以妳必須追。」

成瑤：？

「因為我是善意第三人。」

「……」

「我錢恆的情緒，不能浪費。」錢恆理直氣壯道：「我既然已經被這個錯誤引導著思考了很久，做出了決定，那這個決定必須被執行。我要對得起我一分鐘一六六點六六六無窮人民幣的時間。」

「……」

成瑤在極度的震驚下，忘記了自己應該先去回應老闆的話，她下意識先考慮起善意第三人的問題，據理力爭道：「善意第三人是處分物權裡的概念，我們這裡涉及到的是人身關係，人身關係不能強制執行，你不能這麼強行要求我去追你啊！這不合法！和法理完全是背道而馳的！」

錢恆微微皺起了眉，面對成瑤的指控，仍舊非常冷靜，他看了成瑤一眼：「我以妳的年終獎金命令妳追。」

「……」

這是徹底不講理不講法開始霸權主義強權政治了……

「鑑於妳確實不是主觀故意造成我的誤會，所以時間上，再讓步一點。」錢恆冷冷道，「三天。」

「但是……」

「沒有但是。」

「不，就……」

這一次，錢恆直接捂住成瑤的嘴，不讓她再有開口的機會。

他淡然地看著成瑤，雲淡風輕道：「沉默是金。」

「……」

雖然表情淡然，但錢恆那雙漂亮的眼睛裡寫滿了死亡威脅。

「……」

成瑤簡直欲哭無淚，這他媽是什麼鬼？這是逼良為娼啊！這世界上，竟然還有人逼別人對自己有非分之想的！

「就這麼決定了。走吧。」錢恆微微皺了皺眉看了餐館周圍一眼，「我真的不能繼續在這個地方待下去了。我的格調已經快被污染得分崩離析。」

「……」

走？還走什麼走？成瑤想，這走的是什麼絕路啊？

天地良心，她現在只想打電話給秦沁約架！瞧瞧她推薦的那個破禮物搞出的是什麼事？

結果一刻鐘後，成瑤被錢恆帶到電影院門口。

成瑤：？

錢恆目不斜視地看向遠處：「哦，從今天開始算吧。」

成瑤愣了愣，才反應過來：「三天，從現在開始算？」

今天都已經過了一大半了！

錢恆惜字如金的「嗯」了一聲，繼續維持著不看成瑤的姿勢。

「那我們現在？」

「正常來說，追人的一方會請被追的看電影。」

成瑤連連點頭：「好好。老闆說的是！」

不知道為什麼，可能是氣勢問題，每次和錢恆在一起，成瑤最後總是在他強大的詭辯和歪理邪說中敗下陣來，不自覺就會被他帶著走。

在錢氏霸權主義面前，她不知不覺遭到了荼毒，接受這詭異的發展。

成瑤趕緊掏出手機，「所以老闆你想看什麼電影？今天有場次的有一個好萊塢英雄片，一個國產青春愛情片，一個日本恐怖鬼片，還有一個印度歌舞片。」

「恐怖片。」

成瑤哪敢遲疑，立刻準備訂票。

「刷我的卡。」結果就在準備付錢時，錢恆冷冷地遞上自己的信用卡。

「欸？」

錢恆的聲音仍舊波瀾不驚，只是音調裡有一份微微的不自然：「這三天期間因為追求我而造成的費用，我給妳報銷。」錢恆清了清嗓子，「畢竟我比較貴，正常人追求不起我。鑑於這個情況，我對妳進行補貼。」

人一旦中毒以後，就連思考裡也帶了毒素，成瑤完全被帶跑了，她感恩地想，老闆真是貼心啊！

「謝謝老闆！」她道完謝，又想起來，「那、那個，老闆你的卡密碼是？」

錢恆言簡意賅地直接報了一串數字。

成瑤拿著卡付了電影票錢，趕緊顛顛地回來還卡。

結果錢恆又有了新要求，他沒接過卡，只是眼光輕飄飄地看了旁邊抱著爆米花走過的小情侶一眼。

成瑤不傻，立刻心領神會，趕緊拿著卡，又買了一大桶爆米花，還附帶兩杯可樂。

兩個人就這麼落了座。

雖然成瑤知道這是日本恐怖片，但她根本沒料到，這恐怖片竟然還是3D的！

這下從音效、環境還有身臨其境感來說，恐怖片真的十分恐怖了！

成瑤抱著爆米花瑟瑟發抖，她一緊張就瘋狂往嘴裡塞爆米花，半場電影下來，一桶爆米花幾乎都進了她的肚子。

她根本無暇顧及別的，只能拼命忍著想要尖叫的衝動，偶爾瞥了身邊的錢恆一眼，才發現對方對著螢幕上的一群鬼和碎肉殘肢，還是面不改色十分冷靜。

可成瑤快要嚇死了！她咬緊牙關，抓著自己的大衣。

就在她害怕得快要逃跑的時候，錢恆湊近她。

他的聲音低低的，仍舊鎮定自若，質地微涼，然而因為在成瑤的耳畔，那氣流裡帶了曖昧的溫熱。

「正常來說，看恐怖電影的時候，追求者都會趁機握住被追的人的手。」

成瑤還沒反應過來，錢恆的手就伸了過來：「哦，妳手太短了，我就勉為其難握住妳的吧。」

然後一隻溫熱的手，握住成瑤的。

明明剛才看恐怖片還嚇得要死，完全被片子裡的氣氛帶著走，可此刻因為錢恆的這隻手，成瑤只覺得從兩人皮膚接觸的地方升騰起一股熱意，她的臉也跟著紅了，腦袋裡轟的一聲，剛才恐怖片的氣氛，一下子變成了愛情片，還是那種讓人臉紅心跳的愛情片。

後半場到底講了什麼，成瑤幾乎不知道，她只顧著臉紅，心臟砰砰砰劇烈跳著只差跳出胸腔了，哪裡還看得進情節。

不知道錢恆是不是一樣。成瑤根本不敢去看他，只是他那隻握著自己的手，手心也逐漸滾燙起來。

電影放完散場，成瑤才跟著錢恆站起來，她忐忑緊張地看向錢恆，結結巴巴地詢問：

「看……看完了，手……手還要牽著嗎？」

「牽手是追求別人成功路上的重要進展。」錢恆一本正經道：「妳當然應該乘勝追擊。」

成瑤點頭如搗蒜，錢恆輕輕拉住她：「走吧。」

兩人本來還準備一起吃晚飯，可惜錢恆接了個電話後，晚餐計畫不得不擱淺。

「有個客戶有點急事需要處理一下。」錢恆的手還是牽著成瑤的，他的耳朵也有些微紅，只是語氣還是鎮定，「所以妳不得不和我分開了。」

「看妳臉上這麼難過，我可以送妳回家。」錢恆清了清嗓子，「妳可以抓緊車上的時間多看看我。」

成瑤：？

我臉上有難過的表情嗎？她想，我還沒從慌亂裡理清頭緒呢？哪裡有空難過啊！

成瑤就這麼忐忑地坐上了賓利，任由錢恆把自己送回樓下。

她剛下車，錢恆又叫住她：「成瑤。」

「嗯？」

錢恆移下車窗，微微抬了抬側臉。

成瑤：？

「通常一起看完電影牽手後，追求者會趁著氣氛好，親一下被追求的人。」錢恆一邊說，一邊抬了抬側臉，他暗示道：「今晚月色挺好，氣氛不錯。」

什麼月色？成瑤想，月亮他媽還沒出來呢！

「氣氛很好。」就在成瑤內心腹誹之際，錢恆抿了抿唇，又補充道：「所以我允許妳親我。」

「不不不，老闆，我沒有想要冒犯你！」

真是敬酒不吃吃罰酒，錢恆冷冷地瞥了成瑤一眼：「我用年終……」

「我親！我親！我親！」

成瑤不僅臉紅了，連眼睛都紅了，她衝到車窗前，俯下身，飛快地親了錢恆的側臉一下，然後兔子似的逃走了。

成瑤親完錢恆，感覺自己像犯罪既遂，她心裡砰砰直跳，明明有電梯，卻傻不拉幾一口氣跑上樓。

直到站在家門口，她的心還沒平靜下來。

完了，她絕望地想，我可能被錢恆傳染了！

結果她剛撫住胸口想要按捺住那顆狂跳的心，這一切的始作俑者便打來了電話。

成瑤緊張之下按了「掛斷」……

等她手忙腳亂趕緊回撥的時候，顯示「忙線」……

她鍥而不捨地又打了幾遍，一則訊息跳了出來。

『妳別打。』

幾乎是成瑤剛聽話地放下手機，錢恆的電話就來了。

『成瑤，下樓。』

「欸？怎麼了？」

『我反悔了。』

「啊？」

電話裡錢恆的聲音鎮定自若：『通常這種情況下，追求者應該陪著被追求的人一起去加班。』

「……」

錢恆理直氣壯道：『妳想追到我，必須努力點。所以下樓吧，這種時候應該陪我一起加班。』

「……」

不管怎樣，最終，成瑤還是乖乖的奉旨下了樓。

於是此刻，她坐在錢恆的辦公室裡，字面意義上的好好看著錢恆加班……

以前也不是沒來過錢恆的辦公室，只是這一次，成瑤卻覺得格外緊張。所裡沒有別的人了，只有錢恆這間辦公室裡開著燈和暖氣。錢恆一本正經地看著材料，密閉的空間內氣氛安靜而微妙。

一切沒什麼不同，但一切似乎又都不同了。

成瑤看了錢恆一眼，他的側臉仍舊英俊到不真實，眉正微微皺著，像是遇到什麼難題，模樣認真而專注，明明他穿的衣服領口的鈕子都扣緊了，可成瑤腦海裡竟然還是冒出了「性感」兩個字。

真是中毒了中毒了。成瑤紅著臉，趕緊移開眼睛。

結果沒過多久——

「這種時候追求者應該含情脈脈地看著被追求的人。」

錢恆沒抬頭，還是埋首在文件裡，如果不是這屋裡只有他和成瑤，那樣子甚至看不出他剛才說了話。

成瑤只好打起精神來看向錢恆。

結果自己這麼從善如流，錢恆又不滿意了。成瑤才看了沒多久，錢恆就改變了主意。

「算了，妳還是別看我了。」他皺著眉，還是維持著看文件的姿勢，語氣有些不自然和虛張聲勢。過了一下子，又加了一句，「妳，轉過身去，看著牆壁。」

「……」

不僅不讓自己看他，還要面壁思過……

成瑤恨恨地想，那叫自己來陪加班有什麼意思啊？誰對自己的追求者這麼不假辭色的？你能脫單嗎？你不能！而且你不是沒抬頭嗎？沒抬頭你管我在不在看你？

「妳那麼看，我會分心。」

結果就在成瑤憤憤不平之時，錢恆的聲音又響了起來。

還是鎮定的、冷靜的，自然到讓人以為在講工作般的聲音，然而成瑤反應過來的一刹那，臉就紅了。

「妳不想對著牆壁也可以。」錢恆冷冷道：「但是注意一下分寸，太火熱了。影響我工作。」

什麼火熱？是你自己感溫細胞失調了吧！

一刻鐘後，錢恆處理好工作，回覆完郵件，他抬起頭，狀若不經意地掃了成瑤一眼：「今天就要結束了，還有兩天，妳想好要怎麼做了嗎？」

這……這難道還要彙報？

「我還……還沒想好……」成瑤小心翼翼地看了錢恆一眼，「要不然老闆你給點提示？」

「哦。」錢恆抿了抿嘴唇，「通常追求者為了凸顯自己的優點，都會穿漂亮點，吸引被追求者的目光。」

他看了成瑤一眼：「紅色吧。」錢恆看向辦公室內的綠植，「妳有件紅色的毛衣裙，我覺得勉強還可以。明天週六，不用穿正裝，應該切換一下風格。」

成瑤愣了愣：「難道我穿別的不好看嗎？」

錢恆眼睛沒看成瑤，只輕輕道：「都好看，但我最喜歡妳穿那件。」

只是很普通的一句話，然而不知道怎麼的，成瑤心裡像是突然炸開了一團煙花。她低下頭，心又狂跳起來，因為緊張，她下意識咬住嘴唇。

「成瑤，妳故意的吧？」

成瑤很茫然：「嗯？」

錢恆顯得有些惡狠狠的：「妳別以為這樣可以故意勾引我親妳，以此來作弊縮短追求時間。」

成瑤委屈，她沒有啊！她倒是覺得是錢恆在勾引自己！

錢恆清了清嗓子，回到了剛才的話題：「另外，追求者應該對被追求者每天早上晚上都問候一下，強調自己的存在感。」

「……」

「只能為追求者做甜點。」

「……」

「在所有社交平臺都強調自己心有所屬，表明對被追求人的情誼。」

「……」

成瑤越聽越委屈，聽到最後，她終於憋不住了：「老闆，你也太過分了吧！」成瑤鼓起勇氣，「這是利用自己的職場優勢地位，對我進行壓榨。逼我追求你，還要我到處公開自己心有所屬。那等三天以後，你覺得考慮下來還是不行，拒絕我了，我豈不是沒臉見人？就算一個合約裡，權利和義務也應該是對等的，可現在我這裡全是義務，你那裡全是權利，這根本就違反契約精神……」成瑤梗著脖子總結道：「這不公平。」

「如果妳態度好足夠打動我，三天後我也不是不可以……」

成瑤直接打斷錢恆的話：「我才不要別人勉為其難和我在一起。」

「就算你這樣同意和我在一起了，我們的關係也不對等。」她垂下了眼，「而且我都幻想能有人追我，讓我體會一下那種被捧著的感覺。」成瑤輕聲嘀咕道：「誰還不是個小公主呢。」

大概一旦人鼓起勇氣，就會越戰越勇，成瑤說順了頭，繼續抗爭道：「何況你不喜歡我，怎麼可以強迫我先追求你，讓你先體會一下這種感覺再做決定啊，太不負責了，太欺負人了……」

「我沒說不喜歡。」

「工廠發錯貨我也不是故意的，給你造成困擾的話我道歉請吃飯都可以，你就算稍微扣點年終獎金我也認了，但你不能這麼戲弄報復我啊。」

「沒有戲弄和報復。」

成瑤卻猶自沉浸在自己的世界裡，她曉之以理道：「你就算不是戲弄和報復，這也很過分了，你都不知道你自己在想什麼，喜歡不喜歡我，就強行要我先追，你沒聽過嗎？強扭的瓜不甜啊……」

錢恆站了起來，朝成瑤走去：「成瑤，我沒說不喜歡。」

「啊？」

錢恆不自然地重複了一遍：「我沒說不喜歡。」

「不喜歡和喜歡，是完全不同概念，很多不喜歡但也不彼此討厭的人，結了婚，就是相敬如賓的婚姻，之前我和包銳還做過一個案子，就是這樣一對夫妻，相親認識，兩人之間沒有心動的喜歡，但也能相處著一起搭夥過日子，本來過著平靜的生活，結果丈夫突然遇到了讓他強烈喜歡的真愛，寧可淨身出戶也要離婚的。」

這一次，成瑤沒有退縮，她勇敢地回看向錢恆：「你這樣對我只是談不上不喜歡，就要強迫我追求你，也太過分了吧！」

錢恆抿緊了嘴唇，沒說話。

看錢恆的樣子，不知道為什麼，成瑤更委屈了：「你看，其實你內心都不知道自己到底喜歡什麼樣的人。真的，沒有不喜歡不等同於喜歡……」

「我喜歡。」

成瑤愣了愣，一時之間沒反應過來：「什麼？」

錢恆側開了臉，他的耳朵已經以肉眼可見的速度急速泛紅了，然而聲音卻還是泰山崩於面前而不改色的鎮定：「成瑤，我喜歡。」

什？什麼？

成瑤此刻是五雷轟頂一般的至尊體驗，只覺得隨著錢恆這簡單的幾個字，自己被轟炸到耳鳴了。

「行了，妳贏了。」錢恆語氣有些乾巴巴的，即便是認輸，他也維持著高冷鎮定，眼神倒是惡狠狠地瞪了成瑤一眼，「妳一定要把我逼到這種地步？我好歹是妳老闆，妳就一點面子也不給我？」

「我？我怎麼逼你了？」

「有些事，心知肚明就行了，一定要點破嗎？我都找好理由了，妳不會順水推舟嗎？」

「啊？」

錢恆抿著嘴唇，他站到成瑤對面瞪著她，身高一下子給成瑤很大的壓力，而就在成瑤準備抗議之前，錢恆突然俯下身來。

他彎下腰，讓視線和成瑤的保持持平，盯著她的眼睛，就著這個姿勢，一字一頓道：「成瑤，我喜歡妳。」

兩個人的距離太近了，成瑤的身後就是牆壁，退無可退，她的眼前是錢恆那挺拔的猶如墊過的鼻樑，她努力盯著錢恆的山根看著，就在快看出鬥雞眼的時候，錢恆的鼻樑輕輕地碰上她的。

然後兩片帶了微涼觸感的唇，輕輕地碰上她的。

等過了彷彿有一個世紀那麼久，成瑤終於反應過來——那是一個蜻蜓點水的吻。

而當成瑤剛準備開始悲憤和控訴的時候，始作俑者的錢恆已經如沒事一般重新直起了身，退後兩步離開她的身畔，他極其不自然而刻意地轉開了頭，視線落在窗外，要不是成瑤就是當事人，完全無法想像剛才做那些事的就是眼前的錢恆。

在成瑤的目瞪口呆裡，錢恆終於開了口——

「至於妳說的強扭的瓜甜不甜，不扭怎麼知道？」他的聲音冷靜鎮定，「而且管他甜不甜，當然是先扭下來再說，不甜扔了就是了。」

「……」

成瑤不得不承認，這強盜邏輯竟然好有道理。只是萬一當自己是這個強扭了可能因為不甜就要被扔掉的瓜時，實在不太讓人高興得起來了……

就在她低下頭掩飾自己臉上的表情時，錢恆的聲音又一次響了起來。

「現在扭過了。」

「很甜。」

成瑤愕然地抬起了頭。

說著這種話的錢恆竟然還是側開著臉看著窗外，只是雖然表情仍舊冷靜自持，他耳朵上慢慢蔓延的紅卻洩露他的情緒。

「總之，就像我之前說的那樣，作為善意第三人，造成這種誤會，並不是我的錯，所以妳要追我。」即便到了這種地步，死要面子的錢恆竟然還能如此強行挽尊強詞奪理，「我重新考慮了一下，因為我喜歡妳，而且鑑於妳平時信譽良好為人誠懇，所以把三天考察期縮短成一天。妳今天的表現勉強合格了。」說到這裡，錢恆終於看了成瑤一眼，「所以恭喜妳，妳通過考核，得到了成為我女朋友的機會。」

「好好珍惜。」

「……」

如果之前成瑤對事情的發展完全措手不及，那現在她終於反應過來。

——「我沒說不喜歡」。

——「很甜」。

——「沒有戲弄和報復」。

——「我喜歡」。

成瑤簡直想跳起來大喊，天啊！錢恆喜歡她！

自己的劇毒老闆，竟然喜歡自己！

錢恆啊錢恆，你也有今天！

成瑤差點不合時宜地插腰狂笑起來，她看著仍舊繃著臉的錢恆，突然內心升騰起一種惡劣的情緒。

風水輪流轉，如今怎麼也該是自己的主場了吧。

成瑤看向錢恆，聲音帶了惋惜：「老闆，你提供的新崗位以我目前的能力和綜合素養，實在是無法匹配，我無法勝任，所以我自動放棄這個機會。你還是另請高明吧。」

錢恆果然愣了愣，然後他瞪向成瑤，努力維持鎮定：「這個工作也沒妳想的那麼難，妳有什麼不會的，我也不是不可以手把手教妳……」

「不用了不用了。」成瑤只是笑，「我有自知之明，我想起來，我完全不符合老闆你的擇偶標準啊。」

「……」

「你要女朋友聽話，我這個人，其實骨子裡挺叛逆的，讓我乖乖聽話，太違背我的天性了。」

「你要女朋友懂事識大體，男人在外面逢場作戲犯錯的時候，必須理解，還要能好好反思，自己哪裡沒做好。」成瑤一臉苦惱，「我做不到啊。我這個人占有欲很強，是自己的就是自己的，別人碰一下都不行，多看一眼都吃醋，男人要是在外面逢場作戲犯錯，我咬咬牙就當司法考試白考了，就算被吊銷執照，也要把事情做了。」

「……」

成瑤抬頭看了錢恆一眼：「《人體損傷程度鑑定標準》我都記好了，龜頭缺失二分之一以上；一側睾丸缺失，都只是輕傷一級；兩側睾丸缺失才是重傷。」

「……」

錢恆沉默了很久，才擠出幾個字：「成瑤，沒必要這麼狠吧。」

「沒辦法啊，女人不狠，地位不穩吶。」

成瑤撩了撩頭髮，不去看錢恆臉上姹紫嫣紅的表情，繼續說道：「而且不要看我對男人的忠誠度要求這麼高，我自己可是個雙標，我不喜歡逢場作戲的男人，但我自己作為一個優秀的女律師，在外面少不得和男人打交道，為了工作，逢場作戲也是很正常的，我的男人要識大體，不要無理取鬧。」

「……」

「而且我的老闆說了，兩年內不可以談戀愛。」

「……」

「辦公室戀情太不專業了，職業人士完全不能犯這種錯誤。」

「……」

長久的沉默後，錢恆終於深吸了一口氣，他的臉完全黑了，看起來像是個馬上要原地爆炸的氣球似的。

「兩年內不能談戀愛針對的對象是比我差遠了的人，如果對象是我，妳立刻就能談戀愛，而且應該抓住機會。」

「辦公室戀情，好好利用，可以成為工作的助力，一邊工作一邊談情，可以更好的緩解壓力。」

「妳可以不聽話。」

「我不會逢場作戲。」

錢恆盯著成瑤的眼睛，語氣強硬：「但妳想逢場作戲，也是做夢。」

他撇開了眼神：「妳有占有欲，會吃醋，我也會。」

錢恆說這話的時候，緊緊盯著成瑤的眼睛，這一次，成瑤卻無法心無旁騖地盯回去了。錢恆用這種語氣說著這種話，成瑤只覺得自己心跳如鼓。剛才那插腰狂笑的得意突然潰不成軍。

錢恆太優秀了，優秀到讓人有距離感，只是越發的接近裡，成瑤終於不得不正視自己的內心。

從最初對錢恆的偏見和不滿，到後來，他的每個眼神，每個動作，對自己都有不同意義。只要錢恆在，成瑤就會不自覺地用目光去追尋他；聽到他相親，自己就不高興；得知他相親失敗，自己就幸災樂禍……

那些面對他越來越多的心動瞬間，那些努力自我壓抑，努力告誡自己保持距離的內心警告，那些日常生活裡被自己努力忽略的細枝末節。在這個剎那，猶如平日被壓制在水壩裡的水流，在大壩坍塌的那個剎那，報復性地呼嘯著席捲而來。

這一刻，成瑤腦海裡閃過的都是錢恆。他的笑，他挑眉的模樣，他嘴唇微微抿緊的弧度，他在極度震驚時快速眨動的睫毛，他明明胃痛卻克制仍舊專業的樣子，他看向多肉時不自覺的柔和眼神，他黑著臉興師問罪的表情，他充滿優越感極度欠扁卻仍英俊的神情，他為自己揮出的拳，他遞巧克力給自己時的不自然，他不許自己哭時的蠻不講理……

在錢恆說出「喜歡」的剎那，成瑤只覺得心跳暫停了。

在錢恆蠻橫無理的告白面前，成瑤不管外表多麼淡然鎮定，內心卻毫無抵抗力。

如果這是一場戰局，那麼明明開篇占據了優勢，手握先機的成瑤，此刻已經被錢恆擾亂了軍心，自亂陣腳起來。

即便不願承認，成瑤也終於意識到了。

自己還真的，是對錢恆存了那麼點非分之想的。

只是潛意識裡，連成瑤自己都覺得這想法太大膽太作死太危險了，自我保護機制下拚命否認了這種感覺。

大約是成瑤長久的沉默，錢恆終於忍不住，他看向成瑤，又非常強硬地補充了一句：「我不會去逢場作戲，妳也不可以，妳只可以有我。」錢恆頓了頓，側開了臉，「我也只有妳。」

成瑤出了這麼多招，然而錢恆只是這樣一句話，就輕易化解她所有鎧甲。

真是犯規。

成瑤滿臉通紅地瞪向錢恆，錢恆，真是討厭！

「至於我提供 offer 給妳的新崗位，我說妳符合妳就符合。」錢恆蠻橫道：「讓妳上崗就上崗，扭扭捏捏的，是年終獎金不想要了？」

年終獎金這個梗看來是過不去了！

成瑤抑制著內心的手足無措，努力佯裝憤怒道：「沒有哪個男朋友會用年終獎金威脅女朋友的！」

「也沒有哪個男朋友發薪水給女朋友的。」

「……」

成瑤冷靜了下，終於找回了鎮定，她看了錢恆一眼，努力維持著一臉無畏：「哦，那算了，我年終獎金不要了，我知道自己什麼斤兩，上不了崗。」

「……」

成瑤忍著心跳，看著錢恆吃癟，看得出來，錢恆的臉已經快黑到不能看了，只是、只是成瑤內心的惡劣因子驅動下，她還想再進一步。

「何況我想想，你可能也沒那麼喜歡我，畢竟你的喜歡換的很快，沒多久前不是還一見鍾情看上了和你相親的女生，怪我破壞了你的相親宴嗎？」成瑤酸溜溜道：「按照你喜歡人的頻率，我就算拒絕了你，你應該不出一個月也能遇到新喜歡的人，然後成功脫單了……」

「沒有更喜歡的人。」

成瑤好整以暇道：「試試嘛，你不試試怎麼知道呢老闆？」

「從來就沒喜歡過相親的女的。」

錢恆看了成瑤一眼，隨即移開了視線：「我不喜歡她。」

「可你說……」

錢恆瞪向成瑤：「我騙妳的。」

成瑤愣了愣，隨即明白過來，呵，原來那麼早，錢恆就在給自己下套呢。

只是她並不準備就此放過錢恆，她佯裝不知地追問道：「你騙我幹什麼？」

錢恆沒說話，他只是惡狠狠地看向成瑤：「妳心裡不是已經知道了嗎？」

成瑤卻打定主意裝傻到底了：「我不知道。我又不會讀心術，我怎麼知道你心裡在想什麼？」

「成瑤。」錢恆有些咬牙切齒，「妳不要太得寸進尺了。」

「我哪有得寸進尺？你說為什麼騙我呀？」

錢恆梗著脖子，一臉寧可死也不從：「我拒絕回答這個問題。」

「哦，那我也拒絕做你的女朋友。」

錢恆簡直快氣炸了：「成！瑤！」

「讓你說真話，就這麼難嗎？」成瑤迎上錢恆的眼神，她的心跳得很快，臉也很紅，但努力維持著語氣的淡定，「我不想要一個什麼話都不告訴我的男朋友。你這樣的，不符合我的擇偶標準。」

結果成瑤剛轉身，就被錢恆拽了回來。

「如果你沒什麼可說的了，那我的態度我也表明了，不早了，我先回去了。」

「我騙妳，因為這樣就可以讓妳假扮我女朋友。」

錢恆像是用盡了自己的自尊才說完這短短的一句話，而剛說完，他就彆扭地偏開了頭，彷彿受了非人的折磨。

可沒過多久，這位老闆病彆扭傲嬌精又彷彿忍不住般的轉回目光，再次看向成瑤。他看成瑤一眼，眼神又偷偷轉開，然而再一次忍不住又看過來時，被成瑤的視線抓個正著。

「……」

第一次，成瑤在錢恆的眼睛裡看到了侷促和無措，然而他的語氣還是色厲內荏，狠狠地剜了成瑤一眼，便又移開了視線：「妳氣死我算了。」

成瑤卻是笑：「既然這樣，那怎麼能算我追你呢，應該是你追我呀。以目前的證據來說，怎麼看都是你對我先有非分之想。」

錢恆下意識就是繃著臉否認：「我沒有。」

「那我走了。連非分之想對我都沒有的男人，一定不是真的喜歡我。」

「行了！我有！」

錢恆雖然還是繃著張臉，然而成瑤總覺得如果能形象化，錢恆現在怕已經鼓成一條河豚了，他忍無可忍道：「成瑤，妳是真的準備氣死我？」

「不是你剛才說讓我氣死你算了？我只是聽從老闆的吩咐啊。」

「……」

錢恆的表情，已經從最初的自信滿滿，到無措慌亂有些可憐兮兮了，他第一次對事態的發展毫無掌控力，也不知道成瑤下一句會說什麼，根本難以預測她的行為。第一次，他意識到自己喜歡的人，並不像看起來那麼聽話。

可心裡即便不停告誡著自己「氣死我了，我不能再喜歡她」這種話，只要成瑤一個眼神，一點聲音，錢恆就發現自己的眼睛不爭氣地又一次看向了她。

真是紅顏禍水。

紅顏禍水本人卻不自知，她第一次槓上錢恆還能節節勝利，此刻忍不住有些膨脹了：「所以現在不應該是什麼『你勉為其難同意我成為你的女朋友』，而應該是『你真誠地請求我成為你的女朋友』。」

成瑤說完，發現錢恆的臉已經臭的和茅坑裡的石頭有得一拼了。她這才有些後知後覺的忐忑起來，自己是不是把錢恆逼得太緊了？他雖然說喜歡自己，但畢竟是面子大過天的老闆，何況這喜歡，到底有多喜歡，能喜歡到為了自己原則都不要嗎……

這麼想著，成瑤突然有些後悔，她害怕錢恆生氣了掉頭就走，害怕知道錢恆對自己的喜歡原來並沒有那麼深，害怕自己和錢恆的原則，和他的驕傲比起來，並沒有那麼重要。

而錢恆的沉默加重了成瑤內心的不安。因為她對錢恆那些不可言說的微妙小心思，讓成瑤在這一刻，竟然有些患得患失起來。

因為也喜歡著，因此這種喜歡變成一種軟肋。

「算了，這個問題也太為難……」

就當成瑤自己忐忑不定準備錢恆找下臺階轉移這個話題時，她聽到錢恆的聲音——

「成瑤，我請求妳成為我的女朋友。」

這明明是一句浪漫而充滿愛意的話，然而錢恆此刻的表情，卻猶如染缸一般精彩，要是光看他的神情，恐怕根本想不出他是在表白，反倒像是剛被毒打了一頓，人生觀和原則剛遭遇現實重擊而分崩離析。

只不過這句最艱難的話一旦開始，錢恆索性放下繃著的狀態，他臉上帶著自暴自棄的放棄掙扎。

「行了，成瑤，我說了，我請求妳做我女朋友。」

看成瑤不言語，錢恆不得不再開口說了一遍。

第三次說，這次他的聲音流暢很多：「成瑤，我喜歡妳，希望妳做我的女朋友。」

明明都說了三次了，可錢恆說完，神情還是全然的無措和赧然，只是即便到了這種地步，他還努力想要維持鎮定。

「扣妳年終獎金這種話，我也只是說說而已。」

「不會真的扣。」

「我從來沒想過要扣。」

「妳作為新人，在角色調整上和進步上，都做的很好。」錢恆此刻不僅耳朵紅了，連耳後，也開始紅起來，「所以就算妳拒絕我，我也不會扣妳的年終獎金或者報復妳。」

錢恆抿了抿唇，認真地盯向成瑤：「但是如果妳新工作上崗，我作為男朋友，私下包一個兩倍年終獎金的過年紅包給妳，我的卡妳可以隨便刷。」

說到這裡，錢恆終於找回點冷靜，他淡然一笑，看著成瑤：「一分鐘。」

「啊？」

錢恆看了下手機：「還有五十秒，過時不候。」

有這樣告白的嗎？感情和金錢雙管齊下？表白和年終獎金一起上？

這……這有點讓人心動啊……

錢恆彷彿看出成瑤內心的動搖，他抿著唇補充了一句：「只要妳同意，不僅年終獎金是妳的，我的信用卡是妳的，我的專業諮詢指導是妳的，我的時間是妳的，連我也是妳的。」

「得到這一切，只需要妳點頭就可以。」錢恆彷彿橫下心一般，努力推銷著自己，「年終福袋，除了這些，妳還能得到一些意外的驚喜。」

「什麼驚喜？」

「妳要買了福袋自己親自拆開才行。」

真是……成瑤想，錢恆怎麼沒去做銷售呢？就他這個姿色，加上威逼利誘還帶饑餓行銷的段位，怎麼也能坐上華東地區銷售一哥的寶座吧？

「這是我平生第一次願意連原則都不要了，都要表白。」錢恆看了成瑤一眼，「如果妳拒絕我，我當然尊重妳的意見，我們的工作關係也不會受到影響；但從我的角度來說，這將對我造成很大的傷害和打擊，自尊心和自信心都將受到極大的摧殘……」

要……要這麼可憐嗎？被錢恆如今這眼神看著，成瑤總覺得，自己萬一拒絕了，真是十分十惡不赦！

而也是這時，錢恆抬手看了一眼，給成瑤最後一擊：「還只剩下十秒鐘了，我倒數計時了，十——九——八——」

成瑤的心隨著錢恆的倒數更快了，在她自己還沒反應過來之前，她聽到自己顫抖的聲音：「我……我同意！我做！」

好吧，向金錢屈服，也沒什麼大不了的！何況有什麼不能屈服的？三倍年終獎金，雖然還附贈一個劇毒錢恆，但……勉為其難就收了吧！

而直到現在，成瑤才終於理清過去的一些蛛絲馬跡——

「所以之前你暗示我辦公室戀情也不是不可以的時候就？」成瑤恍然大悟道：「搞得我那時候我們排除了一圈，最後誤以為是王璐和李明磊好上了。我就說不對啊，李明磊以前明確說過絕對不會談姐弟戀的，我昨天還偷偷摸摸去旁敲側擊問王璐，她也義正辭嚴告訴我，絕對不喜歡李明磊這種小奶狗。」成瑤看了錢恆一眼，故意拖長了音調，「我昨天和譚穎還覺得王璐和李明磊這兩個人太不坦蕩了，結果人家真的沒什麼，有什麼的是老闆你……」

錢恆正準備說什麼，結果就在這時，事務所大門突然想起了「滴」的刷卡聲。

有人進來了。

錢恆動作敏捷地立刻關掉辦公室的燈。成瑤還沒反應過來，室內就變成一片黑暗，藉著視窗微弱的月光，她勉強看清了黑暗中自己對面的錢恆。

她還沒來得及再重新開燈，就聽到門口傳來兩個聲音。

「對不起啦，我忘記帶那份文件回家了。」這個女聲是王璐，她的聲音柔柔的，「拿了文件我回家看一下就陪你玩啦。回去的路上幫我買個巧克力蛋糕吧，好想吃。」

這個語氣，怎麼聽都是在和男朋友撒嬌，看來王璐已經開始一段新感情了，成瑤替她高興的同時，也慶幸幸好剛才沒再開燈，否則多尷尬。

「行了行了，真是拿妳沒辦法，怎麼這麼愛吃甜食。不過妳想吃什麼我都買給妳就是了。」

欸？

結果另一道男聲響起的時候，成瑤震驚了。

這……這不就是李明磊？這兩個人，真的在一起了？

辦公室外的兩人並不知道成瑤和錢恆的存在，還在猶自對話著。

李明磊笑嘻嘻的：「其實我懷疑妳應該覬覦我挺久了，因為突然莫名其妙的，所裡就傳開了我和妳談戀愛的八卦。還有板有眼的，妳說誰沒事去傳這種無稽之談啊？肯定是妳早就看上我了，所以故意自己去找人傳的，讓我開始注意妳，結果就這麼落入了妳的陷阱……」

王璐據理力爭：「你胡說！要傳肯定是你傳的！這八卦一開始我簡直莫名其妙！明明

是你的套……」

她後面的話沒說完，雖然成瑤並不在現場，但她一瞬間明白了。

他們在接吻。

李明磊親了王璐，並且吞掉她沒說完的那句話。

這……自己和譚穎的錯誤推測，竟然真的把李明磊和王璐按頭戀愛成功了？

說好的不喜歡姐弟戀呢？說好的看不上彼此呢？

呵，如今都是真香……

辦公室外李明磊和王璐的愛意熱烈而洶湧，辦公室內的成瑤和錢恆聽著那微微的動靜尷尬而沉默……

這對小情侶又黏黏膩膩親了一陣子，才終於拿了文件離開。

一時之間，辦公室終於恢復安靜。

成瑤不知道為什麼，明明是李明磊和王璐的事，與自己一點關係都沒有，但她的臉卻忍不住變得潮紅而滾燙，她一邊用手摸著臉，一邊想去開燈緩解尷尬：「你關什麼燈嘛，又不是偷情，我們不是很正當地在辦公室裡加班嗎？又沒幹別的事。」

結果成瑤的手剛碰到開關，就強硬地被錢恆拉了回來。

「那就幹點別的事。」

錢恆的聲音仍舊平靜，直到他俯身湊近成瑤，成瑤終於在那平靜裡感知到微微不穩的喘息。

然後很快，這個喘息被淹沒在彼此的唇舌裡。

這個吻，不再像剛才那個那般蜻蜓點水。錢恆撬開成瑤的唇瓣，給了她一個濕潤而深入的吻。

成瑤下意識後退，已經退到牆壁，錢恆卻變本加厲地就著這樣的姿勢，把她就勢按在牆上親吻。

成瑤被親得七葷八素，眼前是短暫的眩暈，只覺得面紅耳赤呼吸困難之時，錢恆才放開了她。

成瑤緩了片刻，終於找回冷靜，她忍不住控訴道：「你……你不要臉！」

黑暗中，錢恆盯著成瑤，嘴角微翹。

成瑤挺委屈：「我根本沒準備好。」她突然想到什麼，抬頭瞪向錢恆，「你是不是常常親別人？為什麼技巧這麼嫻熟？肯定不是初吻了吧！這不公平，我連戀愛都沒談過！我要去談個戀愛心理平衡點再來和你談！」

「是初吻。」

「嗯？」

錢恆抿著唇，側開了頭：「妳是我第一個喜歡的人。」

只是這樣一句話，成瑤卻覺得自己臉上更滾燙了。

什麼啊，自己竟然是第一個嚐螃蟹的人？

她下意識想轉移話題：「什麼初吻？之前我落水時你不是還親了我？你是不是把以前的事全部自動失憶了，騙我說是初吻啊？」

錢恆卻輕聲笑了，他俯下身，盯著成瑤的眼睛：「那叫吻？」他輕輕抬起成瑤的下巴，「這才叫。」

成瑤就這麼又一次被錢恆抵在牆上，毫無反抗力地任憑他親著，她的手抵在冰冷的牆上，而唇上和臉上卻是火熱一片，這冰火兩重天的感受簡直讓她無所遁形。

成瑤的餘光掃到錢恆桌上那些透露著莊重的法律條款和文獻，有些暈乎乎地想，這算不算是辦公室 play？

好羞恥、好想捂住臉、好想逃跑啊。

戀愛是這麼刺激的嗎？

成瑤覺得，自己突然有點理解王璐和李明磊剛才在辦公室裡接吻的行為了。

成瑤對於這個吻之後的事都渾渾噩噩，她一顆心一直處於心臟病般狂跳的狀態，不知道是不是人體的自我保護，在太過激動時，某些事情的細節就記憶缺失了。

等她再次反應過來時，她已經坐在錢恆的賓利裡，車子已經停到自己家樓下。

錢恆傾過身，幫她解開了安全帶。

成瑤一下子身分還是沒調轉過來，下意識就感恩道：「謝謝老闆！」

錢恆咳了咳，聲音有些不自然：「私下裡，可以不用叫我老闆了。」

「好的，謝謝老闆！」

「……」

錢恆不得不下了禁令：「以後私下再叫老闆，扣獎金。」

「……」

雖然是扣獎金威脅，然而成瑤覺得，配合錢恆此刻的表情和語氣，真是一點威懾力也沒有。

「另外，我要徵求一下妳的意見。」錢恆瞟了成瑤一眼，「妳希望在所裡公開我們的關係嗎？」

成瑤當機立斷地喊道：「不！不希望！」

絕對不！自己一旦變成了錢恆的女朋友，一定會被榮華富貴組合開除的！包銳和譚穎再也不會和她說那些最新鮮的八卦了！大家再也不會把她當成成瑤，而會把她貼上「教主的女人」這種可怕的標籤！

錢恆對這個答案顯然十分意外，他挑了挑眉：「我還以為妳會要求我必須公開。」他看了車窗外一眼，「畢竟很多女性面對男性不公開彼此關係身分，不是都沒有安全感嗎？」錢恆頓了頓，又欠扁地加了一句，「尤其當這個男人還很優秀的時候。」

「……」

還沒等成瑤回答，錢恆便意味深長地掃了她一眼：「不過，當男人很優秀，女性卻還不願意公開的話，就要考慮下她是不是有別的想法了，比如想繼續在自己的交際圈裡裝成單身，吃著碗裡的想著鍋裡的……」

「不！」成瑤義正辭嚴解釋道：「有些女性比較獨立，也不缺安全感，並不需要男人的公開關係來加成，只是考慮到職場上的方便，不想影響優秀男友的工作！」

成瑤又補充道：「而且我是自然產的。」

「……」錢恆皺了皺眉，「這和自然產有什麼關係？」

「那個……那些兒童心理學不是那麼說的嘛，剖腹產的孩子容易缺乏安全感，我……我是自然產的！我安全感沒問題！」

「這妳也信？」錢恆一臉不可思議，「那不都是早教機構為了讓父母掏錢胡扯的嗎？」

「……」

「不過算了。我確實也覺得，暫時不要公開我們的關係比較適合。」錢恆清了清嗓子，做了總結，「否則我只能避嫌不能帶妳做案子，也不能一起出差。」

「為什麼啊？」

「其餘同事會覺得我是偏袒妳。」錢恆揉了揉眉心，「即便事實上並不是，但總會有人心裡會有意見的，這樣對妳的同事關係不好。」

「但所裡氣氛不是一直很好嗎？」

「人際很複雜，人心也不要去試探。」

成瑤點了點頭：「知道了老……」成瑤說到一半，記起錢恆扣獎金的威脅，硬生生來了個轉彎，結果這個彎有點大，她轉著轉著就翻車了，等成瑤意識過來的時候，「老公」兩個字已經蹦了出來，覆水難收了。

「……」

比起成瑤的尷尬，錢恆倒是鎮定多了，但很快，成瑤就理解了他那有毒的鎮定。

只聽錢恆語重心長道：「我知道妳很想喊老公的心情，但是克制一下，成瑤，我還在適應進入男朋友的角色，老公讓我有點出戲。」

「……」

成瑤想，現在分手來得及嗎？

不管怎樣，兩個人就這麼扭扭捏捏在車裡拖了一個小時，最後還是成瑤竭力喊停，才終於把錢恆這尊大佛送走了。

她蹭蹭蹭跑上樓，直到又過了一個小時，她的心還沒澈底平靜下來。

而這時，錢恆這個始作俑者的電話卻來了。

成瑤咬了咬牙，堅定地按了「掛斷」。

又響，又「掛斷」。

她傳訊息給錢恆——

『我需要一個人冷靜冷靜。』

錢恆很快就回了訊息：『打電話都不可以？』

雖然傳訊息不像語音一樣能聽出對方的情緒，然而成瑤還是敏銳地感受到錢恆的委屈和不悅。

『不可以。』成瑤頓了頓，再打了一句，『一想到你我就平靜不下來。』

這句話傳出去，錢恆那邊神奇地安靜了下來。

隔了很久，他的訊息才再一次跳了出來。

『准了。』

「……」

可惜雖然錢恆沒再出來怒刷存在感，但他的樣子卻一直縈繞在成瑤的腦海裡揮之不去。

這可真是中了老闆的毒了！

成瑤輾轉反側睡不著，想了想，還是決定爬起來打電話給秦沁，畢竟事情弄出這種神展開，不就是秦沁這傢伙的鍋嗎！

公關從業的秦沁這個時間了果然沒睡，成瑤不敢直奔主題，先是扯了點有的沒的，才試探道：「那個，妳說，如果我和同事談戀愛，是不是不太好？」

秦沁的反應果然很大：『什麼？成瑤？妳戀愛了？說好的一起單身到三十歲去荷蘭註冊結婚以後照顧彼此到老的呢？是誰讓妳背叛了我！』

成瑤有些支吾，剛入職的時候，她曾經向秦沁說了不少錢恆的壞話，並且還一直沒更新過……

結果成瑤的態度讓秦沁緊張了：『不會是那個姓什麼包的吧？那不是已婚了嗎？妳不要搞這種啊，這個真的不行。』

「沒沒。」成瑤連連否認，「就……呃，就我和我老闆在一起了。」

『哦哦。』秦沁下意識應了聲，繼而發現不對，『妳哪個老闆？』

「錢恆。」

她叫了起來：『妳不是說他劇毒嗎？不是說和他不共戴天？怎麼好上了？妳怎麼會喜歡這麼有毒的人？妳得給我個合理的解釋！』

「嗑毒嗑多了，我一不小心就染上了毒癮？」

『……』

成瑤彙報完自己的近況，又和秦沁聊了點別的，終於覺得自己恢復正常，又扯了兩句，直到自己精疲力竭，才掛了電話。

大概人遭遇太過激動離奇的事之後，自我保護機制會讓你刻意淡化甚至選擇性遺忘一些事。成瑤第二天醒來，總還覺得昨晚的一切都是個夢，自己還是條快樂的單身狗。

直到她收到了錢恆的訊息。

『下樓。』

言簡意賅兩個字，然而讓人不容置喙。

等成瑤跑下樓，便見到賓利停在樓下等待。

錢恆搖下車窗，臉上表情很鎮定，像來接成瑤上班這件事非常自然一般，他看了成瑤一眼：「上車吧。」

以往一起住的時候都沒搭過幾次順風車，沒想到如今分開住了，竟然有了接送的服務，尤其成瑤突然想起來——錢恆的別墅開過來完全不順路，早上這麼塞車，他如此篤定地一早就在樓下等待，按照時間推測，恐怕今早六點就起床了……

結果成瑤剛坐上副駕駛座沒多久，錢恆就丟了一袋東西給她。

「啊！我最喜歡的慶豐包子！」成瑤眼睛都放光了。

「肉的。」錢恆目不斜視：「妳最喜歡的。」

成瑤這下真的意外了，她沒有在任何場合說過自己喜歡吃慶豐肉包子：「你怎麼知道？」

「翻妳社群看到的。」

成瑤：？

誰？是哪個叛徒？告訴錢恆自己的帳號？

成瑤的社群平日裡成天都是「哈哈哈哈哈」的搞笑內容，偶爾夾雜一點對錢恆的吐槽和咆哮，間或有一些日常，但從來沒有對外公開過。為了表達戰友情誼，所裡也只和包銳、譚穎互關，但他們三人彼此指天發誓過，不會透露對方的帳號給老闆的……

「是誰說的！」成瑤出離悲憤了，「做個律師怎麼還這麼不講信用？」

「沒人告訴我妳的帳號。」錢恆抿了抿唇，「我猜想直接問也沒人告訴我，肯定會推說不知道，所以我只是跟包銳要了他的帳號，說想和他互關，包銳很高興地就給我了。」

「……」

確實，當初三人協定的內容，是不把對方的帳號賣給老闆，但沒說不能把自己的號賣給老闆……

不用錢恆說，成瑤都能想像出包銳那喜形於色的表情，他內心恐怕又是一臺大戲，覺得錢恆對自己實在與眾不同，恨不得不僅做錢恆的小太陽，連他的小月亮也要一起兼任。

「我有了包銳的帳號，翻一翻他的關注列表，還有互動，很容易就找到妳的。」

「……」

包銳，果然是你這個豬隊友！

只是……

「我說超喜歡吃慶豐包子的貼文，好像是兩年前發的……」成瑤看了錢恆一眼，內心有些不敢置信，她小心翼翼問道：「所以你是把我的帳號，三千多則貼文，從頭到尾全部看了一遍？」

「嗯。」

「……」

錢恆卻臉不紅氣不喘，他十分理所當然：「作為一個律師，這不是應該做的嗎？」

欸？這和職業還能扯上關係？

「對未來伴侶做全方位的盡職調查，利用一切可以搜集到的資料，從人品、興趣愛好、背景等各方面進行評估分析，從根源上避免自己遭到欺騙、表裡不一等可能。」

成瑤一邊吃包子，一邊快哽咽了：「我們都認識這麼久了，你竟然還要對我進行盡職調查？錢恆，讓你說句實話就這麼難？」

「……」

錢恆抿緊了嘴唇，過了片刻，才道：「晚上睡不著，想要多瞭解妳一點。」

錢恆不說實話，成瑤受不了，他說了實話，成瑤心裡又受不了了。另一種受不了。只是不管如何卻仍然充滿了隱祕的雀躍。原來真的有人會願意花費那麼多的時間去一篇篇檢閱自己的過去，讓成瑤知道，那些他不曾參與的過去，他也都在意著。

成瑤心裡美滋滋地吃著包子，然後突然想到什麼：「這家慶豐包子鋪，離你的別墅也很遠啊，尤其早上生意特別好，還要排隊的。」她抬頭看了正在開車的錢恆一眼，不敢相信道：「你今天五點半就起來了？」

「我昨晚沒睡。」

「看妳社群就看到三點。」

「看到三點那你之後也睡一下啊！」成瑤這才發現錢恆漂亮的眼睛下面確實有一層淡淡的黑眼圈，她有些懊惱，「早知道我就把以前那些『哈哈哈』的文刪掉一點了！讓你可以早點睡覺！」

「別刪。」錢恆語氣仍舊淡淡的，「挺全面的。」他輕飄飄地掃了成瑤一眼，「尤其我才知道原來妳背地裡對作為老闆的我意見還挺多。」

「……」

「至於為什麼三點以後也沒睡，那是因為之後睡不著。」錢恆的聲音冷冷淡淡的，然而說的內容卻讓成瑤都想捂住耳朵，他用他那種低沉性感的聲音輕輕道——

「因為我發現好像我也有點激動。」

喂！你能不能不要這麼一臉面無表情地說這種話啊！這樣子反而更讓人受不了啊！不要用這麼一本正經的表情說情話好嗎！

一大早的，還讓不讓人等等清心寡欲好好上班了！

好在之後錢恆終於沒有再出招了，成瑤總算調整好心態，調整了表情，準備進入工作模式。

而到了熟悉的路口，成瑤趕緊喊停：「就這邊停這邊停。」她習慣性道：「我在這裡下車。」

錢恆愣了愣：「我送妳到地下室停好車一起上去。」

「這怎麼行啊！平時我搭你的車不都是在這裡下的嗎？」成瑤瞇著眼睛笑，「現在我們也沒公開啊，我跟著你一起從地下室出來成何體統？不影響你的清譽嗎？」

「……」

「那是以前……」

成瑤卻惡劣地打斷錢恆的話，義正辭嚴道：「不，錢恆，一言既出駟馬難追！像個男人一樣，不要反悔！」

「……」

成瑤說完，頗有種農奴翻身把家當的暢快，她笑嘻嘻地拉開車門，跳了出去。

只是沒想到成瑤剛進所裡，又迎面遭到錢恆的一記重擊。

她的座位幾乎被玫瑰淹沒了。

譚穎探頭探腦地在一旁豔羨著：「欸，剛才花店送的，我看妳還沒來，就先替妳簽收了，真是羨慕啊，成瑤，妳有男朋友了還是這是沒確定關係的追求者？」

成瑤心虛地否認：「沒沒，就一個追求者……」

譚穎眼尖：「這裡有卡片。」

成瑤拿過來一看，上面只有簡單的幾句話。

『妳想被人熱烈追求的願望，滿足妳。妳想要收玫瑰，滿足妳。妳所有願望，我都可以滿足妳。』

巧合一般，就在這時，西裝筆挺的錢恆，從成瑤面前走過，臉上一如既往冷淡，目不斜視一本正經地走進辦公室。

成瑤一瞬間腦子裡只有一句話——

這可真是……表面正人君子，背後騷到飛起。

沒想到錢恆這傢伙，花樣還挺多。

本來成瑤很擔心大家因為這誇張的玫瑰，把注意力都放在自己身上。

結果事實證明她多慮了。就在她收了玫瑰沒多久，一則新聞橫空出世，娛樂圈一下子炸開了鍋。

「白星萌竟然直接用社群帳號公開自己懷孕了！」譚穎拿著手機，全然震驚，「她就這麼直接曬出了孕肚？她的事業剛在最好的上升期啊？去生個孩子也太影響了吧。」

成瑤有些驚訝，她拿出手機，翻到白星萌的貼文。

『四個月了，@RichardLee，餘生請多指教。』

言簡意賅幾個字，蘊含的訊息量卻很大。

白星萌@的人是個私人帳號，發的文不多，粉絲也不多，只是媒體狗仔和網友都不簡單，很快就挖出對方的背景。

「竟然是看訊TV的實際控制人。」譚穎一邊看八卦，一邊驚愕道：「而且孩子四個月，也就是說，白星萌起訴徐俊的時候，已經懷孕搭上這個Richard了啊。當時看訊TV和團團線上就在上市的時機上是最強有力的競爭對手，那麼現在回想一下，白星萌選擇那個時間點起訴徐俊，外加不肯和解，這完全是個商業陰謀啊！」

譚穎能想清楚的事，廣大網友自然也不例外，很快，各種八卦論壇裡便有了看穿當初徐俊案的明眼人。

『恐怕當初背鍋的是律師，真相應該就是白星萌想要阻撓徐俊的上市，好幫助自己的新歡。』

『那白星萌一開始就不無辜，律師應該是被她利用借刀殺人了。』

『哇，真是一臺大戲，我當初還相信白星萌，結果現在真的出了反轉。白星萌這個女人真是心機深到歹毒啊。就算前夫有罪，為了新歡逼死前夫，也有點太狠了吧！尤其事後還裝無辜裝白蓮花，真可怕！』

『快看！之前那個被白星萌誣陷的事務所發聲明了！還有理有據附上當初被污蔑的律師起訴白星萌侵犯名譽權的勝訴判決，還有起訴白星萌要求支付律師費的勝訴判決，這個臉打得真是啪啪啪。』

成瑤看著八卦論壇，才後知後覺地趕緊去了君恆的官方社群，也是這時，她才發現，在十分鐘前，官方帳號上傳了簡潔卻強勢的聲明，並且直接甩出兩份勝訴判決。

不喜歡繁雜的廢話，言簡意賅，重點明確。任何時候，都不會透過煽動輿論情緒、利用同情甚至憤怒，永遠理性中立，用事實和證據說話。

君恆的聲明，一如錢恆的風格。

明明可以更煽情，明明可以更委屈，但是他不。

他就是這樣，對輿論不屑，對利用輿論也不屑。

成瑤突然覺得自己真是個幸運兒。能得到這樣一個男人的喜歡，能擁有他為數不多的不理智時刻，能得到他所有不冷靜的情緒，真是一種奢侈品。

只是這聲明也好，判決書也好，公布的時間點卡的真是太好了。

成瑤忍不住，她本想直接進錢恆辦公室問，只是事到臨頭反而緊張起來，最終退而求其次打了內線電話給他。

「你怎麼知道白星萌會在最近公布懷孕的資訊？」成瑤滿腦子疑問，「還有我實在想不通白星萌為什麼幹這種事，突然公布懷孕幾個月的消息，還這麼高調示愛，她絕對不會不知道這麼做會有什麼影響，這不是送上門讓人扒皮嗎？」

電話裡錢恆的聲音還是冷靜自若的：『她的 Richard 此前開始接洽我，並且正式請我起草了婚前協議。』

「嗯？」

『不是和白星萌的。』

成瑤有些驚訝：「怎麼回事？」

『他要娶的是某傳媒大亨的女兒，門當戶對的聯姻，從沒有考慮和白星萌結婚，白星萌私下找他鬧過一場，以打掉孩子要脅他也不在乎。他又不缺想幫他生孩子的女人。』

「那現在公開示愛，是兩個人和好了？Richard 最終還是選擇白星萌？」

『怎麼可能？』錢恆笑，『白星萌不會打掉孩子，因為這個孩子對她來說是嫁入豪門唯一的籌碼了，沒了孩子，和人家就更沒瓜葛了。她不在乎事業上升期，也不在乎公開懷孕會被挖出之前徐俊自殺上的問題，都要拼著公開，不過是為了搞砸對方的訂婚，同時，宣告自己和對方的關係，以此用粉絲的輿論向對方逼婚施壓，也希望 Richard 的未婚妻能知難而退。畢竟白星萌為了嫁入豪門，寧可自己當槍給對方使，為看訊ＴＶ博了個成功上市，如今她卻不能享受這勝利成果，發現自己是竹籃打水一場空，怎麼咽得下這口氣？』

成瑤簡直目瞪口呆，這可真是一臺豪門大戲！

「那她能成功嗎？」

『不可能。』錢恆言簡意賅，『對方和傳媒大亨女兒的婚前協議沒有取消，只說需要有所改動，大概因為白星萌的事，他對部分條款不得不做出讓步以示彌補。』錢恆聳了聳肩，『家族聯姻涉及的利益，可不是一點點，這不是白星萌上蹿下跳就可以左右的。』

『不過因為白星萌這種「不聽話」的行為，男方很不滿意，作為傳媒大亨的親家也不滿意，據我所知已經利用資源去封殺白星萌了。她未來幾年，還是好好想想怎麼挽回聲譽和形象，還有怎麼做單親媽媽吧。』

自己第一個經手的案子，最終一路到今天的發展，說不唏噓是假的。太過算計和精明或許能得到利益，但並不能買到真心，更不能允諾自己幸福。對愛情對婚姻太過功利，可能有短期內的效果，卻不能維持長久的安穩。

就在成瑤思緒翻飛之際，電話裡錢恆的聲音喚回她的注意力。

『喜歡嗎？』

「欸？」

錢恆的聲音有些不自然：『花，喜歡嗎？』

雖然只是電話，然而聲音經過電流的加工傳到耳朵裡，卻更帶了點磁性，讓成瑤整隻耳朵都發燙起來。

她壓低了聲音：「不是說好公私分明，不影響工作嗎？」

對成瑤的控訴，錢恆毫無愧疚之心，他理直氣壯道：『哦，有點忍不住。』

『所以喜歡嗎？』

成瑤簡直想在內心咆哮，拜託你不要用這麼性冷感一樣的語氣問這麼讓人害臊的問題好嗎！

但是——

「喜歡。」

送女生花，沒有人會不喜歡的！尤其一聯想到是錢恆送的，成瑤就覺得手心冒汗。

『好的。』不知是不是成瑤錯覺，錢恆的聲音裡竟然出現一絲羞赧，他頓了頓，又恢復那種公事公辦的語氣，『妳喜歡就好。』

這乾巴巴的語調，說的簡直像是在安排工作一樣。

只是……只是這句話還是直接導致成瑤在掛斷電話五分鐘內，臉紅得像是煮熟的大蝦。

成瑤懊喪地想，自己真的太沒見過世面了！

好在成瑤沒空沉浸在臉紅心跳的情緒裡多久。

她接到李夢婷的電話。

『瑤瑤，我被告了。』李夢婷有些六神無主，『現在有人跟我追債一百萬，這……這怎麼辦？』

成瑤沒有多話，涉及法律糾紛的事，多半在電話裡說不清。她掛了電話，便立刻趕去李夢婷下榻的賓館。

事情說複雜也不複雜。當初張浩為了和李夢婷一起出資買房，曾經跟他一位開工廠的朋友借過一百萬，約定好半年還，如今半年時間到了，但那位朋友多次催討，張浩卻置之不理。

「所以現在他找不到張浩，就去起訴妳跟妳要？」成瑤皺著眉，「可你們的結婚證書不都是假的嗎？這不存在婚內共同債務啊。」

李夢婷低下頭，十分懊喪：「不，不是因為這個。」她羞愧道：「當初那張張浩跟他借一百萬的借條，是我簽的。他是張浩老家的朋友，平時不在A城，那天正好來A城，對方意思就是我們寫個借條給他，再把錢轉給我們，結果張浩正好出差，只有我在，所以我就請他吃了個飯，寫了個借條給他，落款只簽了我一個人的名字。」

李夢婷的樣子簡直快哭了：「我當時沒想那麼多，覺得和張浩是一家人，幫他簽個借條也沒事，結果現在張浩以借條不是他簽的為由，讓對方去找我要錢，澈底耍賴起來，對方要債無門，索性一不做二不休去法院起訴我了。」

成瑤沒表態，只朝李夢婷伸了手：「對方的起訴材料法院寄給妳了吧？給我看看。」

李夢婷便遞了一小份材料給成瑤。

她顯然被接二連三的這些事打擊壞了，好不容易調整過來的心態整個崩潰了，只能一臉苦笑：「難道這就是對我大學四年渾渾噩噩混日子沒好好學法律的報復嗎？不僅被人告侵權，因為同居關係分不到共同財產，房子也因為出資比例少極有可能判給對方，現在竟然還要替對方承擔債務……」

李夢婷挺焦慮：「不過瑤瑤，這個債務，法院應該不會判決認為是我的吧？這個一百萬是對方直接轉到張浩帳戶上的，我根本沒經手過，只不過是借條上簽了個名。」

成瑤草草翻了翻起訴文件，仍舊很冷靜：「張浩那兩百萬的房款裡，有一百萬就是跟這個朋友借的對嗎？」

李夢婷點了點頭：「是的。」

「那張浩的帳號，是張浩自己給他朋友的嗎？」

李夢婷不明所以道：「對。」

「妳好好想想，那妳有沒有核對過張浩的帳號，和那個借錢的朋友之間關於這筆錢有過什麼互動？」成瑤很急切，「好好想，任何和這個借錢的人之間的溝通，都想想。」

李夢婷直接翻開手機，給成瑤看聊天記錄：「當時張浩出差，為了讓我接待這個朋友拉過一個群組，我們三個人都在裡面，對方拿到我寫的借條後，在群組裡有跟張浩要帳號，張浩就直接在群組裡傳了自己的銀行帳戶。但當初張浩跟他借錢是直接打電話和他說的，我也沒有證據。」

成瑤趕緊拿過手機一看。

張浩和借錢的那個朋友都沒什麼廢話，一個問帳號，一個就給帳號，倒是李夢婷因為生性活潑，在群組裡偶爾聊幾句。

成瑤皺緊眉頭心急火燎地翻著聊天記錄，終於讓她找到她想找的東西。

在張浩給出自己銀行帳戶後，李夢婷蹦出來說了一句：『就是上面這個帳戶，謝謝你啦！』

至此，成瑤的眉頭終於舒展開來。

李夢婷還愁眉不展地在分析：「我也看過這個起訴材料了，他只提供了那張借條，轉帳記錄雖然也提供了，但轉的又不是我的戶頭，我和張浩正好陰差陽錯沒真的結婚，也沒夫妻關係，自然也不算是共同債務，他這個借款糾紛，打不贏吧？」

成瑤把手機丟回給李夢婷：「打不贏，證據不夠齊全。」她朝李夢婷狡黠地笑笑，「所以我們要補足證據給對方，讓他打贏。」

「啊？」

「對方現在有一張妳簽名的借條，一百萬轉到張浩戶頭的流水記錄。」成瑤下意識用手指敲擊桌面，「那只需要再把剛才的聊天記錄截圖提供給法院，就能形成證據鏈了。

你們三個人的群組裡，在張浩給出帳號時，妳不僅是知情的，還說了『就是上面這個帳號』，這一句能證明是妳認可對方把一百萬借款轉給協力廠商帳號的，配合著妳簽的那張借條，完全可以理解為，妳用自己名義借款後，讓對方轉入了妳授權的協力廠商帳號，這個借款，仍舊是妳的。」

李夢婷一臉茫然：「可我們為什麼要認這個借款？要是真的認下來，這個訴訟我鐵定敗訴，還會被要求歸還對方一百萬，還有利息，雖說這樣以後我可以再起訴張浩要求他把這些錢還給我，但這個官司難度就更大了，最怕遇到勝訴了張浩也不給錢，強制執行也未必能執行得起來。何況我根本沒真的拿到錢，張浩要是耍賴死活不給，我不是平白背上了一百萬的債務……」

「不。不需要這樣。」成瑤笑起來，「張浩真是不作死就不會死，機關算盡反而漏了馬腳，以為這樣可以聰明地把還一百萬的責任甩到妳頭上，自己能金蟬脫殼，其實反而是搬起石頭砸了自己的腳。」

成瑤迎著李夢婷疑惑的目光，認真而自通道：「妳的房子，我有辦法幫妳拿到手了。我們這個案子，有轉機了！」

雖然一百萬的借款糾紛和李夢婷張浩分割房產的訴訟看起來完全不相關。但一環扣一環，原本李夢婷分割房產這道高難度數學題，一下子被張浩的操作變成了送分題。

「只要一百萬的借款糾紛妳敗訴，那這一百萬就由法院確認是妳的借款。而張浩的房款裡，有這筆一百萬，也就等於，這筆房款，並不是張浩的，實際這一百萬的房款，還是妳用自己的名義借的，等於是妳出的，只不過是從張浩的帳戶裡走了流水而已。各種證據配上那個借款糾紛到時候的敗訴判決書，都能證明，這一百萬是妳的借款妳出的資，那加上妳此前的一百五十萬房款，等於妳對這間房子的全款貢獻，達到了兩百五十萬，而張浩，刨除掉那一百萬，全款貢獻卻只有一百五十萬。」

成瑤說到這裡，李夢婷的眼睛也亮了起來，她終於聽懂了成瑤的意思：「也就是說，一旦法院判決我借款糾紛敗訴，那就等於以法律強制力，反而在房產分割案裡幫我確認好了證據！我出資兩百五十萬，遠大於張浩出資的證據！」

成瑤笑著點了點頭：「沒錯。」

一旦李夢婷的出資比例達到兩百五十萬，一下子占據了這間房子的大頭，那按照優先出資比例高的原則，在法院分割這套房產時，李夢婷就占據優勢了，同時外加她還懷著孕，再考慮到實際生活需求，也絕對是她更占優勢。這麼說來，不論法官怎麼考量，這間房子都會被分給李夢婷，而張浩則只能按照共有份額得到相應的現金。

原本，就算房子被判給李夢婷，除去自己已經付出的一百五十萬房款外，她還要按照張浩的出資比例，將兩百五十萬按照如今房地產市場的增幅增值後，支付給他。而如今，這一百萬借款變成她的出資額，那她只需要將張浩的一百五十萬按照如今房地產市場的增幅增值後支付給他就可以，而那一百萬，則直接按照借款，加上非常少的利息還給出借人就行了。這樣一操作，李夢婷得到了房產，所需要支付的現金反而變少了。

而最妙的則是她拿到了房子！

雖然張浩能得到根據房產市場增幅增值後的現金，但他想拿著這筆現金，在如今的房地產市場裡買一間CP值和此前一樣高的房子，是絕對不可能了。從案子塵埃落定，到拿到現金，然後看房、商談、簽約過戶，這裡面沒個小半年根本做不到，這小半年裡，房價只會進一步漲價，現金則進一步貶值。

當初四百萬能買一百坪的房子，按照如今暴漲的房地產市場，等張浩再去買，恐怕連五十坪能不能買到都有困難。

李夢婷自然也想明白了這一點，她興奮了起來：「真是柳暗花明！我又相信法律了！」

這一次，李夢婷的聲音裡終於有了發自內心的心服口服：「瑤瑤，錢律師說的沒錯，法律保護的是能將法律為自己所用的警醒之人，如果不是妳一下子意識到這筆借款反過來可以用來證明我的出資比例，我恐怕根本還傻乎乎的，不知道怎麼利用這一點反敗為勝。」

這個案件能如此峰迴路轉，成瑤內心也替李夢婷激動，只是激動之餘，也有些心有餘悸：「如果不是張浩這麼自私貪心到出了這昏招，按照之前的證據，這間房子未必能判給妳。」

能夠柳暗花明，單純是因為運氣。

很多話，成瑤沒有再說，但她希望李夢婷能懂。

把命運和自己的權益交給運氣，這是完全無法預估的事，而仰仗每次能如此絕處逢生，也是不現實的。

在感情上栽的跟頭，想來李夢婷是多有感觸，只是在法律上，在保護自己上栽的跟頭，就不知道她能不能也一樣反思了。

成瑤知道自己不論是作為朋友還是作為律師，都沒有立場在這種時候對李夢婷進行指責或者說教，有些事，還是只能自己去體會。她所能做的，就是做好自己的工作，維護李夢婷的權益，站在她的身邊，陪伴她度過這段最難熬的日子。

「我會聯絡現在起訴妳借款糾紛的這位當事人，和他溝通好，告訴他把聊天記錄截圖公證後作為新證據提交。」成瑤回到工作狀態，「同時我會起訴張浩要求房產分割，爭取等房產分割案立案開庭時，正好能拿到借款糾紛的敗訴判決，這樣雙管齊下，爭取最短的時間裡幫妳贏下房子。」

李夢婷重新露出笑容，她用力地點了點頭。

而在成瑤準備告辭離開之前，李夢婷又叫住她。

「瑤瑤。」她有些羞赧，「妳當初準備司法考試的那些複習資料，還有嗎？」

「嗯？」

「我……我想複習司法考試。」李夢婷咬住了嘴唇，「我現在懷孕了也無法去找工作，正好每天閒在家裡。妳說的對，不是孕婦就什麼事都不能幹了，我前幾天網路上也看了，好多成功女性，就算是懷孕的時候都能完成很多工作，從來不會因為懷孕了就放鬆對自己的要求。我比她們差遠了，她們都在努力，我更應該努力了。」

成瑤愣了愣，隨即真心的高興，她點頭道：「我有的，那些資料我都有，我明天就帶過來給妳。」

李夢婷如釋重負般地笑了笑：「我現在想通了，就算現在失去一些東西，遭受一些打擊，但我還年輕，自己的決定必須自己買單。」她摸了摸自己隆起的肚子，「既然決定帶這兩個小生命來這個世界，就應該承擔起責任來。我要一個人撫養這兩個孩子，不努力怎麼行？」

成瑤用力握了握李夢婷的手：「妳放心吧，都會好起來的，兩個小朋友還有我這個乾媽呢！」

李夢婷也握緊成瑤的手：「現在離明年的司法考試還有好幾個月，我準備衝刺一下，等我生完孩子做完月子，就要重返職場。」她看了成瑤一眼，認真道：「我想像妳一樣，當一名女律師。能夠保護自己，也能夠保護自己愛的人，還能有一份養活自己和孩子的收入。」

說到最後，李夢婷的眼角帶了點淚意，她仍舊是她，只是眼神已經與蘇靈湖邊妄圖自尋短見的少女全然不同了，成瑤從她的眼睛裡看到了堅毅和目標。

「瑤瑤，謝謝妳。」李夢婷鄭重地道謝，她頓了頓，「也謝謝錢律師。他不是什麼業界毒瘤，他是一個很好很好的人。非常感謝他當初罵醒我的一席話，良藥苦口，但只有這樣才能治病。」

「你們不僅幫我爭取到了合法權益，也改變了我的人生。」

直到成瑤回到君恆所在辦公大樓下，她的臉和雙手還在發著燙，她的腦海裡還縈繞著李夢婷最後那句鄭重的話語。

她的內心充盈著動容和強烈的職業自豪感。

人生裡，沒有哪一次，有這樣巨大的成就感。收到大筆獎金的時候都沒有。

錢恆說的沒錯，每一個職業都有它獨特的使命。

律師也有。

作為法律運行體系裡的一環，除了幫助法律秩序健全的運行外，成瑤想，每個法律人的使命，不僅僅是解決個案糾紛，而應當是向社會傳播法律信仰。

她以前並不理解錢恆所說的「信仰法律」是一種什麼樣的感受，而時至今日，她終於在懵懂中領悟了這句話。

成瑤的內心糅雜著興奮、激動還有自豪，等她反應過來的時候，她已經打電話給錢恆了。

她想告訴他。想第一時間告訴他。

不是因為他是老闆，而是因為他是自己的男人。

然而她剛聽到手機裡的「嘟」響到第三聲，就有一隻手從身後拿走她的手機。

成瑤回頭，看到錢恆站在自己的身後，一隻手上還拿著一疊案卷材料，像是剛開庭回來正準備上樓的模樣。

他掛斷成瑤的電話，把手機還給成瑤，挑了挑眉：「打什麼電話，直接回君恆進辦公室找我不就可以了嗎？」

成瑤有些不好意思，她老實道：「因為我想說的事，不是以員工的身分……所以想公私分明點的話，還是在所外面打電話給你比較適合，進你辦公室說這些話不太好。」

錢恆皺起眉，不滿道：「妳是白癡嗎？我的辦公室，妳想進來就進來就行了。這是什麼死腦筋的原則？」

成瑤看了錢恆一眼：「這個原則是你定的。」

「……」錢恆咳了咳，「原則這種事，偶爾也要變通。」

如今面對錢恆，不知道為什麼，即便這樣正常地站在人來人往的辦公大樓下說話，成瑤也有些忍不住臉紅緊張，總覺得全世界都在盯著她和錢恆，生怕來往的人看出她和錢恆之間端倪。

她看了錢恆一眼：「要不然去旁邊星巴克說？我還是覺得在辦公室裡聊不太好……」

成瑤說完，才有些懊惱，錢恆是不喝星巴克的，不僅不喝，對星巴克的口感以及星巴克咖啡館裡的氣氛，簡直是深惡痛絕。

結果出乎她的預料，錢恆輕聲「嗯」了聲，然後便朝著星巴克走了過去，甚至還回頭奇怪地看了成瑤一眼。

「妳還愣在原地幹嘛？要讓一分鐘價值一六六點六六六無窮人民幣的我等妳嗎？」

「……」

星巴克的氣氛果然一如既往，不論是幾點鐘，這個時間人還是很多，錢恆雖然走了進來，然而全程都皺著眉，一張臉上寫滿了「勉強」。成瑤趕緊隨手點了一杯拿鐵，而喝慣了現磨咖啡絕對不會降低口味的錢恆，自然是看不上星巴克咖啡的，成瑤想了想，便幫他點了一杯伯爵紅茶。

為了防止同事看到後有什麼聯想，成瑤特地找了一個角落裡的座位。

對於李夢婷的案子，除了如今能讓這個案子翻身的借款糾紛，成瑤還有很多想說，而最重要的，她想好好地向錢恆道謝。

「謝謝你。」

結果錢恆撇過了頭：「謝我幹什麼？這案子是妳辦的。這種標的額才幾百萬的案件，我是不會浪費我的時間的，別把這種小案子和我扯上關係，傳出去會降低我的格調。」

他並不習慣被人道謝，如今面對成瑤的目光，更是渾身不自在一般想要極力否認。

真是彆扭到不行。

只是成瑤知道他不是。明明說著為錢發電，但是大半夜開著車帶著自己橫跨了大半個城市去拉住輕生的李夢婷，一路把她安頓好；明明可以視若無睹，卻不顧是否會得罪人，仍舊犀利地指出了李夢婷的問題；明著對這個案子似乎沒有插手，但暗地裡卻一直在關注著，當成瑤一遇到問題，錢恆幾乎立刻跳了出來。

他像是一個恰到好處的導師，並不全然插手，給予成瑤最大的自由度和獨立性，然而當成瑤要摔倒的時候，才會發現，原來有一雙手，一直護在自己的身後。

「不管你承不承認，但你改變了李夢婷的人生。」成瑤用雙手捂著拿鐵，「這是我第一次對自己是個律師感到這麼自豪和驕傲。一個律師，除了在法律的專業上解決客戶的問題，原來同時真的能改變很多。」成瑤告知錢恆李夢婷的變化，「你看，因為你，她不僅走出了被張浩欺騙劈腿的痛苦，還一下子決定發憤圖強好好拼搏，成為一個能善於利用法律的警醒之人，而不做生活中的被動懶惰者。」

錢恆對這樣的發展顯然有些意外，然後他抿著唇，看向成瑤：「我們是律師，我們只負責案件的結果，而不負責他人的人生。成瑤妳……」

「不是這樣的。」成瑤卻打斷了他，「負責好案件的結果自然是我們的本職工作，但我覺得一個律師專業的同時，也應該有一些這樣的情懷。我們解決個案糾紛的時候，也是可以傳播法律信仰改變別人人生的呀！你不覺得如果李夢婷能重新站起來，未來通過司法考試成為一名法律工作者，會比幫助她贏得一棟房產，更有意義嗎？」

成瑤的眼神明亮而心無旁騖，被這樣的她盯著，錢恆下意識轉開了視線，即便兩個人已經是男女朋友的關係，可是突然被她這樣看著，錢恆仍舊招架不住。

他清了清嗓子，故作鎮定道：「我都說過了，我只為錢發電。」

「不呀，你也為愛發電。」

錢恆撇過頭去：「我並不在意李夢婷到底能不能振作起來。」

「但是你在意我呀。」成瑤卻不放過他，仍舊用那種勾人的眼睛盯著錢恆的側臉：「一分鐘等值一六六點六六六無窮人民幣的你，浪費了那麼多時間陪著我處理李夢婷的事，難道不是為了愛發電嗎？我又不值那麼多錢……」

「誰告訴妳說妳不值錢？」

結果成瑤的話還沒說完，就被錢恆打斷了，她抬起頭，才發現錢恆把剛才移開的目光重新聚焦到自己身上，而一接觸到成瑤的目光，他的目光便如含羞草一般輕輕閉合了葉片，立刻移向別處：「妳是君恆的律師，是我錢恆親手教出來的人。」他的耳朵微紅，然而語氣卻是一本正經，「還是我錢恆的女朋友。」他看了成瑤一眼，「誰給妳的勇氣，允許妳覺得自己不值錢？」

他強詞奪理道：「妳很貴，所以我為妳發電，也還是為錢發電。妳不要搞錯了，我錢恆不存在為愛發電這種事。」

成瑤忍不住笑了。

一本正經的歪理邪說，也只有錢恆了。

只是好可愛。

不知道為什麼，成瑤的腦海裡，突然跳出一個很早之前看過的感情文章——覺得男朋友好可愛想親怎麼辦？

這還用說，成瑤想，那就毫不猶豫地親他啊！

行動派的成瑤一分鐘也沒浪費，她輕輕用腳在桌子底下踢了踢錢恆，然後壓低聲音偷偷摸摸道：「你過來一下。」

錢恆不明所以，皺著眉頭把頭湊近成瑤：「嗯？」

這樣近在咫尺的距離，能清晰地看到錢恆纖長濃密的睫毛，成瑤這才覺得有些緊張，星巴克裡周遭嘈雜的聲音她都聽不見了，只聽見自己的心臟在胸腔裡劇烈的跳動。

她的臉忍不住紅了，只是表面還維持著一絲不苟的鎮定，她望向錢恆：「你想嚐一下星巴克的咖啡嗎？」

錢恆愣了愣，隨即毫無疑問地拒絕：「不，我不想。」

「可是我想邀請你嚐一下。」成瑤移開視線，她的手心因為緊張微微出汗，「只嚐一口就好了。」

錢恆還皺著眉在拒絕：「不，一口也不行，這種低級的即溶咖啡一樣的口感，不符合我的格……」

他的話還沒說完，就被成瑤突然親上來的唇堵住了。

錢恆這才反應過來，成瑤剛才為什麼一臉扭捏地遊說自己喝一口星巴克的咖啡……

因為她喝了一口拿鐵，然後就著唇齒間的咖啡味，吻向了自己。

對於自己擅作主張以下犯上的行為，成瑤雖然表面上維持著鎮定，然而內心早已緊張到手足無措，她第一次做這種事，雖然行動果決，但終究生澀，這麼豁出去般的一親，結果直接磕碰到錢恆的牙齒。

她慌慌忙忙地逃開，紅著臉道歉：「對不起，我不是有……」

結果她最後那個「意」還沒說完，就終結在錢恆的唇舌裡。

他追上來，完成了成瑤未遂的吻。

舌尖輕觸，唇齒間還帶了咖啡濃郁的香味，以及讓人感到甜膩的奶味。

一吻完畢，成瑤一邊安撫著自己受驚的小心臟，一邊偷偷摸摸看向周邊，有沒有人注意到自己，畢竟在星巴克這種大庭廣眾之下接吻，有點害羞。

這下換成錢恆直勾勾地盯著她看了。

成瑤推了推他：「你別那麼看我。」

錢恆笑，他更湊近了些，溫熱的氣息就縈繞在成瑤的耳畔：「怎麼看妳了？」

錢恆盯著成瑤：「妳好好學法律了嗎？思想和眼神接觸不構成違法，只有行動才構成。」錢恆瞟了成瑤的嘴唇一眼，「妳剛才那麼對我，我說什麼了嗎？妳倒是先惡人先告狀了？」

「……」

成瑤咬了咬嘴唇，正想要扳回一城，卻聽錢恆鎮定道——

「星巴克的咖啡，勉為其難能喝吧。」

他看向成瑤，片刻後改了口——

「不止勉為其難。」他臉部紅心不跳地改了答案，「公平客觀地來說，突然覺得還挺好喝的，不比現磨咖啡差。」

成瑤有些意外：「真的嗎？」

「說不太好。」錢恆若有所思地看向她的嘴唇，「一口太少了，不能仔細評價，再喝一口吧。」

成瑤還沒反應過來，錢恆輕輕地抬起她的下巴，給了她纏綿溫柔的第二個吻。

這個吻比剛才那個更深入，也更讓人心跳加速，成瑤幾乎忘記了呼吸，等錢恆放開她，她才劇烈的喘息起來，下意識瞪著眼睛看向錢恆。

結果自己的老闆卻毫無羞恥之心，他漂亮的眼睛微微上揚，一本正經地點評道：「星巴克之所以在全球能開這麼多連鎖店，確實有一定實力。口味也還行吧。」

「……」

「對了，有一件事情，妳是不是一直沒和我交代。」

成瑤看著錢恆臉上認真而嚴肅的表情，一時之間緊張起來：「欸？什麼事？」

她內心頓時有些忐忑，心裡不斷回想著自己背地裡幹了什麼壞事又被錢恆抓包了。是以前和包銳吐槽錢恆看起來性冷感需要補腎被包銳檢舉了嗎？還是和譚穎八卦覺得錢恆找不到女朋友恐怕最後會「不約而同」被錢恆知道了？還是……

成瑤一邊想，一邊覺得自己過去背地裡編排錢恆的罪行簡直是罄竹難書……

就在她忐忑地等待錢恆最終判決的時候，錢恆終於開了口——

「妳上次誆我用妳帳號直播，收到不少打賞吧。」

「……」

「我聽包銳說，可能有四、五萬？」

「……」

錢恆微微一笑：「這算交往前收入，類比婚前收入，應該是屬於我個人的。」

「……」

「所以，妳領出來給我吧。」

成瑤簡直氣死了！這是什麼不解風情的男人！她原本以為錢恆會抓自己的把柄，然後威脅自己，妄圖簽訂一些不平等條約，給自己一個甜蜜的「懲罰」呢！

這一刻，成瑤再一次確定了，錢恆，不配有女朋友！他適合單身！

她氣鼓鼓地反駁：「給你就給你，這種不當得利，我可一分也沒用呢！而且什麼叫我誆你直播啊，明明我當初都教你怎麼設定房間密碼了，你自己沒設定成功啊！」成瑤說到這裡，語氣不自覺有些酸溜溜的，「我還不想別人看你呢！還『小哥哥求娶』、『小哥哥求約』什麼的！哼！」

就在這時候，錢恆竟然笑了，然後他伸出纖長的手指，戳幾下成瑤的臉頰。

「妳對自己的定位倒是挺準，占有欲強，愛吃醋。」他又捏了下成瑤的臉，「行了，騙妳的，四、五萬我才不會跟妳要。都是妳的。」

成瑤十分有骨氣地拒絕道：「不，我不要！這是你的交往前財產！」

「給妳當零用錢了。」錢恆大方道：「四、五萬對我來說實在是九牛一毛，平時就算信用卡被盜刷個四、五萬我都看不出的。」

他一臉理所當然：「我通常只看銀行戶頭餘額百萬以上的數字，百萬後面是什麼，根本記不得，沒多少錢，也不用記。」

「……」

「另外，我會再匯十五萬給妳。」

「欸？」成瑤有些愕然，「我們只是男女朋友，又不是包養關係，你給我這麼多錢幹嘛？」

錢恆有些不自然：「上次那個禮物，送錯的那個，妳總要把人家的錢補上吧。」

這下換成瑤意外了：「可你不是說，那個拉菲你還沒喝嗎？那我們把東西原樣不動送回去不就行了？為什麼要花十幾萬啊……」

「我不想還。」錢恆側開頭，「雖然不是妳送的禮盒，但勉強也算我們的定情信物了，我覺得對我們而言很有意義。」

錢恆說完，看了成瑤一眼：「反正只要十幾萬而已。」

怎麼有人能欠扁的如此自然，如此雲淡風輕呢？

成瑤想，要不是這是我男朋友，我可能就跳起來打他了！

就在成瑤腹誹之際，她聽到錢恆補充了一句——

「因為十幾萬，陰差陽錯能和妳在一起，很值。」

只是這樣簡單的一句話，成瑤不僅不想打錢恆了，她又想親他了……

結果成瑤還沒來得及付諸行動，錢恆的手機就響了。

星巴克裡有些嘈雜，錢恆微微皺著眉，出門接了電話。

成瑤就透過玻璃窗，看向星巴克外的錢恆。

他又恢復成冷靜自持的模樣，惜字如金般地聽著電話，眉目如畫，帶著英俊的冷冽，足夠認真，也足夠專業。

只是再推門進來時，明明還是那張冷而好看的臉，但神情之間，成瑤總覺得，變得溫柔了一些。

「有案子了。」錢恆看了成瑤一眼，「明確來說，是有兩個案子，但因為『檔期』正好撞了，我尊重妳的意願，妳可以二選一來跟進。」

一聽說案子的事，成瑤也立刻認真起來：「所以是什麼樣的案子？」

「一個是我以前客戶推薦來的新客戶，一個標的額涉及一千萬的家族保險糾紛，妳沒辦過的領域，值得挑戰，收入也有保證；還有一個是剛才律協安排來的法律援助案，當事人的情況是……」

錢恆的話還沒說完，成瑤就打斷了他：「我想做法律援助案。」

「嗯。」錢恆點了點頭：「等等我給妳案子資料。」

他這麼鎮定自若，成瑤反而有些意外了：「我還以為你會說服我接一千萬標的額的案子，畢竟法律援助案我們不收費，只有辦案補貼，但大部分時候這補貼連為案子支出的基本開銷都支撐不了。我做這種案子，完全對所裡沒有貢獻……」

錢恆沒說話，只是含蓄地看著成瑤。然而他臉上的表情，就差掛上「妳本來那些收益也不值一提」的文字了……

「……」

這一刻，成瑤突然有點理解為什麼網路上都勸說不要和老闆談戀愛了。因為當妳想毆打他的時候，妳還要想想他是發薪水給妳的人！

不過接這個案子，一方面是成瑤基於對公益的熱心，以及自己內心從李夢婷案件上隱約得來的一些感悟，另一方面，她也有自己的考量。

「這個案子，我希望完全由我獨立承辦。希望成為我第一個獨立執業的案件。」

錢恆不以為意：「李夢婷案妳不就已經獨立辦案了嗎？」

「那不一樣。」成瑤很堅持，「那個案子你偷偷在背後幫我了。全程你都把控著，就像是第一次學自行車但背後一直有人扶著一樣。雖然看起來像是自己在騎車，可心理上知道根本不危險。」

成瑤看向錢恆的眼睛：「我想要自己去體會一下背後沒有人護著應該怎麼做。」

錢恆下意識側開了頭：「會摔跤的。」

「啊？」

「沒有人扶著就去學騎自行車，會摔跤的。」錢恆仍舊維持著看向不遠處的姿勢，語氣有些彆扭，「會摔很疼。」

「我不怕疼！」

錢恆終於看了成瑤一眼，這是一個蜻蜓點水般的眼神，他只掃了成瑤就這麼一眼，便很快移開了：「是我怕妳疼。」

成瑤只覺得胸口一滯，媽的，不是說好了公私分明嗎？

只是心裡雖然充滿了咆哮，但這咆哮，竟然也是粉紅色的，就因為錢恒這麼一句話，成瑤的臉上又開始火燒火燎的了。

竟然有點害羞。

只是原則還是要堅持，成瑤頂著臉紅，努力維持鎮定：「有些教訓和經驗，都是失敗了摔了受挫了才能體會，而且我總要獨立辦案的，現在不去試錯摔跤，一直有你保駕護航一帆風順。長久以後，我就失去自己獨立辦案的能力了，就和被動物園圈養起來的老虎一樣，再放到野外，只有餓死的命了。」

「那老虎一直在動物園裡不就可以了？」錢恒理所當然道：「妳一直在君恆，不就可以了？」

成瑤差點被他的歪理擊敗了：「就算一直在君恆，你也不可能一直幫我保駕護航吧，萬一到時候……」

「這有什麼不可以？」錢恒冷哼了一聲，「別說一直幫妳保駕護航，以我的能力，再護個包銳也沒問題。」

成瑤剛要替包銳感動，結果就聽錢恒繼續道：「但我懶得幫他護。」

「……」

「他又不是妳，讓他自己摸爬打滾摔去。」

「……」

真是如此理直氣壯，如此令人動容，也不知道包銳聽到以後，還能不能繼續做錢恆的小太陽了……

「雖然我主觀上並不想，但妳希望自己去獨立辦案，我尊重妳的決定。」錢恆有些不自然道：「等妳摔了再來找我好了。我可以勉為其難安慰妳一下。」

成瑤忍不住想笑，錢恆這種人，真的是傲嬌精投胎了。

不過她還是趁機約法三章道：「這次說好了你絕對放手讓我一個人去辦，不可以偷偷背地裡幫忙，也不可以干涉我的辦案方向。」

「我一分鐘折合人民幣一六六點六六六無窮的人，會趕著背地裡關注這種沒錢拿的法律援助案？」錢恆哼道：「妳倒是想得美。」

「反正要是被我發現，你或者你指示包銳來偷偷幫我之類的，我就……我就平時下班的私人時間都不見你了！」

「成瑤，妳太得寸進尺了！這是對男朋友的態度嗎？」錢恆不滿道：「竟然一言不合就威脅不見面，妳這個心態不對。」

「你不是絕對不可能來關注這種法律援助案嗎？那反正我的威脅也是空談。」

「……」

不管怎麼說，這件事最終就這麼定了下來。成瑤跟著錢恆出了星巴克，為了避嫌，成瑤堅持讓錢恆先走，自己過一下再上樓。

只是錢恆在離開前，頓了頓，狀若自然道：「法律援助案，辦案補貼不夠的話，其餘花費我可以補貼給妳。」

成瑤有些驚喜：「我們所裡對這種案子原來還有補貼啊？」

「所裡沒有，是我私人給妳的補貼。」錢恆掃了成瑤一眼，加了一句，「以男朋友的身分。」

他說完，似乎有些害羞，連成瑤的反應都沒看，就仰著頭一本正經地走了，只是那略微凌亂的步履，已經洩露了他的情緒。

成瑤又在樓下等了五分鐘，才狀若無事人般地上了樓。

等她回到辦公桌前，包銳遞了一份文件給她：「錢 Par 剛分配給妳的案子資料，拿去吧。」他嘆息了一聲，眼神間充滿對成瑤的惋惜，「我剛進錢 Par 辦公室，他也分配了案子給我。是個千萬標的額的家族保險糾紛。」

成瑤看向包銳，表示願聞其詳。

「唉！說實話，和我一對比，妳也太慘了！」包銳同情道：「妳怎麼混的啊成瑤，妳雖然不像我這樣陪伴在錢Par身邊好多年了，但也進君恆一陣子了，妳怎麼就這麼不會揣度聖意啊？錢Par就算手指縫裡漏出來的，都是錢，妳隨便撿個漏，也是個標的額千萬級別的案子，結果妳咧？妳看看妳，也太不討錢Par喜歡了，錢Par這麼多的案源，竟然給妳一個法律援助案！」

包銳看著成瑤，簡直是恨鐵不成鋼：「妳看妳長得也挺好看的，怎麼就這麼不會投其所好啊！」

「……」

而成瑤的沉默，進一步讓包銳膨脹起來，他指點江山道：「我來教妳吧，錢Par比較欣賞我這樣有眼色情商高的人，妳平時多學著點，看看我是怎麼和錢Par交流溝通的，另外就是，錢Par雖然話不多，但是妳更要在他有限的表達裡，解讀出他無盡的潛臺詞，並且含蓄地向他提出妳的要求。」

「……」成瑤虛心請教道：「比如？」

結果成瑤的話音剛落，錢恆就從辦公室裡推門走了出來，包銳對成瑤使了個眼色：「好好看著！」

包銳說完，便狀若無意地走到錢恆的身後：「錢Par……」

錢恆回頭：「嗯？」

包銳扭捏道：「我特地來感謝你，為了我今年竟然破例有第二次員工旅遊。」

錢恆：？

包銳卻把錢恆臉上的疑問解讀成不好意思的假裝，他繼續暗示道：「可日本太貴了，而且我去過很多次了，外加其實對日本，我已經不太想去了……」

包銳的想法很簡單，他都已經這麼說了，錢恆下一句應該就是問他，那你想去哪裡，這時候，包銳只要拋出價廉物美的泰國，想必就能順水推舟能確定下第二次員旅去泰國了。

簡直完美！

錢恆果然盯著包銳看了片刻，片刻後，他終於在包銳期盼的目光中開了口——

「哦，好的，那第二次員旅，你不用去了，留在所裡加班吧。」

「……」

別說成瑤，就連譚穎都忍不住笑了出來。

包銳被這不走尋常路的發展驚呆了，他愣了片刻，才意識到錢恆已經走遠了，於是趕緊飛奔著跟了出去，只留下他顫抖的聲音迴盪在大辦公區——

「錢 Par，我不是這個意思，你聽我解釋，日本我也可以去的……」

包銳的小插曲過後，成瑤坐下來，她深吸一口氣，才開始翻閱起自己下一個案子。

自己這個案子的當事人名叫林鳳娟，二十五歲，只比成瑤大了一歲。最初，她是去律協旗下的法律援助中心諮詢，工作人員發現她符合法律援助的情形，便幫她申請了法律援助，才有案子被分配給成瑤這事。

只是這份來自法律援助中心的登記材料上，資訊相當簡潔，只能得知，林鳳娟的父母都是外來務工人員，家境困難，林鳳娟在一年前結婚，兩個月前剛生下孩子，一個月前離婚。

結果半月前，孩子體檢中發現有嚴重的心臟病，必須手術，可自己根本沒錢出手術費，東拼西湊了不少錢，也發起了網路眾籌，只是為了護理心臟病嬰幼兒，每天的花費還是很大，不得已，林鳳娟要求起訴孩子父親支付撫養費。

成瑤簡單地看完了資料，覺得這案子其實很簡單。就算離婚了，孩子的親生父親也並不就此免除對孩子的撫養義務，還是必須支付相應的撫養費。雖然這是一條規定很簡單也很直白的法律，只是在實踐中，很多人離婚後，就拒不支付撫養費了，這種時候，催討也沒用，只能訴諸法律，最後依靠法院強制執行了。

成瑤想，自己這次需要幫林鳳娟做的，就是準備好起訴材料，然後一舉把孩子爸爸起訴，如果對方不滿一審要二審，那也奉陪，最後等判決生效後再申請強制執行就行了。

事不宜遲，成瑤馬上按照資料上林鳳娟的號碼聯絡了對方，她把對方約在樓下環境幽靜的小資咖啡館。

半小時後，林鳳娟便來了。

雖然只有二十五歲，但林鳳娟給人感覺卻很滄桑，看起來比實際年齡大上不少。她的皮膚微微起皮，顯然沒沒時間好好打理，眼下也是深重的一片黑，一雙眼睛帶著無望的痛苦和疲憊，只是五官眉眼的底子裡，能看出來如果好好保養生活無憂，她應該是個美人的。

她看著咖啡館裡優雅的環境和高檔的擺設，一時之間絞著自己的舊大衣，有些侷促：「出來的急，沒來得及換衣服。」她下意識捂住胸口的一塊污漬，「還不小心被寶寶吐了奶。」

成瑤對她笑笑，示意她坐下：「坐吧，剛有小孩子肯定是手忙腳亂的，妳在哺乳期應該不能喝咖啡，我幫妳點了一杯鮮芋青稞熱牛奶。」成瑤說完，又叫來服務生，再幫林鳳娟倒了一杯熱開水。

林鳳娟的情緒慢慢平復了下來，她落座，喝了口熱牛奶，終於主動和成瑤說起話來：「您是？是成律師的助理嗎？」她有些不好意思，「我聽說接了我這個案子的律師姓成。」

「我就是成瑤。」成瑤一邊說著，一邊遞上自己的名片，「妳這個案子，我會全程負責，會盡全力幫妳爭取到盡可能多的撫養費。」

雖然成瑤穿著正裝，表現的十分專業，可林鳳娟聽聞她就是成瑤後，臉上還是流露出失望、擔憂以及沮喪。

「妳好年輕啊……」她低下頭，摸著成瑤的名片，「妳看起來還沒我大，我二十五了，妳看起來也就剛畢業吧。」

成瑤剛想要解釋，就聽林鳳娟嘆了口氣：「不過還是謝謝妳，願意接我這種沒錢的案子，法律援助本來就是免費的，我也不能指望什麼大律師幫我代理，人家一分鐘值錢著呢。」

成瑤笑笑，並不尷尬：「雖然律師這個行業，看起來越老好像越是有資歷，越是讓人放心，但用年齡來鑑別一個律師是不是專業，其實不太妥當。」

李夢婷一案如今正按照她的辦法有條不紊的進行，並且目前一切都如她的預期，這讓成瑤信心十足，她的眼睛明亮而認真，盯著林鳳娟不卑不亢道：「年輕律師也有年輕律師的優勢，我們精力更充沛，思緒和腦子也更活，說不定辦案能另闢蹊徑，也比資歷老的律師更願意全身心撲在一個案子上。」

林鳳娟有些不好意思，她吶吶地點了點頭。

「妳在法律援助中心登記的案件資訊我已經看了，比較簡單，但理清方向，我需要幫妳代理的就是撫養費糾紛對吧？」成瑤拿出準備好的資料清單，「那這些表格裡的原件還需要妳提供一下，比如和前夫的離婚證明，小孩的出生證明、你們的戶口名簿……」

結果成瑤還沒說完，林鳳娟就表情難堪地打斷了她：「我……我這個孩子……不跟前夫要撫養費。」

成瑤愣了愣：「為什麼？」她有些不解，「那妳這個撫養費準備向誰起訴？」

「跟……跟孩子的親生爸爸……」

哺乳期男方是不能提出離婚的，因此哺乳期的離婚，不是女方提出的，就是男女雙方協商一致的。此前成瑤剛拿到林鳳娟簡單案件資料時，就曾經好奇過，為何在孩子出生一個月後就離了婚，是什麼原因讓林鳳娟主動提出離婚，或者是同意離婚。

這個疑團如今終於被解答了。

原來這孩子不是她前夫的。

林鳳娟的臉色一下紅一下青，顯然，婚內出軌且生了別人的孩子，她自己也覺得難堪。

成瑤給了她一些時間平復心情，才斟酌用詞繼續問道：「所以孩子的親生爸爸，是什麼情況？」

林鳳娟緊緊咬著嘴唇，她的眼眶慢慢紅了：「這都是我的錯。」她說到這裡，忍不住啜泣起來，「我和阿民原來感情挺好的，我們是工作以後認識的，戀愛談了三年才結婚，他脾氣好，對我也很好，如果……如果沒有那次高中同學聚會就好了。」

在她斷斷續續的敘述中，成瑤終於明白了來龍去脈。

林鳳娟和前夫阿民新婚後沒多久，高中同學召開了一次聚會，這次聚會幾乎全班都去了，林鳳娟沒多想，也欣然前往。她原本高中時就漂亮，是班花，如今剛結婚，被阿民寵著，眉眼之間更是幸福滿滿，整個人光彩照人，在高中同學聚會上更是眾星捧月一般的存在，而對她最為熱情的，就是當初高中的初戀盧建了。

「大家說祝我新婚快樂，一直輪番對我敬酒，我那天很高興，就都喝了，沒想到最後喝多了，有些神志不清。」林鳳娟欲言又止道：「後來也不知怎麼的，大家都走了，只剩下盧建送我。」

講到這裡，林鳳娟的眼神多有躲閃，她簡略到似乎想抹殺掉這段歷史：「後來我也不知道怎麼的，等我再清醒過來，我……我已經和盧建在酒店裡，發生了關係……」

雖然她頗為藝術地推卸掉了責任，搞得自己真的是神志不清沒有錯誤一般，但成瑤從她的表情和肢體動作也能知道，她怕是在高中同學聚會上，和曾經的初戀盧建在酒精的刺激下重新燃起了火花，兩個人回味起過去的美好，於是在半推半就中，越過了雷池，發生了關係。

林鳳娟不停強調著：「酒醒後我就後悔了，阿民對我很好，我這樣真的對不起他，但那一晚和盧建，真的是鬼迷心竅的一個錯誤，我心裡只有阿民，我想和阿民好好過日子的，並不想和盧建有什麼瓜葛。」

「所以妳隱瞞了這一晚的事，沒有告訴阿民？」

「嗯。」林鳳娟尷尬地點了點頭，「真的，就這麼一次，我就只有這一次做錯了事，盧建當時和他女朋友也談婚論嫁了，也沒想過和我有什麼長久發展的，我們彼此都心知肚明那一晚只是個小插曲，不會影響彼此的婚姻，所以我想，只是這麼一次的話，雖然是錯的，但是不和阿民講，反而是對我們婚姻的一種保護。」

這哪是什麼保護呀？成瑤很想說，當妳酒精上頭決定和盧建春風一度的時候，眼裡早就沒有對這段婚姻的尊重了。

難道出軌一次，只是肉體出軌，精神還愛著丈夫，也不會因為出軌離婚，就叫做保護婚姻不影響婚姻嗎？

只是雖然內心不認同，成瑤還是專業而耐心地聽著林鳳娟的講述。

「我之後和盧建連傳訊息都沒有，我們就這麼澈底失聯了，阿民也沒懷疑，漸漸的，我也忘記有過那件事了。這之前，阿民的事業有了點起色，我們一直在準備懷孕。」說到這裡，林鳳娟掩面哭起來，「只是沒想到，同學會後一個多月，我就測出懷孕了。」

成瑤遞衛生紙給林鳳娟。

林鳳娟講到這裡，情緒有些失控：「我當時其實是很忐忑的，我和盧建的那一次，因為喝多了，也……也沒有做安全措施，時間上算算，我心裡也有些害怕，但……但我想，萬一就是阿民的呢，畢竟我和盧建才那麼一次，怎麼會那麼巧……」

林鳳娟絞緊了手指：「何況我一開始沒多想，只覺得自己身體不舒服，頭暈嗜睡胃裡還噁心，當時去醫院檢查是阿民陪著我去的，測出懷孕時他也在，我瞞不住……他當時一聽說我懷孕了，直接高興地就抱著我在空中轉了個圈。我、我實在沒理由對他說要把孩子打了。」

林鳳娟可能不知道，從她踏出錯誤的第一步時，就註定一步錯步步錯了。成瑤沒想到，原本以為很簡單的撫養費糾紛案，竟然還有如此曲折的案情。

「所以妳就抱著僥倖的心態，留下了孩子？」

林鳳娟哽咽著點了點頭：「阿民那麼喜歡這孩子，我想上天一定會幫我的，一定會是他的孩子。」

寄希望於上天，這可真的是虛無縹緲了。

「孩子出生後，因為是個男孩，長得和我像，阿民也沒覺得什麼，我也很高興，孩子阿民一抱就不哭，我感覺一定是就是他的孩子。」

「所以妳前夫，是怎麼發現孩子不是他的？」

「孩子出生後醫院做檢查時查了血型，和阿民對不上。」林鳳娟艱難道：「這之後，阿民就再也沒回過家，再也沒來看過我和孩子了。他像是變了一個人。」

林鳳娟流著眼淚：「這之後我們兩家就澈底鬧開了，阿民向我提出離婚，告訴我，我給他戴這種綠帽子，就算是法院也會判離婚，我自己心裡也有愧疚，知道我們結束了，就和他協議離了婚。」

「只是沒想到離婚後發現孩子竟然有先天性心臟病，還很嚴重，必須手術，術後護理也很花錢。」林鳳娟說起孩子，眼中露出不捨，「雖然我有錯，可這孩子沒錯啊，他那麼小那麼可愛，我不能讓孩子就這麼沒了。但我自己現在還在產假，基本薪資也不高，之後產假結束，為了照顧孩子恐怕也得辭職，我爸媽身體都不好，家裡沒有什麼收入來源，和阿民離婚時我有錯所以也算是淨身出戶，現在想要後續好好為孩子治病，不能總讓好心人捐款眾籌……」

「所以妳就想跟盧建要撫養費？」

林鳳娟點了點頭：「孩子確實是他的，而且他的家境很不錯……」

「妳和盧建談過這件事嗎？」

成瑤問及這裡，林鳳娟臉上無奈和痛苦的表情便加深了：「我傳訊息給盧建，才發現他不知道什麼時候把我拉黑了，不知道手機號碼是不是也換了，我打他電話他也不接，傳簡訊也沒回，我連他在哪裡上班住在哪裡都不知道，實在沒辦法，才想到起訴。」

成瑤抓住重點道：「訴訟畢竟是十分耗費精力和時間的事，等訴訟流程走完，可能已經一年了，孩子的撫養費卻等不了那麼久，肯定是越快越好，如果能協商成功，那最好不過了。這樣吧，妳把盧建的聯絡方式給我，我來打電話給他。」

成瑤拿到號碼後，當場就打了過去。

很快，盧建就接了起來：『喂？』

看來他並沒有換手機號碼，只是不接林鳳娟的電話而已……

成瑤立刻將事情的前因後果簡要告知對方，然而盧建十分不買帳：『我都說了不可能！不可能！我都快要結婚了，不希望我未婚妻看到林鳳娟的訊息生什麼枝節，早就把她拉黑了，一開始那些簡訊我也以為只是林鳳娟無聊開的什麼玩笑，已經沒睬她了！沒想到都這樣了還要賴上我！有完沒完！再這樣騷擾我報警了！』

成瑤搶在對方掛斷之前，態度強硬道：「如果您不積極主動配合處理這件事，我將代表我的當事人直接向您工作的公司人事部和法務部發律師函。到時候您就知道我們是蓄意騷擾還是正經維權了。」

雖然這只是成瑤的虛晃一槍，但盧建一聽這句話，態度果然有所緩和，雖萬般不情願，但他終於同意了成瑤的見面要求。

事不宜遲，成瑤約了對方在今天見面，她把自己和林鳳娟所在的咖啡館地址傳給盧建。

盧建離咖啡館挺近，十分鐘後，他就臉色難看風塵僕僕地趕了過來。這人雖然有些油頭粉面，但身高腿長，一張臉也很端正，按照時下的標準，算是個帥哥了。

只是成瑤看慣了錢恆的臉，對這種「庸脂俗粉」早就免疫了。她在內心客觀的評價，這氣質比錢恆簡直差了十萬八千里。

一邊心中評價著，成瑤手上也沒閒著，她動作嫺熟地偷偷開了錄音筆。

剛坐下，盧建就看了手錶一眼，相當不耐煩：「我只有十分鐘，有什麼趕緊說。」

林鳳娟被他這種態度激怒，抬高了聲音：「涵涵也是你的孩子！他現在躺在醫院裡，就等著救命錢，他是一條生命啊！就值你十分鐘？」

盧建也惱了：「林鳳娟，妳生了個孩子是把腦子生沒了嗎？我聽說妳生了個心臟病兒子就開始找其他同學打聽我家境情況，發現我家裡有錢，就準備訛上我了？妳做夢吧，這種『喜當爹』的事，我絕對不會認的。妳生了個病孩子又被老公拋棄了是很慘，但妳也不能血口噴人啊，什麼叫我的孩子？和我有什麼關係？」

「就是你的。」林鳳娟目眥欲裂，「不是我前夫的，肯定是你的，時間什麼也都對的上。」

「是，我是和妳發生了關係。」盧建承認得倒是很爽快，只是語氣充滿嘲諷，「可誰知道妳是不是還和別人也發生了關係？」

「你！」林鳳娟氣結，「除了我前夫，我只和你發生過關係！不是他的孩子，當然是你的！」

「妳當然能那麼說。要不是孩子被發現不是妳前夫的，妳還能和他繼續說，妳一輩子只和他睡過呢？」盧建不以為意，「妳才剛新婚就能和我發生關係給妳老公戴綠帽子，妳這麼隨便的女人，誰知道到底給妳老公戴了幾頂綠帽子啊。我看妳說是我的孩子，就因為我是這些男人裡家境最好的吧！」

林鳳娟直到這時，才意識到男人的殘忍。

她記得很清楚，當初自己微醺以後，盧建是怎麼抱著自己輕聲軟語的哄，說自己是他永遠的初戀，永遠的白月光，只恨再重逢她已嫁作人婦，否則怎麼也要把她搶回來。說自己現在的女友不過是家族聯姻的產物，實際上心裡只有她。盧建當初每一句情話都還歷歷在目，她記得他是如何哄著她，說想和她最後回味重溫一次過去。之後便是親吻、撫摸，再然後，再然後一切都失了控。

孩子被阿民發現不是親生的之後，林鳳娟後悔過，後悔自己當初沒堅持偷偷墮胎，這樣就不會被發現了；然而直到現在，她才打從心底真正的後悔，後悔自己當初錯信了盧建的花言巧語，背叛了阿民。

盧建這個卑劣的男人，如今竟然把髒水往自己身上潑。

林鳳娟紅了眼睛：「既然你覺得我是個人盡可夫的女人，孩子也不可能是你的，那你就和我去做親子鑑定，要是親子鑑定下來孩子不是你的，我二話不說賠禮道歉，自此再也不糾纏你！」

「我為什麼要做親子鑑定？」盧建也惱了，「第一妳不能證明我們發生過什麼，第二更不能證明什麼時候發生過什麼。說實話，我和妳真的不熟，同學會之前一次也沒聯絡過，我憑什麼要和妳的孩子做親子鑑定？而且我做親子鑑定了，別人知道了會怎麼看我？就算和妳沒關係，都要被說成有關係了，妳不要臉面，我還要做人呢！」

盧建說完，再也沒有繼續談下去的耐心，他從包裡掏出一還現金，往林鳳娟眼前一甩，「這三千塊錢妳拿著，就當是我對妳那一夜的補償，從此我們兩清。」

「我……我會去法院申請讓你做親子鑑定的……」

盧建哼笑了一聲，他看向成瑤，眼中是毫不掩飾的鄙夷和輕視：「妳的律師沒告訴過妳嗎？就算是法院，也不能強制別人做親子鑑定，我拒絕的話，妳根本做不了親子鑑定。」

林鳳娟，我勸妳適可而止，真的敢找人來我公司鬧事，我盧建絕對有本事讓妳吃不了兜著走。」

盧建說完，也不再看林鳳娟，他看了手錶一眼，便神色不耐煩地拿起包走了。只留下林鳳娟望著桌上的錢發呆。

對於盧建的行為，成瑤簡直目瞪口呆，說這種話，不就等於是變相暗示自己用這三千塊買了林鳳娟一夜嗎？這和把別人當成妓女有什麼差別？

成瑤都看出來的東西，作為當事人的林鳳娟自然也清楚，只是她並沒有跳起來把這些現金砸回到盧建臉上讓他滾。直到盧建的身影澈底消失，林鳳娟才顫抖著把那三千塊收進自己的包裡。

一碗飯難倒英雄漢，當一個人面臨極端現實的困境時，她是沒有資格講自尊和原則的。

成瑤知道，林鳳娟需要錢，她需要很多錢，才能救她的兒子涵涵。

她收好了錢，在極度的尷尬和羞恥之下掩面而泣：「成律師，我……我實在是需要錢。」

成瑤拍了拍她放在桌上的手：「我理解的。妳不用難為情，我是妳的代理律師，我會竭盡所能維護妳的利益，站在妳這邊。」

林鳳娟幾乎是求救般地看向成瑤：「成律師，那盧建說的，是不是真的？是不是真的就算我們去起訴，法院也不能逼盧建去和涵涵做親子鑑定？」

「確實是這樣。」

林鳳娟沮喪道：「那……那還能怎麼辦？」

成瑤笑笑，亮了下錄音筆：「他剛才至少承認他和妳發生過關係，這就說明，不論怎樣，涵涵有機率是他的孩子。雖然法院不能強制進行親子鑑定，但在證據表明孩子有可能是他的情況下，他卻堅持拒絕親子鑑定的話，那麼他就要承擔舉證不能的後果，如果我們可以找到其餘證據鏈，比如當時你們開房的時間用來推斷孩子出生的時間是不是符合、他的血型，另外孩子身上有沒有什麼遺傳特徵和盧建是一致的等等。」

成瑤不緊不慢鎮定道：「總之，我會幫妳找出所有有關聯的證據，然後提交法院，只要證據鏈夠強，那麼盧建就算拒做親子鑑定，法院也可以推斷具有親子關係的。」

林鳳娟聽到這裡，眼睛都亮了，她像是重燃起希望，一改剛才對成瑤的懷疑，真心誠意感謝道：「謝謝妳成律師！真的謝謝妳！」她一邊說，一邊從包裡，抽出剛才現金中的一部分，想要塞給成瑤，「我知道接我這種案子你們沒錢，這……這是我的一點心意！」

成瑤把錢禮貌地推了回去：「我們有辦案補貼。」她想了想，突然笑了起來，「我還有私人補貼。」她在林鳳娟疑惑的眼神裡補充道：「總之不缺錢，妳不用擔心。一千萬標的額的案子是案子，法律援助的案子也是案子，所有案子的當事人，在我心裡都是同等重要的，我會做所有我能做也應該做的事。」

成瑤看向林鳳娟：「所以妳也做好妳應該做的事就行了，妳的寶寶還在家裡等著妳，我幫妳叫車，回頭有任何事我都會第一時間聯絡妳的。」

送走了林鳳娟，成瑤又整理了下當前的方向和資訊，便回了君恆。

雖然林鳳娟這個案子只是個法律援助案，卻並非自己此前預料的一馬平川，關於如何在盧建不配合的情況下證明親子關係，仍舊是一個挑戰。

只是雖然案子有難度，成瑤內心卻充盈著滿足感。

這是她脫離錢恆以後，第一次自己獨立面對當事人，自己完全獨立思考辦案方向，竟然短時間內便隨機應變有了點眉目。一時之間，連成瑤都有些替自己驕傲。自己過去那些翻閱經典案例，認真聽取同事討論，虛心請教的時間，都沒有白費。

有些努力，可能短期內看不到效果，但總有一天，會有回報的。

成瑤一直記得作家葛拉威爾的那句話——

「人們眼中的天才之所以卓越非凡，並非天資超人一等，而是付出了持續不斷的努力。一萬小時的錘煉是任何人從平凡變成世界級大師的必要條件。」

只要自己努力下去，只要自己花費一萬小時，甚至兩萬小時，一定能堅定但緩慢的夠到錢恆吧，一定有一天，自己也能和錢恆並肩吧。

成瑤沒想到，自己和錢恆很快就有了並肩的機會，雖然不是自己想的那種並肩。

她從咖啡廳剛回君恆，錢恆就打了內線電話讓她去辦公室一趟。

「哦。聽包銳說，妳剛才去見法律援助案的當事人了，有沒有什麼情況需要和我說？」

「老闆。」

錢恆卻避開了成瑤的目光，對她語氣裡的無奈視而不見：「我剛打電話直接問了法律援助中心當時負責接待妳當事人的人，他告訴我雖然登記單上的案件情況簡略，看起來很簡單，但實際……」

「老闆。」成瑤認真地看向錢恆，打斷了他，「你說過的，這個案件你完全不插手的。君子一言駟馬難追啊。」

「……」

結果成瑤都說到這份上了，錢恆竟然還能臉部紅心不跳理直氣壯道：「哦，我最近工作有點累，睡眠不太好，所以記憶力也有點受到影響，我說過這種話嗎？」

這位朋友，你豈止是說過，你就在沒多久前才說過好嗎！你以為自己是金魚嗎？只有七秒的記憶？裝得倒是還挺像那麼回事！

錢恆卻還在強力挽回尊嚴：「就算我說過這種話，作為老闆，關注一下妳手頭的案件進展也沒有什麼問題。」他看了成瑤一眼，「妳目前有什麼困難嗎？」

成瑤俐落道：「沒有！」

「真的沒有？」

「真的沒有！」

「沒有就好。」錢恆一本正經道：「反正對這種標的額這麼小的案件，我也沒有什麼興趣知道。」

明明很想知道自己案件的進展情況，明明想問自己有沒有遇到困難，怎麼有人這麼彆扭呢？

「哦，對了，今晚我家裡有個飯局，需要出席一下，不能陪妳了。」

成瑤愣了愣，才後知後覺意識到，錢恆是在和自己報備行程。

她笑著點了點頭，表示自己知道了，然後歪了歪頭：「老闆你還有什麼事嗎？」

「沒了。」錢恆瞪著眼睛，「那妳還有什麼要和我說的嗎？」

「我？」成瑤指了指自己，「我也沒了。」

「哦，那妳走吧。」

只是成瑤走出辦公室沒多久，就收到了錢恆的訊息。

『我最近沒睡好。』

雖然簡簡單單幾個字，看起來也稀鬆平常的一句話，然而成瑤愣是從裡面讀出了錢恆濃濃的控訴。

這位彆扭精只沒差在自己臉上掛上「我都說了我沒睡好妳竟然沒有問我為什麼沒睡好妳不關心我」的橫幅了……

成瑤鬼使神差的玩心大發，她非常惡劣地回了一句調戲：『那要不要我陪你睡呀？』

結果這句話傳完，便如石沉大海一般，錢恆那頭沒聲音了。過了沒多久，成瑤便從包銳那裡聽說，他出去開庭了。

當然很快，成瑤也忘了這個插曲。她手頭有了工作的事，李夢婷的那個借款糾紛已經判決了，在自己「提點」了對方當事人後，對方補足了證據鏈，一審毫無疑問的，李夢婷敗訴，被要求承擔還款義務，而成瑤代理李夢婷對張浩的同居期間房屋分割的訴訟，也已經立案了。

一切按部就班有序進行著，完全在成瑤的掌控之中。

只是中午時，成瑤爸爸打了個電話給她。

『瑤瑤啊。』成爸爸道：『今晚有空嗎？』

因為錢恆有事，自己正好空了下來，成瑤點了點頭：「有呀。」

『今晚爸媽會來A市，妳陪我們一起吃個飯。』

成瑤不疑有他：「好啊！好久沒見你們了！」

結果成爸爸絲毫無心給予成瑤親情的回應，他說道：『穿好點啊，穿妳最貴的衣服，一定要突出自己的漂亮！動人！明豔！把我們老成家的優秀基因完完全全散發出來！』一貫摳門的成爸爸竟然慷慨道：『要是沒適合的衣服也沒事，爸爸給妳幾萬塊錢，妳隨便買！爸爸明天能不能勝出，就在此一搏了！』

成瑤一頭霧水：「啊？」

這什麼跟什麼啊？

成爸爸越說越激昂：『妳還記得妳爸那個奇葩同學嗎？』

「記得啊，怎麼了？」

『上次妳爸我在同學會和他見面鬥了一整場的法，結果兩人不分高下，各有千秋，一時之間竟然沒有分出勝負，這怎麼行？我和他之間，不是你死，就是我活，一定要分個輸贏，我們自己比試分不出勝負，就只剩下另一種比試了！』成爸爸抬高了嗓音，『那就是——比下一代！』

「……」

成瑤不是沒聽說如今的孩子爸媽，從幼稚園開始，就忍不住互相攀比孩子，你今天帶你孩子去上鋼琴課，我明天就帶我孩子去拉小提琴；你今年帶你孩子去新馬泰旅遊，我明年就帶我孩子去北歐旅遊……

只是她沒想到，中年男人竟然對下一代還有這麼可怕的攀比欲……

成爸爸在電話裡做了總結：『總之，妳今晚來也要來，不來也要來。另外，一定穿雙十公分以上的高跟鞋！要那種一出場就驚豔眾人，氣勢完全壓倒對方的！我聽說我那奇葩同學的兒子，有一八七啊！妳雖然是女孩子，但也不能氣勢上輸太多了！』

「……」

掛了電話，成瑤簡直無語凝噎，她沒想到，有朝一日，自己竟然成了自己爸爸鬥法的工具……

但吐槽歸吐槽，成爸爸對這個同學的夙願，成瑤是瞭解的，對於今晚的聚會，她絲毫不敢怠慢，還真的一下班，就趕回家悉心打扮了一番，思前想後，挑了一套此前在上個事務所年會時穿過一次的紅裙，配上黑色大衣，以及十公分細高跟鞋，再化個淡妝。

平時成瑤上班都是職業套裝，難得週末也都選擇寬鬆的休閒裝，鮮少有穿這紅裙的機會，如今上了身，才發現這裙曲線畢露實在有些太過顯身材，難怪上次年會被這群同事們調侃是「直男斬」。

只是爸爸死對頭的聚會而已，穿成這樣未免有些喧賓奪主的嫌疑，成瑤本想換掉，可成爸爸電話裡不停催她，成瑤看了看時間，聯想晚上的塞車盛況，咬了咬牙，索性踩著高跟鞋便走了。

聚餐的地點在一家非常奢華的三星級米其林裡，吃的是法餐，成爸爸請客，訂了包廂。成瑤到的時候，她爸已經坐在包廂裡嚴陣以待了。而直到這時，成瑤才發現，自己穿的裙子，一點也不誇張，因為自己爸爸，那才叫誇張，要是別人不知道，乍一看，還以為這位是來參加中年離異富豪富婆相親會的呢！

成爸爸仔細吹了個當下流行的頭，西裝筆挺，認真一看，竟然還修了眉，要不是成瑤知道他那同學是的男的，這個架勢，還以為是來見昔日初戀的……

成瑤和成爸爸說了幾句，就接到了林鳳娟的電話，她轉身出包廂接了電話，和對方就一些證據細節進行了簡要溝通，剛掛斷正準備回包廂，卻突然聽到錢恆的聲音。

「成瑤。」

成瑤轉頭，便看到錢恆正微微皺著眉，站在她身後。

「欸？這麼巧？」成瑤不疑有他，「你今晚的聚餐也在這裡嗎？」

「嗯。」

成瑤走近錢恆，然而錢恆卻下意識退了一步，他的表情有些矛盾，既想盯著成瑤看，又硬生生控制著自己移開眼神。

雖然表情冷靜，然而吐出的話語裡卻充滿控訴：「我才走開一晚，妳就穿成這樣來餐廳約別人了？」錢恆低氣壓道：「看來我真是一晚都走不開。」

「不不！」成瑤連連擺手解釋，「不是你想的那樣！我是陪我爸來吃飯的！」

「呵，除了妳爸，有別的男人吧。」

「有是有，就是我爸的同學啊，還有他的兒子，其餘沒別人了。」成瑤恍惚間覺得自己像是劈腿被當場抓奸一樣，她努力解釋道：「你別緊張，這絕對不是我爸和他同學安排的變相相親宴，因為我爸和他這個同學是死對頭。我爸可討厭他了，說他為人特別奇葩，要不是打人犯法，早就揍他了！今天叫我來打扮成這樣，也是為了拼孩子！和他兒子一決高下！」

錢恆的臉色緩和了些，然而語氣還是高貴冷豔：「我緊張？我錢恆需要緊張？我就是隨口問問而已。」

「對對，你是隨口問問而已。」成瑤一臉了然地補充道：「而且按照我爸這同學極品的樣子，他兒子絕對也是個奇葩極品，上下五千年都沒出過幾個的那種。就算我瞎了眼看上他兒子，我爸也絕對不會允許我嫁進那種極品家庭的！」成瑤眨了眨眼，狗腿道：「何況有你珠玉在前，別的男人在我眼裡都是庸脂俗粉！我不會瞎的！」

成瑤說完，看了看時間：「欸，不早了，先不說了，我先去吃飯啦，晚點聯絡。」

「成瑤。」

結果成瑤剛轉身，就被錢恆叫了回來，他一本正經道地抬了抬臉頰：「為了獎勵妳的眼光，我允許妳走之前親我一下。」

「……」

「算了，妳反應這麼遲鈍，還是我來吧。」

成瑤還沒反應過來，錢恆就湊近她俯身給了她一個吻。

一吻完畢，錢恆才臉部紅心不跳地看了手錶一眼：「我也該走了。」

結果兩個人一前一後走著，包廂竟然順路，成瑤亦步亦趨跟在錢恆的身後，臉上還火辣辣的，心還在因為剛才那個突如其來的吻而砰砰砰跳著。

只是……只是成瑤的心很快跳得更劇烈了……

尤其當她眼睜睜看著錢恆走進自己熟悉的包廂裡……

等……等等！

這一刻，成瑤突然有一種強烈不妙的預感。

爸爸的那個奇葩同學，是姓錢吧？

而幾乎是同時，包廂內響起成爸爸震怒的聲音：「你不就是之前騙我女兒去東莞搬磚結果出軌的軟飯小白臉小錢嗎？」

繼而響起的是錢爸爸同樣震怒的聲音：「你別血口噴人，我錢展的兒子，需要去東莞搬磚？我兒子每年收入破億，還需要別人養？何況我兒子有女朋友，小女生漂亮得很，還倒追了我兒子好久，我兒子才勉為其難同意的！」

「你兒子該不是有表演癖吧？來我女兒這裡騙財騙色，新聞裡不都說了，有些高收入人群壓力太大，需要特殊的方式發洩壓力？」

成瑤幾乎是硬著頭皮走進去的，錢恆也被這魔幻現實主義般的發展驚到了，正抿著唇站在原地。

成瑤咳了咳：「爸……」

她一來，成爸爸有了底氣：「瑤瑤，妳來得正好，妳好好看看，這是不是那個背著妳劈腿的負心漢小錢！」

錢爸爸正準備據理力爭，卻在看到成瑤臉的時候愣了下：「妳？妳不就是苦戀我兒子追了很久才追到手的小成？」

「……」

成瑤有一瞬間想要落荒而逃，或者出門問問，火葬場的路怎麼走。

好在這時，錢恆終於站出來力纜狂瀾，他看了成爸爸一眼：「伯父，你們，我重新介紹一下自己，我是錢恆，君恆律師事務所的合夥人，是成瑤的老闆，也是成瑤的男朋友。之前有一些誤會，但我和成瑤感情很好。」錢恆過來拉了成瑤的手，「希望能得到雙方父母的祝福。」

「……」

雙方父親各自表情複雜詭異，看著成瑤和錢恆，陷入了若有所思的安靜。

最先反應過來的是錢爸爸，他頗有深意道：「孩子們這也是自己的緣分，我怎麼能干預呢？何況雖然孩子的爸爸眼光不太好，可孩子自己，眼睛清亮著，慧眼如炬，一眼看出我老錢家的基因是人中龍鳳啊，雖然是個小女生，但勇氣可嘉，主動追愛，我很欣賞！」

「……」

就在成瑤以為自己爸爸會強烈反對時，成爸爸竟然咳了咳，臉上也掛上了算計的笑容：「我有一點要糾正啊，我女兒，可沒有追求你兒子啊，反倒是你兒子為了追愛頗下苦工，甚至為了我女兒，故意去租了那麼便宜的房子好找到機會和我女兒同居，再來個近水樓臺先得月，日久生情。」

成爸爸分析得頭頭是道：「我看我女兒進君恆，也是你兒子運作的，不就是看上我女兒嗎？只不過你兒子，呵，也算有其父必有其子，明明是他想要和我女兒在一起，但卻很有心計手腕的讓我女兒以為是自己先動心的……當然啦，我也理解小錢，畢竟我女兒像我，魅力是比較大，小錢把持不住，想了這麼多辦法，也是情有可原……」

「不可能，是你女兒追的！」

「是你兒子追的！」

兩位爸爸互不相讓，最終拼起酒來。

只是這一場酒拼下來，發展更是詭異——

成爸爸打著酒嗝：「錢展你了不起啊？當初同學一場你怎麼對我的？現在呢？現在還不是這樣哈哈哈哈，以後你兒子還不是要叫我爸爸？你就沒想過，你也有今天啊？」

成瑤有些看不下去：「爸，你醉了。」

結果成爸爸卻很堅持：「我沒醉。」他無視錢爸爸的臉色，就差插腰狂笑了，「哈哈哈哈，這麼解氣的事，我還能再喝五百年！」

錢爸爸不滿道：「你別高興得太早，風水輪流轉！你別忘了，你以前是怎麼求著我給你抄作業的。」

「你還好意思說！我請你吃了那麼多頓飯，都是我親手做的啊！你竟然連作業也不給我抄？」

「我是有原則的人，絕對不能對抄襲縱容和助紂為孽，可雖然沒給你抄，我暗示了你那麼多解題方法，沒想到你這麼笨，我就差告訴你答案了，結果你還解不出來。這得怪你自己智商差，能怪我？」錢爸爸也喝多了，越說也越離譜了，「不過現在你女兒和我兒子在一起，後代的智商交給我們老錢家就行了！你也算翻身了！感謝我吧！」

最後的結果是，錢爸爸和成爸爸都不想錢恆和成瑤打擾兩人的翻舊帳時光，把錢恆和成瑤火速地支了出去。

這是哪門子感情不好的仇敵啊？明明是青春期彼此在意對方，年輕氣盛把對方當成假想敵不斷對比其實內心惺惺相惜吧？

錢恆拉著成瑤的手，去提前買了單。

成瑤拽了拽他的衣袖：「不用，這次是我爸請。」

錢恆涼涼地看了成瑤一眼：「妳爸不都已經把我當兒子了嗎？就沖著這份情，還能讓他買單？」

「……」

「今晚有個重金屬 live，小眾樂隊，就在一間酒吧地下演出。」兩人走出米其林，錢恆突然狀若不經意地開了口，他有些不自然，「妳以前說過妳喜歡重金屬音樂。」

成瑤的眼睛亮了亮：「哪個樂隊？」

「Red Fish。」

「欸！我還挺喜歡他們的。我們去嗎？」成瑤雙眼期待地盯著錢恆。

「嗯。」

雖然路況有些塞，但這一點也不影響成瑤的興奮和激動，她坐在車上，嘰嘰喳喳說個不停。

這間酒吧非常隱蔽，所謂的地下演出，還真的在地下，就如愛麗絲夢遊仙境裡的兔子洞一樣。錢恆和酒吧負責人簡單點頭打了個招呼，對方顯然是老熟人，很快把錢恆和成瑤領到一處空地，打開了地窖般的入口，露出下面的樓梯。

成瑤很難想像，對這一切，錢恆竟然熟門熟路，如入無人之境。她跟著他下了樓梯，才發現地下完全是新的世界。

舞臺般的鐳射燈光，沸騰的氣氛，重金屬搖滾的音樂，盡情釋放的人群，頹廢中又帶著詭異的生命力。

演出已經開始了。

舞池裡簡滿跳舞的妖魔鬼怪。

嘶吼聲、金屬撞擊聲、鼓點聲，各種聲音交雜在一起，衝擊著每個人的耳膜。

成瑤很快就沉浸到這種氣氛裡。

二十多年來，她過著循規蹈矩的生活，踩著姐姐的步伐，按部就班的生活，然而直到這一刻，成瑤才意識到，自己的血液裡，其實是流著離經叛道的血液的。

她不是成惜，她和成惜不一樣，她就是她自己。

在音樂演奏到最高潮氣氛白熱化的時候，成瑤直勾勾地看向錢恆，然後她做了一件大膽的事。

她拉過錢恆的領帶，不顧對方輕皺的眉和驚愕的眼神，微微墊腳，姿態蠻橫地吻向了對方。

等她放開錢恆，成瑤才有些害羞，幸而她的臉紅也能解釋成被地下演唱會氣氛所帶動的激動，她輕輕側開頭，假裝看向舞臺：「我喜歡重金屬音樂的初衷，就是想跳出我姐姐的影子，因為姐姐太優秀了，大家總是習慣性把我和她比較，她是溫柔乖巧懂事的女孩子，所以我好像理所當然也必須成為這樣的人。我以前也以為，我和她是一樣的，她喜歡舒緩的鋼琴曲，我也應該喜歡。」成瑤的睫毛顫動著，「直到我聽到了重金屬搖滾……」

「以前我以為我會喜歡薛明那種男生……」

成瑤這句話還沒說完，就被錢恆危險地打斷了，他的臉上風雨欲來：「薛明？」

成瑤轉回頭，盯向他的眼睛：「直到我遇到了你。」

成瑤的「你」字剛說出口，尾韻就消失在錢恆的吻裡。

這一次，錢恆把成瑤推到牆邊，在重金屬音樂激烈的聲音裡，旁若無人地親吻成瑤。

這個吻與錢恆往日裡的那些吻不同。

強烈的，帶著濃烈的男性荷爾蒙氣息，像掠奪，像索取，又像侵略。

錢恆每一個細胞都在宣誓著主動權和所有權，他咬住成瑤的下唇，輕輕撕磨，帶著欲望，帶著挑逗，成瑤突然無法直視他這樣直勾勾的眼神，她下意識舉起手，想要遮住錢恆的雙眼。然而她的手，還沒碰到錢恆的手，只堪堪懸在錢恆臉旁，就被錢恆捉住了，他放開成瑤的唇，輕柔地吻了下她的十指。

「妳在我面前，還提別的男人名字？」錢恆笑了笑，「看來是我的責任。讓妳竟然有心思分神。」

成瑤只覺得一剎那，自己的手指上與錢恆唇瓣相觸的地方起了電流，這電流在她體內橫衝直撞，讓她背脊發麻，那種無法動彈的感覺，讓她覺得陌生而有些不安，成瑤抽回手，自欺欺人地想，不能捂住錢恆的眼睛，那就捂住自己的眼睛吧。

然而當她的手剛捂住自己的眼睛，又被錢恆強勢地捉住，然後固定在牆壁上，逼迫成瑤直視著他。

「這樣就害羞了？」

成瑤紅著臉，眼神躲閃。

錢恆並不放過她，仗著重金屬 live 周遭嘈雜的環境和流動的人群，錢恆步步緊逼道：

「妳不是不同於成惜的叛逆少女嗎？叛逆少女臉這麼容易紅？」

成瑤簡直想跳起來立刻落荒而逃。成瑤這才知道，平時的錢恆對她多麼照顧，他根本沒有氣勢全開，以至於自己一直心安理得地覺得，自己對錢恆，尚能一戰。

而實際上，當他毫不顧忌地釋放自己的荷爾蒙，成瑤只能丟盔棄甲一路敗逃。

錢恆卻猶不自知，他湊近成瑤的耳朵，聲音有些不自然的喑啞：「還有，是誰說，今晚要陪我睡？」

成瑤簡直覺得自己一瞬間，快爆炸了。

也是這時，錢恆又傾身吻了她，他強勢地頂入自己的舌，描摹著成瑤的口腔，追逐著她的舌尖。

直到成瑤快要無法呼吸，他才放開她。

「不管妳是叛逆少女，還是聽話懂事的好學生，妳都是妳。」錢恆笑笑，「被我喜歡的妳。」

只是這樣一句話，成瑤卻覺得，自己青春期因為被與成惜對比而造成的失落、委屈、難以言明的晦澀情感，通通被一掃而空，釋放了出來。

長久以來，她一直一直默默期待著，有一個人，能夠走過來，對她說，她是特別的，她是獨一無二的，做她自己，已經足夠好。

她沒有想過，原來錢恆就是這個人。

第九章　戀愛嗎？辦公室的那種

這本來是個臉紅心跳的夜晚，然而大概是嫌成瑤今天受到的刺激還不夠，這場重金屬live演出到一半，這間地下酒吧的負責人突然下樓，開始疏散人群。

「著火了！大家快往安全出口走！」

於是一時之間，重金屬音樂變成了嘈雜慌亂的人聲。很多人臉上露出驚恐害怕的表情，然而成瑤不知道為什麼，卻覺得不太怕，好像只要在錢恆身邊，就沒什麼可擔心的。她幾乎不用動腦，只需要拉著錢恆的手，跟隨著他就可以。

只是唯一沒有預料到的，是因為跑得倉促，成瑤的十公分小細跟鞋，非常不給面子的斷裂了。

錢恆沒說什麼，只是微微蹲下了身。

成瑤有些不明所以：？

「上來吧。」錢恆表情平淡自若，彷彿再自然不過，「我背妳。」

「不用啦，去停車場路也不遠，你稍微扶我一把就行了。」

成瑤一邊拒絕，一邊一瘸一拐地往前走，然而她沒走幾步，就被錢恆直接攔腰橫抱了起來。

「行了，妳得逞了。」

「欸？」

錢恆哼了一聲：「妳不就不想我背著，希望我公主抱嗎？以為我不知道妳動什麼小心機，不就因為公主抱才能看到我的臉嗎？」

「沒……沒有啊！」成瑤一邊說一邊掙扎想著下來。

「別亂動。」錢恆警告地瞪了成瑤一眼，「妳再亂扭，我這麼抱著妳，腰會吃不消的。」

成瑤身體是停住了，但嘴上不停，她意有所指地看了錢恆的腰一眼：「這個……男人，不能說自己腰吃不消啊……」

錢恆沉默了片刻，才道，「成瑤，妳再不閉嘴，不如妳今晚就陪我睡，親自驗證下我的腰好不好。」

「……」

成瑤徹底安靜了。

慌亂、刺激又甜蜜的夜晚之後，便是第二天的工作。

成瑤本來覺得再見錢恆有點害羞，不知道自己能不能控制好看向他的眼神，不被同事看出端倪，但好在這個問題被完美規避了。錢恆第二天一早，因為一個家族信託糾紛案，臨時出差飛往B市，同去的包銳當天開完庭就可以回來，但錢恆事後還需要留下兩三天處理完客戶其餘事項才能回來。

而成瑤也沒有太多時間再去想錢恆，她代理林鳳娟撫養費糾紛一案的立案材料已經提交了法院，主審法官打了電話跟成瑤溝通，因為證據繁複，考慮到為了節省審判時間，法官要求進行庭前證據交換，成瑤當然求之不得。

庭前證據交換，能在正式庭審之前，先明確各方當事人主張所依據的證據，以便當事人在庭審中進行質證，也讓法官對案件涉及的證據有更好的把握，更是可以防止一方當事人在庭審中突然進行補充證據這類突襲，造成庭審不暢，不得不因補充證據而再次開庭和質證，拖延辦案效率。

只是庭前證據交換，雖然最終由法官決定，但通常都要先由當事人申請。成瑤有些好奇道：「庭前證據交換，是盧建申請的？」

『他的律師申請的。』負責這個案件的孟法官在電話裡笑了笑：『我今天下午兩點正好有空，對方也沒問題，妳要是也行的話我們就快點交換證據，定在下午兩點，四號庭前會議室。』

成瑤有些意外的同時連連應好。

她和孟法官又聊了幾句，隨口問了聲：「盧建那邊請的，是哪家事務所的律師？」

『哦，德威事務所的鄧明律師，妳認識嗎？他還挺有名的。』

孟法官掛了電話，可成瑤卻久久不能平靜。

鄧明。

這個案子竟然撞上了鄧明。

這曾經是成瑤成為一名家事律師的目標，有朝一日，終於能堂堂正正地站在法庭上，和鄧明來一場對壘，然後光明正大地打敗他，撕下他偽裝的良善和正義，還有他虛假的專業能力。

只是成瑤沒想到，自己竟然這麼快就遇到了鄧明，在自己第一個完全獨立辦的案子上。

鄧明雖然對外營造了良心律師的形象，實則接案件的時候，一顆心全向著錢看。成瑤此前從林鳳娟那裡多少知道盧建家境不錯，但現在看來，不只是不錯，應該是非常不錯，恐怕非富即貴，才能請得動鄧明出山。像鄧明這種豺狼，只有嗅得到最新鮮的血和肉，才會出現。

如果有錢恆在，那這個案子，就算十個鄧明，也不會輸吧。

然而自己早就自斷了後路，非常有骨氣地拒絕了錢恆的插手。

自己準備好了嗎？還是回去求錢恆幫忙？

只要自己開口，他是絕對不會拒絕的。

然而成瑤按在通訊錄錢恆名字旁的手，終究還是頓住了。

錢恆是能站在自己身後，但總不能永遠依賴錢恆。

白星萌的案子裡，她被鄧明打臉，這一次，她想試試自己迎戰。

既然自己的夢想就是在法庭上打敗鄧明，那就上吧！

因為得知了盧建的律師是鄧明，成瑤更是一百萬分的上心，她此前去林鳳娟和盧建開房的酒店，讓林鳳娟查詢了自己此前的開房登記，確定開房時間，同時，成瑤也向與林鳳娟、盧建一同參與同學會的幾位同學進行取證，可以證明，開房時間與同學會在同一天，而同學會後，確實是盧建與林鳳娟兩人獨處。有了這些證據，再配合此前的錄音，可以佐證盧建確實與林鳳娟在同學會後開房發生了關係。而林鳳娟孩子涵涵足月出生，那麼按照他的出生年月倒退，如果涵涵是盧建的孩子，那麼盧建與林鳳娟這次發生關係的時間，也完全能吻合，不存在矛盾。另外，成瑤還取證了林鳳娟和盧建很多高中同學的證言，證明兩人在高中曾經戀愛過兩年，為彼此的初戀，有感情基礎。

在去法院庭前證據交換之前，成瑤一遍遍演練了可能會發生的情況和自己的應對措施，確保自己的這份證據清單一甩出來，就能啪啪啪打臉鄧明。

成瑤把庭前證據交換的消息告訴了林鳳娟，兩人便各自趕往法院。說來很巧，她們和盧建、鄧明，幾乎是同時到達庭前會議室的。

鄧明穿著一身修身窄腰的西裝，頭髮用髮膠固定往後，經典的大背頭梳得一絲不苟，身上講究地噴著男用香水，成瑤隨便掃了一眼，便看到他的公事包、皮帶上晃眼的名牌Logo。

成瑤心裡對他憎惡，越看越覺得對方不像個律師，反而更像個穿著名牌高仿的直銷騙子。只是心裡再痛恨，成瑤也知道控制好自己的情緒。她謹記著錢恆的每一句話，絕對不會重蹈覆轍，讓自己的私人情緒影響到當事人的案件。想要打贏這場官司，首先應當摒棄自己的立場，站在當事人的角度。

成瑤這邊非常平靜專業，鄧明的反應卻強烈多了。他顯然十分意外在這裡遇見成瑤，愣了愣，只是很快，鄧明也回歸到工作狀態。

見雙方當事人與律師都就位了，孟法官按照流程開始庭前證據交換：「林鳳娟訴盧建確認親子關係、撫養糾紛一案，由審判員孟冬梅主持庭前證據交換，書記員沈素擔任記錄，雙方當事人是否申請迴避……」

林鳳娟和盧建都沒有申請迴避。

孟法官就此案中的基本事實進行了明確，同時，她也針對成瑤提交的證據材料向鄧明一方進行闡述分析：「林鳳娟和她的律師整理了非常詳細的證據鏈，在這份證據鏈的基礎上，林鳳娟一方擁有足以推斷盧建與涵涵可能存在親子關係的證據鏈，如果盧建你和你的律師沒有相反的證據，卻還堅決不同意做親子鑑定，那麼一旦立案走訴訟流程，法院可以按照法律規定作出處理，推定請求確認親子關係的林鳳娟一方主張成立，而不配合法院進行親子鑑定的你方，則需要承擔敗訴的法律後果。」

鄧明臉色沉靜，絲毫不見慌亂，他掃了成瑤一眼，勢在必得地笑了笑，然後從公事包裡掏出一份文件：「孟法官，這是我們提交的證據，也希望借由這次證據交換，讓對方當事人知道我們的態度。」鄧明頓了頓，才鏗鏘有力道：「我的當事人盧建，早就經醫院診斷，是無精症患者，並且是無法治癒的無睾症。」鄧明看了成瑤一眼，「盧先生很不幸，出生時就罹患先天性無睾症，這是從出生至今的全套病例以及歷年體檢的結果。」

成瑤知道鄧明既然主動申請了庭前證據交換，自然是手中有可以抗辯的證據，只是她根本沒想到會是這樣顛覆性的證據！

從孟法官的手中，她接過了鄧明提交的證據。這些證據，從簽名的時間看，確實跨度久遠，而那些醫療證明文件的紙張，也泛著黃，看起來確實有些年頭了，而歷年體檢記錄，也都分門別類歸檔的非常仔細。為了方便查看，鄧明在相關病例證明處都用螢光筆標了起來，一目了然。

盧建竟然沒有睪丸？那就絕對不存在能成活的精子了！那孩子不管怎樣，自然不可能是他的！鄧明這份證據一出，即便盧建拒絕親子鑑定，也能排除親子關係！

林鳳娟自然也看到這份證據，她當場不敢置信地叫了起來：「不可能！」她喃喃自語，求救般地看向成瑤，「這不可能！那晚我清清楚楚見到，他明明有！他很健康！怎麼會變成什麼先天性無睪症？」

鄧明絲毫不理會林鳳娟的叫嚷，他看了成瑤一眼：「妳們自然可以在真實性上進行質疑，但我們提交的都是最真實的證據，不怕任何鑑定。」他自信而張揚道：「反而是林小姐，應該好好思考下，現在還有什麼辦法來污蔑和訛詐我的當事人？」鄧明推了推眼鏡，「不是妳演技好或者叫的大聲，就是真相的。」

而就在此時，成瑤根本來不及阻止，就見林鳳娟突然站起來，歇斯底里地撕毀了手中盧建的醫療和體檢記錄。

她面色潮紅而憤怒：「這是假的！這份證據一定是假的！盧建，你真不要臉，你是個健全男人，那晚發生了什麼你忘記了？你還說你最喜歡我摸你那裡，只要一摸就有感覺了，結果現在和我說什麼先天性沒有睪丸？你在開什麼玩笑？還是你為了不認涵涵，直接把自己閹割了？」林鳳娟赤紅著眼睛，「你真是無恥！我怎麼當初聽了你的花言巧語！」

林鳳娟的情緒完全失控了，根本顧不上這是在法院，她當場站起來，拿出手機裡涵涵的照片，顫抖著便想遞給盧建看：「這是孩子的滿月照，你就看一眼！你自己看看，這孩子是不是有三分像你？你再看看他臉上那神態，是不是活脫脫就是和你同個模子裡刻出來的，明眼人一看就知道是你的孩子！你竟然還狡辯，說自己無法生孩子！自己的兒子都不認，你還是人嗎！」林鳳娟提及孩子，眼淚忍不住在眼眶裡打轉，「涵涵這麼漂亮可愛，可因為先天性心臟病，還躺在加護病房裡，命懸一線，而你這個親生父親不僅不認孩子不給撫養費，連看也沒看一眼！孩子要沒了，你就不怕他化成厲鬼來纏著你嗎？」

然而照片還沒遞到盧建面前，便被鄧明攔截了下來，他隨便看了一眼，就冷酷地把手機丟回桌上，相比林鳳娟的情緒激烈，鄧明理智而冰冷：「林小姐，請妳冷靜點。妳撕毀了我方當事人提供的證據原件，根據《民事訴訟法》，這屬於毀滅重要證據，妨礙法院審理案件的行為，我相信孟法官會給出處罰，而作為確認親子關係一案中認定事實的關聯證據，這些醫療證明和體檢記錄被撕毀無法辨認的話，法院判決時可是由撕毀證據的一方承擔不利的法律後果的。」

對於這樣的發展，成瑤完全始料未及，鄧明的話說的一點也沒錯，這種情況下，考慮到林鳳娟尚在哺乳期，恐怕她將面臨罰款的處罰，而更為尷尬的是，因為她的衝動，很可能將面臨敗訴的風險。

鄧明這個人，雖然平日裡一臉仁義道德慈眉善目的假像，然而真的涉及當自己當事人的利益，整個氣勢非常咄咄逼人，林鳳娟被他的氣勢鎮住，開始不安起來，她冷靜了下來，開始求救地看向成瑤。

孟法官顯然對這場鬧劇般的庭前證據交換也非常頭痛，她關照了書記員幾句，因為要趕著另一個案子的開庭，讓書記員將今天發生的一切如實記錄後，才結束了這場庭前證據交換。

臨走時，鄧明倒是叫住了她：「對了孟法官，上次聽說妳女兒想要矯正牙齒的，我前幾天孩子去了個新加坡私立牙科診所，覺得服務態度很好，矯正也做得非常專業，回頭我把資訊傳給妳。」

孟法官愣了愣，有些意外地點頭道了謝，才匆匆離去。

成瑤對這個插曲並未在意，卻不知道原來鄧明的每一個行為，都不是沒意義的，在林鳳娟眼裡，這就是另一種解讀了。

「那個鄧律師，和孟法官很熟吧。」等所有人都走了，林鳳娟沉默片刻，臉色慘白地開了口，「都互相討論小孩的情況了，肯定交情很深，我們這個案子，這法官肯定會偏向他們吧。」林鳳娟絕望而憤慨道：「果然這個社會就是這樣，有錢有權的人，就能請得起好律師，就能有人脈，現代社會，哪裡不講關係啊？法院也一樣黑！都說朝中有人好辦事！」

「不是的，妳應該相信法院和法官。」面對如此突變的案情，雖然成瑤有些錯愕，但很快恢復冷靜，她看了林鳳娟一眼，「私下認識是一回事，但我相信法官的職業素養，如果我們最終能找到反敗為勝的證據，法官並不會因為私人關係就判決對方勝訴。」

說到這個，林鳳娟更憤慨和無助了：「成律師，我向妳發誓，盧建絕對不是無精症患者，更不可能是先天性無睪症。」這個時候了，林鳳娟也顧不上含蓄和害羞了，「我看的非常清楚，他是個非常非常正常的男人，他的醫療記錄肯定是偽造的！」

如果是別的律師，成瑤或許不會懷疑，然而對方是鄧明的話，指使當事人偽造證據，並非不可能。

只是目前的困境首先是，盧建的證據原件大部分已被林鳳娟撕毀，雖然靠著拼貼有些能勉強復原，但這樣復原的東西，恐怕不一定符合鑑定真偽的原件要求；再次，鄧明不可能算到林鳳娟當場發難撕毀證據，那他膽敢拿出這份原件，恐怕已經在造假源頭上都打點好一切了，就算真的送去鑑定，也鑑定不出什麼來。而這個案子，無法像董山案一樣做親權鑑定，因為盧建的父母無論如何也不會同意做鑑定，他們才不想因為這個先天有病的孩子耽誤家族聯姻。案件至此，陷入了僵局。

「我留意到了，這些醫療診斷和體檢，全部來自同一家私立醫院，很可能這間醫院幫忙參與了造假，這條線索我會盯著的。」成瑤安慰了林鳳娟幾句，「妳不要急，假的東西真不了，總會露馬腳。」

林鳳娟抹了抹眼淚，點了點頭：「希望成律師一定要為我和孩子討回公道！」

成瑤從見到鄧明回君恆後，就一直憂心忡忡，按照她對鄧明的理解，即便偽造了證據，他還會做別的小動作，因為沒有真才實學，但又有幾分小聰明，因此他十分擅長利用歪門邪道走捷徑。為了維護他所謂的不敗神話，以維持他高標準的律師收費，鄧明絕對還會做點什麼，來確保盧建的案子萬無一失。

只是成瑤沒想到鄧明可以這麼卑劣。

庭前證據交換結束沒多久，一個A市本地新聞帳號就爆料了一則所謂的匿名群眾投稿——爆料：現代版潘金蓮，給丈夫戴綠帽，婚內生下私生子卻因私生活混亂不知生父是誰。

這則爆料下，是並未打碼的林鳳娟照片，同時，還配了很多林鳳娟與不同男性舉止親密的抓拍。

很快，就有「熱心」的群眾，在留言裡毫無節操地曝光了林鳳娟的住址、聯絡電話，以及涵涵的照片，並用惡毒言論說，到底涵涵這小孩，更像照片裡哪個男人。

而比起這些用字文明的留言，有些留言就可謂不堪入目了。

『哇，這女的這麼騷啊，要不要讓我也玩一下，哥保證爽到她。』

『千人枕萬人騎的蕩婦！』

『這小妹長得還行啊，欲望這麼強，要這麼多男人的話，要不要直接出來賣啊，既滿足了自己，還能賺她兒子的醫療費呢。』

這篇文章寫得很有煽動性，是以林鳳娟前夫友人的口吻進行投稿，字裡行間充滿了憤慨，寫得十分有代入感，一時之間，渲染的群情激憤，閱讀量和分享數都劇增。

成瑤知道鄧明最喜利用輿論帶風向，試圖給當事人壓力，給主審法官進行輿論施壓，只是沒想到這麼多年他還是這樣沒長進。

白星萌的事後，成瑤遇到這樣的輿論發酵事件，早就不慌亂了，她淡定地截圖取證以便進行名譽侵權訴訟。

只是她沒想到，沒多久前還握著她的手要求她為自己討回公道，還孩子一個名分的林鳳娟，兩個小時後就改變了主意。

接到林鳳娟的電話時，成瑤第一個反應就是安慰：「妳不用擔心，我會幫妳發律師函……」

『成律師，這個官司，我不想打了。麻煩妳幫我撤訴吧！』

成瑤十分意外：「怎麼了？」

『打不贏的。』林鳳娟的聲音哽咽，『我一個平頭老百姓，拼不過盧建這樣有權有勢的人，網路上那些爆料，妳也看到了吧？自那些爆料以後，就有人跑到我家門口，有刷油漆的，還有送花圈挽聯的，甚至還有潑糞的……』

林鳳娟痛苦道：『我是做錯了事，但我對不起的人，只有阿民一個，我沒有對不起那些網友，憑什麼他們這樣對我？網路上那些我和不同男人的照片，根本不是真的，都是PS造假的。我這輩子的男人，除了阿民，就只有盧建了。我要是真的和那爆料裡說的那樣，我林鳳娟今天就出門被車撞死！』

任何人，第一次遭遇網路上那樣的辱罵，恐怕都會如林鳳娟一般憤怒和害怕，想向全世界解釋自己的無辜。

成瑤想起自己白星萌案件時如出一轍的手足無措，語氣不自覺柔和了起來：「妳不要怕，我相信妳。網路上這些東西，恐怕也是盧建的律師搞的鬼。」

只是這樣簡單的一句話，電話那端的林鳳娟終於忍不住，哭了出來：『成律師，謝謝妳能為我說這句話，那這個案子，我更不能牽連拖累妳，我們撤訴吧，我們拼不過盧建他們的勢力的。』

成瑤愣了愣，警覺了起來：「牽連？」

林鳳娟沒有回答，她有些慌亂地轉移了話題：『總之，這個案子就算盧建偽造了醫療證明和體檢記錄，只要他有關係讓醫院的人幫忙搞定這些偽造的東西，那這些單子我們就算去查，表面上也是真的。雖然我知道盧建肯定沒問題，但我們也不能強制要他在法官面前脫褲子啊。我們贏不了的，成律師，我和妳都沒有盧建和他的律師那麼有背景有手腕有人脈……』

成瑤試圖勸說林鳳娟，然而她在電話裡雖顯然有所保留，但態度很堅決——她要撤訴，要放棄起訴，並且聲稱這不僅是基於現實的考慮，為了自己好，也是為了成瑤好。

『成律師，反正我這個案子妳也拿不到什麼錢，真的，妳別接了，用這個時間接更重要更有錢的案子吧，我不會怨妳，我已經很感激妳了。』

「……」

一個案子發展到這個地步，最明智的辦法自然是順水推舟撤訴。畢竟首先這只是個法律援助案件，這個案子撞上鄧明，且以目前的證據又都偏向對方當事人，明眼人看著都是個百分之九十九要輸掉的案子，接了不僅沒什麼成就感，恐怕還會很挫敗。

只是成瑤不願意。

電話裡說不通，成瑤準備直接去見林鳳娟。

林鳳娟的家在一個人流雜亂的城中村裡，狹窄的棚戶房，一間接著一間，把中間通行的路擠壓成很窄的一條，而路上則因為兩側居民隨意傾倒的污水而變得潮濕髒污。

成瑤本來以為林鳳娟家會很難找，然而她沿著這條路走了十分鐘，一眼就認出她家。一排小棚戶房，只有一家的門口潑著鮮紅的油漆。

「蕩婦」、「婊子」、「賤人」……諸如此類的辱罵畫滿了林鳳娟的屋子外面，周邊自然有看熱鬧的鄰居在指指點點，而林鳳娟，就在這些指點裡沉默地清理著污物。

她的頭髮沒有綁起來，沒有生氣的垂在臉頰兩側，等成瑤走近，才發現她頭髮遮掩下的傷痕。

她的臉上布滿了紅腫，一隻眼睛被打得連睜都睜不開，鼻子上還沾著未乾涸的血跡，顴骨高高腫起，見了成瑤，她有些意外：「成律……」結果剛開口，林鳳娟似乎牽扯到什麼傷口，疼得抽起氣來。

成瑤緊抿著嘴唇：「這是誰打的？阿民找人打的？」

林鳳娟忍著眼淚搖了搖頭：「不是的。阿民一直很好，他自始至終都很好。就算知道我做了這種事，他也一句重話沒說，只是對我就和對陌生人一樣，然後和我平靜地提了離婚。」

林鳳娟想起曾經唾手可得卻被自己親手毀掉的幸福，終於忍不住哭起來：「打我的人，都說是看不過替阿民出氣的朋友或者線民，但我知道，這肯定不是阿民授意的，那爆料文章，也不可能是阿民的朋友發的，他不是這種人，他的朋友也不是。即便我做了這種事，他也只是和我恩斷義絕，不會落井下石的。」

「這些人不僅打我，我爸媽出來想幫我，結果他們連我六十多歲的爸媽也沒放過，我媽氣暈了，我爸剛剛跟著救護車送她去醫院了。」

成瑤沒想到針對林鳳娟的攻擊竟然從網路延伸到了現實，她語氣嚴肅道：「這裡有監視器嗎？我去調取……」

林鳳娟苦笑著搖了搖頭：「沒有的，妳看我們這裡這個環境，根本沒有監視器，而且有了監視器也沒用，我們告不贏的，成律師，我知道他們不是阿民找來的。」林鳳娟看了寫滿辱罵話語的屋門一眼，「網路上的文章，還有這些，我其實清楚，是盧建找來的人。因為他們打砸完，都說了一句話，『自己賤還想著訛錢』，如果只是一波人這麼說，還無法說明什麼，但每一波都最後這麼說，就不是巧合了……」

雖然林鳳娟婚內出軌確實有錯，但盧建這種明知對方已婚仍和對方發生關係的男小三，也並不無罪，如今為了甩脫林鳳娟，在鄧明的「點撥」下想出如此卑劣的證據造假加人肉、恐嚇毆打的下三濫策略，就很無恥了。

「林小姐，妳放心，妳這個案子，我一定會為妳討回公道，竭盡我所能。」

面對成瑤的堅定，林鳳娟卻搖了搖頭：「沒用的成律師，盧建家裡關係很硬，他這次死活不會承認涵涵的。」林鳳娟抿了抿嘴唇，「我聽其餘同學說，因為他和他未婚妻馬上要結婚了，兩家是商業聯姻，涉及的利益很大，他們兩家都不會讓這種事出差池。」

「那個鄧律師，我也在網路上查了，是很厲害的律師。」林鳳娟沉默了片刻，才臉色慘白而認命道：「我看說他打官司很厲害，幾乎沒有輸的，而且是名校畢業的，經驗也很多，何況和法官還是老熟人……」

林鳳娟這些話，她自己說的時候沒意識到，實則細細想想，對成瑤來說是一種冒犯，雖然沒有明說，但內心裡，她恐怕並不認可成瑤的資歷。

然而成瑤並沒有動氣，她只是看向林鳳娟：「所以妳直接放棄嗎？妳對不起的人是阿民和他們家，妳沒有對不起盧建，也沒有對不起任何別的旁觀者，妳憑什麼要受這種待遇？」

「林小姐，妳之前電話裡，勸我去做別的賺錢的案子，但是對我而言，不管是公益性質的法律援助案件，還是標的額幾千萬甚至上億的案件，只要我接了，那麼這些案子對我而言就一樣重要，妳的利益對我而言，就是最高利益。」成瑤目光沉靜，「妳現在放棄了，妳覺得是放棄了自己的權利，那妳想過涵涵嗎？涵涵理應得到他生父的撫養費，也理應知道自己的身世。」

「我知道自己年紀比妳還小，經驗也確實不如鄧明，我和孟法官也不熟，也絕對不會用鄧明那樣下三濫的手段達到目的。」成瑤挺直了背脊，抬著頭，「但我相信法律，相信法律最終並不會站在偽造證據恐嚇威脅的一方。」

林鳳娟有些遲疑：「成律師，我也不想直接撤訴，我也想試試，可如果我們繼續下去，不僅是我，連妳，可能也會遭到這種所謂的『正義之士』的打擊報復……」

「我會安排妳和妳父母暫時住到安全條件足夠好的酒店去，至於我自己，我有分寸，會保護好自己的。」

「可……」

「旅館的費用我會付，妳不用擔心。」成瑤笑了笑，想起錢恆，「我們君恆，針對法律援助案件，有所內補貼。」

林鳳娟幾乎熱淚盈眶：「太……太謝謝妳了！我真的不知道該怎麼感激妳！」

「不用謝我，要謝就謝君恆的錢恆律師吧。這個所內補貼，是他提出來的。」

「錢恆律師？」林鳳娟遲疑道：「我查鄧明律師時也看到他的資訊，他不是號稱……」林鳳娟自知失語，立刻改口道：「他不是只做超級大案，還會支持法律援助案件？」

「嗯。他是一個很好很好的人。」成瑤的眼睛明亮，語氣篤定，「作為律師，永遠不應該允諾客戶一定能贏，但請妳相信我，我會竭盡所能，努力為妳贏下這個案子。」

人生在世，每個人都非完人，都可能犯錯。林鳳娟婚內出軌生下了私生子，她確實做錯了事，從她前夫及前夫家人的角度而言，她是罪無可恕的惡人，但其餘人都沒有資格道德審判她，更不能動用私刑。

林鳳娟雖然不是個好妻子，但成瑤看過她看著涵涵照片時的模樣，她的臉色帶了淒苦和無助，但那雙眼睛裡的疼愛和堅毅，讓成瑤相信，如果涵涵能有足夠的錢順利做完心臟手術，林鳳娟絕對會竭盡自己的一切，再苦再累，拼了命也要保護孩子長大。

相比有權有勢有鄧明助紂為虐的盧建，需要獨自撫養涵涵長大的林鳳娟，就是需要法律援助和保護的弱勢群體。

成瑤的心中堅定而果斷，法律制定時只能從最大程度來平衡各種法益，努力做到最大程度的公平，然而在現實裡，每個人受教育程度、收入情況的不同，直接導致了法律資源的不平衡。

盧建這種人，可以請最好的律師，而林鳳娟，只有自己提供的法律援助。

錢恆認可法律這種最大程度的公平，他足夠成熟，因此知道任何制度，都有它的不足，能保護最大程度公平的法律，在實踐中自然做不到絕對的公平。他認可並且沒有想過改變這一點。

成瑤原來對於這一點，帶了點懵懂，和錢恆經歷了一個個案件後，她下意識便覺得錢恆的觀點都是對的，只是總覺得還有些什麼疑惑縈繞在自己心間。

而也是直到這一刻，成瑤突然想明白了。

她想做那個退潮後在沙灘上撿起一條條小魚扔回海裡的小男孩。

天真，傻氣，力量單薄到完全無法和大環境抗衡，然而每條小魚在乎。

她可能年輕，可能衝動，可能過分熱血，可能還情緒化。她理解法律資源的不公平，也無力改變，然而她並不準備簡單接受這套規則，她想要竭盡所能，在自己的能力範圍內做出改變，給予更多的林鳳娟這樣的法律救濟。

對於自己，這或許只是自己未來執業人生裡一個微不足道的案子，但對於林鳳娟，可能將改變她的人生軌跡。

這個案子，她一定要做到最好。

只是成瑤雖然心裡下定了決心，但這種事，並非光有態度就能成功。安頓好林鳳娟一家後，成瑤對這個案子仍舊沒有突破的頭緒。

倒是譚穎打來了電話：『成瑤啊，案子怎麼樣了？庭前證據交換順利嗎？』

成瑤簡單和譚穎說了幾句，結果剛掛了她的電話，包銳的電話又來了。

『成瑤啊，聽說妳這個案子遇到鄧明瞭，他這傢伙口碑很差啊，我看網路上果然開始帶風向對當事人施壓，妄圖用輿論壓垮妳的當事人，另外影響審判了，妳辦這個案子，有沒有困難啊？』

如果只是譚穎的電話，成瑤還不覺得什麼，那包銳這個電話後，成瑤算是反應過來了。

掛完包銳的電話，成瑤打給錢恆。

「不是說好了這個案子讓我完全獨立辦的嗎？」

錢恆雖然聲音不自然，然而卻極力否認道：『我不是放妳獨立了嗎？妳看妳這個案子到現在我問過嗎？』

「對，你沒過問，因為你找譚穎和包銳來問了。」

『……』

頓了片刻，錢恆才有些頭痛般地輕笑了一聲：『這兩個沒用的傢伙，這麼快就把我賣了。』

「沒、沒，他們守口如瓶，誰也沒說是你。」成瑤生怕錢恆對譚穎包銳進行加班報復，立刻解釋道：「是我自己發現的。」

『嗯？』

「因為平時我們辦案都是各自獨立，不會過問對方的案子。」

『好，那讓他們今晚加班吧。』

成瑤：？

錢恆淡定冷靜道：『作為團隊裡的老人，對新人太沒有團隊愛了，都不會噓寒問暖一下。』

「……」

真是欲加之罪何患無辭，包銳、譚穎，我已經仁至義盡，只能幫你們到這裡了！

「總之，這個案子，我自己來辦就可以。」

錢恆有些不自然地『嗯』了一聲，交代了幾句其餘工作的事，結果繞來繞去，話題又回到成瑤的法律援助案。

『這個案子，我聽說對方律師是鄧明，他辦案不靠專業，而是靠旁門左道，妳應該是知道的，如果妳……』錢恆意識到自己又關注上這個案子了，只要突兀的剎車，他的聲音有些無奈，尾音裡帶了點努力掩蓋的羞赧，『對不起，平時我不是這樣的。按照我的收費費率，我不會講這麼多話。』錢恆頓了頓，『只是我有點忍不住。』

雖然人並不在眼前，然而成瑤能想到錢恆拿著手機，一本正經講著電話卻耳朵微紅的模樣。

光是想想就覺得還挺可愛的。想調戲。

「我知道，我不怕他，我一定會打贏他。」

錢恆又恢復一貫的冷豔高貴狀態，彷彿剛才那轉瞬即逝的羞赧只是成瑤的錯覺，他告誡道：『不要以正常律師的角度去揣測鄧明，對付他不是光有自信的態度就能贏。別又亂喝什麼「我是個有良心正義的小律師，所以只要拼命就能扳倒業界大拿」這種雞湯。』

成瑤笑：「我才不喝這種配方的雞湯，我喝的是『我是錢 Par 的女朋友，所以我一定能贏』這雞湯。」成瑤捂了捂有些發燙的臉，「怎麼聽起來有點像『我是大哥的女人』這種感覺？」

『……』

錢恆的聲音有些頭痛也有些無奈：『成瑤，妳一天到晚腦子都在想什麼？』

成瑤平時插科打諢慣了，幾乎想也不想就順口道：「想你呀。」

錢恆本來還想說什麼，然而電話那頭隱約傳來別人喊他的聲音，他捂住話筒說了什麼，才回頭低低對成瑤說了聲抱歉。

『工作上有點事，晚點聊。』

只是成瑤沒想到，當晚她就見到錢恆了。

當她下班的時候，剛走到辦公大樓下，熟悉的黑色賓利緩緩駛向成瑤。車窗緩緩移下。

「上車。」

「包銳不是說要兩三天才能回來？怎麼今天就回來了？」

錢恆抿了抿唇，淡然道：「我的效率，一天就辦完了。」他輕飄飄地瞥了成瑤一眼，「而且不是妳說想我。」錢恆轉過臉，「既然妳都這麼想我了，不回來怕妳想出病來。不是有相思病嗎。」

成瑤噎了噎，她想，下次還是不要隨口調戲錢恆了，因為效果最終會反彈到自己身上。

而正當成瑤準備打開車門坐進車裡之時，卻被包銳的聲音打斷了。

「欸？成瑤？我正好找妳，上次妳幫我整理的陳雋案的證據清單放在哪裡了？有電子檔嗎？傳給我一份。」

成瑤點了點頭：「好，我回頭傳給你。」

包銳點了點頭，隨即才意識到這是錢恆的車，他好奇地看向成瑤：「妳和錢Par……」

成瑤趕緊搶白解釋道：「我回家正好順路，蹭個車！」

「這樣啊，妳家和我家方向也順路啊，那我也一起蹭個車吧。」包銳喜滋滋地說完，就拉開了車門，大剌剌地坐進賓利，他毫無眼色地對駕駛座上的錢恆道：「謝謝錢 Par！」

說完，包銳看了愣在車外的成瑤一眼，拍了拍自己身邊的座位：「還愣著幹什麼？快進來啊。」

「……」

上車後，包銳十分活躍：「欸，賓利就是賓利，開起來穩如老狗，說實話，我都沒機會坐錢 Par 的車，真是榮幸啊。」他吹噓感恩了一陣子，又有些好奇，「錢 Par，自從我上車後看你臉色怎麼不太好啊？是不是遇上什麼煩心事了？有什麼我們能幫忙的嗎？」

包銳十分熱情：「雖然你是老闆，可我們是同個團隊的人，我看我們明明得兩三天的出差，你怎麼今天就提前回來了，是不是遇到什麼麻煩事了？所以寧可今晚先回 A 市一趟明早再飛 B 市啊？」

成瑤愣了愣：「你們事情還沒辦完？明早還要去 B 市？」

包銳不疑有他，毫無求生欲道：「是啊。」他說完，又看了錢恆一眼，「欸，錢 Par，你怎麼看起來臉色更差了？」

「……」

包銳，任誰要帥被當場戳穿，臉色都不會好看的好嗎？

結果包銳這位同志根本沒意識到這尷尬的氣氛，他完全不疑有他一個人情緒激昂地撐起一臺單口相聲。

「我和妳說，這次我們去B市，那個客戶除了正經生意還有地下生意，就那種按摩房嘛，然後竟然暗示我們可以請我們體驗一下至尊按摩，說很多大老闆都會光顧呢，小妹們長得都很水靈很清純。」

成瑤有些忍不住：「什麼？竟然請你們去嫖娼？包銳你都有家有口了！」

「是啊是啊，我不能對不起妳嫂子就拒絕了，那個客戶就鼓吹讓錢 Par 可以去試試嘛哈哈哈，結果錢 Par 比我拒絕的更直接冷酷，他看了那些小妹的圖冊一眼，說長得比自己女朋友差太多了，臉蛋沒女朋友好看，身材沒女朋友火辣，說對自己女朋友以外的人，都沒有任何興趣，哈哈哈哈哈。」包銳笑道：「沒想到錢 Par 編故事的能力還挺強的，說的還挺像那麼回事的。」

成瑤瞟了駕駛座上的錢恆一眼，對方還是繃著臉，然而耳朵，果然幾不可見的微微泛起紅來。

而被包銳出賣個底朝天的當事人，終於忍不住咬牙切齒。

「包銳。」

「欸？錢 Par 怎麼了？」

「你是不是覺得今晚加班的工作還不夠多？」

「……」

可惜包銳的識時務沒持續太久，很快，他又開了口。

「錢Par，快了，成瑤住的地方快到了，就那邊轉個彎，進去就行了，我們這趟搭車看來成瑤最先到最先下車啊。」

開玩笑，今晚錢恆特地搭飛機趕回來，可不是為了把自己現在就送回家的啊！只是怎麼回答包銳？成瑤沒說話，下意識看向錢恆。

錢恆清了清嗓子：「我突然想起來，成瑤還有些工作要向我彙報下，我們等等一起吃個飯我一邊聽她彙報。包銳，我先送你回家吧，不要讓你老婆在家裡等太久了。」

錢恆竟然都如此主動關心自己了，包銳眼淚汪汪十分感動，只是——

「欸？不不，錢Par，我老婆不在，今晚我回家正愁沒飯吃得叫外送呢，既然你和成瑤一起吃飯，算我一個唄，有什麼案子我也可以出份力一起參謀參謀啊。不是你提點讓我作為前輩平時要多關心團隊裡的新人嗎？」

「……」

不論錢恆怎麼暗示，包銳愣是一根筋的沒反應過來，最終還是大剌剌的做了電燈泡。席間，他完全無視錢恆的死亡視線，喝了點小酒後，就開始滔滔不絕地分享著自己最近的辦案心得。

一餐飯，最終成了他一個人的表演會，好在他也十分識相：「哈哈哈，要不是譚穎今天出差了，叫上她一起，倒是個團隊聚餐了。」他抓了抓頭，「今晚真盡興啊，錢Par，這次說什麼都給我個機會請客！讓我來請！」

「不用，你晚上回家還要加班，錢還是不用你破費了。」

「……」

偏偏包銳哪壺不提還偏要提哪壺：「欸？對了，錢Par，你不是說成瑤有工作要向你彙報嗎？怎麼都沒彙報啊？我看你的臉色怎麼越來越凝重了啊。這次從B市趕回來，真的不是有什麼急事嗎？你不用為了我們強顏歡笑還陪我們吃飯……」

成瑤簡直不忍直視，包銳，我看你還是吃頓好的上路吧。

只是遲鈍的包銳自然想不到未來等著他的是什麼，他還有些微醺，抓了抓頭：「今晚謝謝錢Par了，不僅請我和成瑤吃飯，等等還要順路送我們回家。錢Par，你真是我見過最好的老闆！」

錢恆冷冷地瞥了包銳一眼，黑著臉付了錢。

包銳的請客大計偃旗息鼓了，但是想起什麼，他翻了翻口袋，又翻了翻公事包，突然臉色不妙道：「我錢包呢？我錢包怎麼沒了？」

包銳這下子，酒是澈底醒了，他又把褲子衣服口袋都翻了一遍，還是沒見到錢包的影子，有些急了：「完了完了，我的錢包裡有我老婆送我的護身符，她特地去求給我的呢，要是被她知道我弄丟了，肯定得弄死我。」

包銳一時之間，急得像熱鍋上的螞蟻：「讓我想想，我上一次見到我的錢包是什麼時候……」

他想了片刻，才恍然大悟道：「我知道了！我八成是今天在B市開庭時忘在庭裡了！」包銳看向錢恆，「錢Par，你記得吧，我開庭前還去買了個礦泉水的，後來庭審快開始了，我急急忙忙的，錢包沒來得及放回包裡，就直接往代理席上一丟。」

錢恆顯然沒關心這麼細節的東西，然而包銳根本不在乎，他火急火燎地掏出手機開始查明天的航班：「看來明天我還要飛一趟B市，去找今天的主審法官和書記員問問，實在不行就得調今天的庭審錄影看看我是不是放在代理席上了……」

說者無心，聽者有意。

成瑤幾乎是一瞬間抓住了什麼，她眼睛澈底亮了起來，忍不住大力地拽住包銳激動道：「天啊包銳，你真是天才！我怎麼沒想到！庭審現場，都是有錄影的！庭審裡的一舉一動，都有錄影！這是法院官方的錄影，是最權威的錄影呀！」

包銳不明所以：「啊？」

成瑤卻顧不上其他了，她趕緊收拾東西：「林鳳娟的法律援助案，我有新想法了，過幾天就要開庭了，我必須馬上去確認點事，然後重新計畫下這個案子。不好意思，我先走了！」

她說完，抱歉地匆匆看了錢恆一眼，才轉身離開。

包銳還完全沒進入狀態：「欸？怎麼說走就走？我剛才說了什麼讓她醍醐灌頂了？」

望著成瑤離去的背影，錢恆抿著嘴唇沒有說話，平生第一次，他體會到吃了沒成熟檸檬，心裡酸到發澀的滋味。

不是說想自己嗎？結果自己，堂堂君恆的合夥人，一分鐘折合人民幣一六六點六六六無窮，特地從B市出差趕回來的正經男朋友擺在面前，成瑤竟然看也沒看幾眼，就為了案子跑了？

成瑤走後，包銳覺得十分不妙，因為錢恆的臉色顯然越來越凝重了。

結果在他開口詢問之前，錢恆倒是先開了尊口，他看向包銳，臉色風雨欲來：「想案子的新方向，和和我約……約好了時間彙報工作，哪個更重要？」

「這還用說！」包銳狗腿道：「當然是和錢Par你彙報工作重要啊！聽君一席話勝讀十年書啊，有這時間，向你彙報完，你略微點撥，辦案方向不就出來了嗎？成瑤這年輕人，一看就不懂事啊。」

「不過錢 Par 你別說，她剛來我們團隊的時候，畏畏縮縮的，菜到不行，我還以為她堅持不了幾天就會哭哭啼啼辭職，然後被打擊到這輩子再也不想從事和法律相關的工作。沒想到她堅持了下來，現在竟然工作起來越來越像那麼回事了。」包銳腦子有點暈，說話也更大大咧咧不經思考了，「不過成瑤長得還挺好看的，尤其專注工作的樣子，真的挺有魅力的……」

錢恆危險地看了包銳一眼，然後盯著成瑤離去的方向，緊抿著嘴唇，沒說話。

包銳倒是不疑有他，他的醉意上來了，走路開始搖晃，舌頭也開始大了：「錢、錢 Par，我有點暈，要不然我們走吧，就麻煩你順路送我回家了，哈哈。」

包銳那句「你是我這輩子見過最好的老闆」還沒來得及說出口，就見錢恆抬手看了眼手錶，毫無誠意道——

「哦，我突然要去別的地方，和你家不順路了，你自己叫車回去吧。」

「……」

成瑤回家後，就進了案例庫查閱案例，因為包銳的一番話，她心中堵塞的思緒突然柳暗花明，或許林鳳娟這個案子，可以利用庭審錄影另闢蹊徑。

只是該怎麼操作……

成瑤想了想，最終下了決定，她打了個電話給姐姐成惜：「姐，我有個案子遇到鄧明了，現在案子陷入僵局，他偽造了證據，又用以前那些噁心下作手段想要影響判決。」

成惜在鄧明身上吃透了苦，她一聽對方的名字，就有些著急道：『瑤瑤，這個案子別做了，鄧明這個人我最有發言權，黑的說成白的，白的說成黑的，他根本不按法律辦事，妳遇到他，沒什麼勝算，我怕他還會對妳做什麼小動作，這案子我們不做了……』

「姐，我有辦法。」成瑤很鎮定，「只是這個辦法，需要徵得妳的同意和授權。」

在成惜的愕然中，成瑤簡單講了自己的想法，成惜雖然十分意外，但點頭表示同意：『我沒事，名聲對我來說，早就在鄧明離婚在網路上污蔑我時就看淡了，如果用我名義辦這些事，能讓妳為妳的客戶討回公道，那就放手去吧。』

儘管電話那端的成惜看不見，但成瑤還是用力點了點頭：「姐，我一定能贏這個案子。」

成惜的聲音輕輕柔柔的，聽起來對這段過往婚姻已經釋然了，然而成瑤知道並沒有。受過的傷，摔過的跤，怎麼會輕易忘記疼？

人一旦醉心忙一件事，就會發現時間過的特別快，這一週，錢恆被B市那個案子絆住了腳，而成瑤也完全一門心思撲到林鳳娟案上。

時間一下子便晃到了林鳳娟訴盧建確認親子關係及撫養費糾紛案開庭的時間。

成瑤特地提早去，不出所料，盧建和鄧明也到了，兩人坐在一旁，低聲說著笑，盧建更是臉色輕鬆淡然，一派閒適，顯然對這個案子早已勝券在握。

臨近開庭前十分鐘，鄧明起了身，像是準備去洗手間。

成瑤抿了抿唇，也起身緊跟其後走出審判庭，她亦步亦趨地跟在鄧明的身後，在他快要轉彎的時候，成瑤追上了他。

鄧明有些訝異地回頭，看清是成瑤後，他隨即帶了幾分自我感覺良好和輕視哼笑了聲：「成瑤，妳是準備為妳姐報仇特地選這個和我對壘的案子嗎？可惜妳太嫩了，這個案子，妳必輸無疑。」

成瑤咬了咬嘴唇，眼神游離而有些難以啟齒般地欲言又止，她狀若忐忑地看了鄧明一眼，姿態放低求饒般喊了一句：「姐夫……」

這個久遠的稱呼果然令鄧明愣了愣。

成瑤在追上鄧明之前，用力揉搓了自己的臉頰，此刻她的臉看起來便是脹紅一片，加上她尷尬又猶豫的神情，把那種舉棋不定遇到大事六神無主的情緒渲染得十分逼真。

成瑤迎著鄧明疑惑探究的目光，彷彿終於鼓起勇氣般開了口：「我……我確實是看到盧建的律師是你，才接了這個案子，但我……我其實不是想報復你。」說到這裡，成瑤的聲音變得更加小心翼翼而哀求，「我知道我要是平時去找你，你肯定不會見我，所以我接這個案子。我是……我是想求求你，能不能去看看我姐……」

對這樣始料未及的發展，鄧明果然挑起了眉：「嗯？」

成瑤咬著嘴唇，艱難道：「我姐……我姐她雖然和你離婚一段時間了，可還是走不出來，上個月還試圖吃安眠藥自殺了一次，幸好發現及時送去洗胃了，可迷迷糊糊間，她還在喊著你的名字。」

成瑤說到這裡，低下頭，抹了抹眼淚，她像個稱職的妹妹一樣，努力壓制著心裡對鄧明的不滿和憤怒，然而為了即便遭遇渣男也無法忘懷舊情的姐姐，只能既尷尬又難堪地反過來求著渣男前姐夫幫忙。

「你其實對她一點也不好，做出那種過分的事，那麼傷害她，我到死也不會原諒你，可誰叫我姐她老是想不開，直到現在還想著你以前的好，想著你們大學戀愛時候的事。」成瑤的語氣充滿了隱忍的恨鐵不成鋼，「她現在雖然搶救及時命是回來了，可整個人很消沉頹廢，幾乎沒什麼求生欲，所以恢復得很差，都瘦脫形了，我們試了很多辦法都沒用，她只想見你。」

成瑤咬著嘴唇：「所以能不能求你，看在以前情分的基礎上，去看看她，只要十分鐘就行，你忙的話，五分鐘都行，只要你出現一下，告訴她，希望她堅強點，讓她有個盼頭就行……」

鄧明聽完這些，臉上露出點難辨然而了然的笑容，彷彿這一切理所當然，彷彿他的魅力使然，即便做了那麼多噁心的事，成惜確實還會對他念念不忘。

鄧明的神情充滿了自我感覺良好，這樣的表情成瑤沒少在錢恆身上見到，只是不知道為什麼，同樣的姿態，在錢恆身上讓人覺得心服口服完全契合，放在鄧明身上，只讓人覺得惺惺作態令人作嘔。

令人作嘔的當事人本人卻不自知，他憐憫地笑了笑：「沒想到原來是這樣，難怪妳會接這種案子，法律援助，既沒錢，當事人社會層次還特別低，沒什麼文化，都是些低端人口。何況遇上我，絕對會輸。現在我算是懂了。」

「雖然我和成惜離婚當初是鬧的比較大，但我自然也希望她好好的翻篇能開始新人生。」鄧明的話語聽起來道貌岸然，然而語氣卻並無多大誠意，「但我現在已經有了新的家庭，何況我不僅有太太，還有孩子，就算我現在的太太願意理解我去探望前妻，但孩子知道了，也很難解釋。何況我最近還接了一檔法律綜藝對談節目，之後恐怕媒體對我的關注度也不會小，我去探望前妻這種事，我很擔心被有心人拿來大做文章，那樣對我和對成惜，都沒有好處。」

這一番話，可真是說的滴水不漏，要是不瞭解內情的第三者聽來，恐怕只覺得鄧明是個有情有義一別兩寬各生歡喜的模範前夫了。

鄧明抹黑成惜離婚的時候，成瑤一直想不通，是什麼讓原本看起來儒雅溫和的鄧明變成了那樣，然而隨著工作經驗的積累，她如今對鄧明的那份憤怒和不解，也已經淡了。

何必去追究他變化的原因，有些人，單純只是生來就很壞而已，這是骨子裡人性的惡意和自私。

然而表面上，成瑤仍舊必須忍著噁心，和鄧明虛與委蛇，她只好繼續哀求道：「姐夫……真的，求求你了，否則姐姐真的不知道會怎麼辦……」成瑤泫然欲泣道：「我知道這個案子我對上你絕對會輸，但我還是接了這個必輸的案子，不怕在我的執業履歷上添上不好的記錄和影響，單純是為了見你，希望你能……」

鄧明看了手錶一眼，顯然沒有耐心再聽成瑤繼續說下去，他偽善般為難地笑了笑：「成瑤，唯獨這件事，我真的幫不了忙，但妳的想法，我也可以理解，好歹這些年妳也叫過我一聲姐夫，作為回報，今天這場官司，我會讓妳輸得不那麼難看。」

「姐夫……」

鄧明這一次，沒再理會成瑤的請求，轉身瀟灑地準備離開。

成瑤立刻上前，一把拉住他的衣角：「姐夫，你先不要一口拒絕，能不能再考慮考慮，我姐和你當初是彼此初戀，也有過美好回憶的⋯⋯」

「成瑤，妳不要再糾纏了！否則法庭上別怪我無情。」鄧明的聲音帶著隱隱的發怒徵兆。

成瑤這才被他氣勢嚇到般縮回了手。

等鄧明離開，成瑤收斂了臉上苦苦哀求的表情，她鎮定地走到法院走廊的自動販售機前，買了兩瓶飲料，一瓶是罐裝咖啡，一瓶則是罐裝紅茶。

買好後，她調整好表情，又重新回到回審判庭的必經之路上。

沒過多久，鄧明果然從路盡頭洗手間的位置繞了出來，他看到還等在路上的成瑤，臉上流露出轉瞬即逝的不耐：「我已經說過不行了。」

成瑤拿著兩瓶飲料，不顧鄧明鄙夷優越的眼神，硬著頭皮般迎了上去：「不、不是的姐夫，我⋯⋯我剛才逾越了，想向你道個歉，我姐的事確實不能強求你去看她，但⋯⋯等等法庭上，能不能求你高抬貴手⋯⋯」成瑤可憐兮兮道：「我接這個案子時沒多想，只是想見到你而已，但如果輸的太難看，我老闆肯定會罵我的，最近所裡還說要裁員，我是個新人也沒什麼經驗⋯⋯」

成瑤說到這裡，才唯唯諾諾地遞出手裡的兩瓶飲料：「姐夫⋯⋯你別生氣，我⋯⋯」

她看了手中的飲料一眼，「我本來想買杯星巴克，可這附近沒有店，就只能買罐裝飲料了，你……你大人不記小人過，就當是我的賠罪吧。」

鄧明一開始自然是拒絕的，然而成瑤堵著他的路，軟磨硬泡：「我知道姐夫你在法律圈的地位，以後我也在這圈子混，大家抬頭不見低頭見的，還請姐夫有些時候照拂一下……」

鄧明睇著眼睛看著成瑤，她果然還是和以前一樣，像個沒長大的小孩，一遇到事情便過分感性到衝動，做事不過腦子，想一出是一出，比起自己這種律師，簡直像是翅膀裡毛都沒長齊的鶵鶵。才工作沒幾年，就為了自己姐姐選擇這個和自己對立的案子，呵，鄧明想，真是沒腦子。

不過雖然以前風風火火沒心沒肺的，如今做了律師，好歹知道要和自己這種業界大拿套套關係了，知道就算因為自己姐姐，對自己厭惡，也要為了自己的前途，和自己搞好關係了。

鄧明看著成瑤手上的兩瓶飲料，心裡不無得意。當初再憎恨自己又如何，當初放狠話要對付自己又如何？沒有能力，還不是只是空話？如今在現實面前，能怎樣？還不是只能低頭認錯求和？

鄧明冷笑著看著成瑤，心裡的自我感覺膨脹到了極點。

當初離婚時，成惜性子軟，沒有出面爭執，反而是成瑤，上躥下跳，還來自己的事務所拉橫幅，發傳單罵自己，可如今呢？

呵。

鄧明故意頓了很久，才大發慈悲般帶了憐憫地接過成瑤的飲料：「妳買兩瓶幹什麼？」

「我……我不知道姐夫喜歡咖啡還是紅茶，所以都買了。」

「哦，我喜歡咖啡，從不喝紅茶。」

成瑤趕緊一把把紅茶也塞進鄧明懷裡：「這個，姐夫你也拿著吧，你不喝，給你當事人喝也行，我第一次獨立開庭，現在緊張到反胃，別說紅茶，連水也喝不下去……」說到這裡，成瑤又小心翼翼抬頭看了鄧明一眼，「所以姐夫，等等庭上……」

鄧明哼笑了一聲：「行了，我知道了。」

成瑤大喜過望般連連道謝：「謝謝姐夫！」

臨近庭審時間，審判員、書記員、雙方當事人和辯護人準時到場。

成瑤坐在原告代理人席位上，看著對面鄧明姿態放鬆地打開罐裝咖啡，然後順手把罐裝紅茶遞給盧建。

這兩個人顯然認為勝券在握，有說有笑，盧建聽鄧明說了句什麼，又笑了起來，他手裡拿著紅茶，但並沒有打開。

終於，時間到，主審法官宣告開庭。

一切按照庭審流程，有條不紊地進行著。

林鳳娟一臉慘白，神情枯槁，她麻木地經歷著這場庭審，雖然成瑤在開庭前告訴過她，不用急，然而她怎麼能不急？目前這場庭審裡，成瑤根本沒有提出任何新的觀點或者方向！

而與林鳳娟形成鮮明對比的，盧建的神色，隨著審判的進行越發明朗燦爛起來，他終於拿起手邊的罐裝紅茶，拉開易開罐蓋子，淡然從容地喝了一口。

而最終，這場庭審也如庭前證據交換時的發展一樣，情況對林鳳娟急轉直下，之前成瑤提起的盧建病例資料和體檢報告的鑑定結果，自然經過盧建和鄧明的運作，顯示為相關醫院真實出具。

幾乎毫無懸念的，一審判決，林鳳娟敗訴。

庭審結束，鄧明和盧建志得意滿陸續退場。

雖早有心理準備，但得知這一判決結果的林鳳娟仍舊忍不住流淚，只是她剛準備放聲大哭之際，卻被成瑤拍了拍打斷了。

成瑤在這場庭審上並沒有任何出彩的表現，甚至看起來木訥到按部就班。只是如今，林鳳娟才發現，她的眼睛明亮而自信，語氣冷靜鎮定：「別哭了，只要妳和我交代的都是真實資訊，涵涵真的是盧建的孩子，那麼二審這個案子我們就能贏。」

「二審？」

「嗯。」

林鳳娟十分不解：「可一審這些證據面前，我已經輸了，再上訴二審，又有什麼意義？法官也不會突然就改判我贏的……」

「不會。」成瑤笑笑，「二審我們有親子鑑定報告書這項新證據。」

「盧建和涵涵的親子鑑定報告？」林鳳娟完全迷糊了，「可……可盧建根本不同意進行親子鑑定啊！甚至為了不鑑定，都找無良醫院和醫生偽造自己無精症的病例了，那東西鑑定都鑑定不出假的來，我們還能有什麼辦法讓他做親子鑑定？法院又不能強行逼著他做……」

成瑤指了指被告席不遠處垃圾桶裡盧建喝完後扔下的紅茶罐頭：「那就是我們的新證據。」

這時，孟法官走了過來，她對成瑤點了點頭：「鑑定所的人已經來了，讓他們可以進來取證了。」

成瑤點了點頭，沒過多久，就有專業的獨立鑑定機構的工作人員進入審判庭，然後戴著手套，從垃圾桶裡取走盧建飲用後丟棄的罐裝紅茶，按照程式裝入證據袋內。

這位鑑定所的工作人員對成瑤笑笑：「成律師，接下來的交給我們就行了，親子鑑定報告大約一週會出，到時候我們會通知您結果。」

唾液裡含有人的口腔上皮細胞，而這些細胞裡含有DNA。因此盧建喝完的紅茶罐頭口上遺留的唾液，完全可以用於進行親子關係鑑定。

「謝謝！」成瑤鬆了口氣，既而她轉頭看向孟法官，「也十分謝謝您孟法官，謝謝您批准我調取法庭庭審監控的申請，讓我能補足證據鏈，從監控確認這瓶罐裝紅茶，確實是盧建飲用並丟棄的，從而才能讓協力廠商鑑定機構對盧建和涵涵的親子關係做鑑定。」

孟法官笑笑：「這是我應該做的。」

孟法官說完，整理好材料，正準備離開，卻見鄧明和盧建又重新推門走回審判庭內。

盧建臉色有些狐疑和不明所以，然而鄧明的臉色就難看多了，他看向孟法官：「孟法官，我剛準備走，但似乎看到有鑑定機……」

很快，鄧明就知道，自己這個問題不用問了，因為他在成瑤身後，看到他也認識的鑑定機構工作人員，而對方的手裡，正拿著裝有罐裝紅茶的證據袋……

鄧明反射性地瞪向成瑤，然而成瑤這次已經懶得再裝了，她沒有退縮，也沒有唯唯諾諾，只是眼神清明地對視了回去，不卑不亢，昂首挺胸。

盧建還沒澈底反應過來，但鄧明已經想明白了一切，他目眥欲裂，咬牙切齒道：「成瑤，妳設計我。」

風水輪流轉，如今，終於輪到成瑤笑了：「這怎麼叫設計？」成瑤掃了鄧明一眼，「我至少沒有像你那樣偽造當事人無精症的假證據。合法合理的取證，我有什麼錯？」

聽到這裡，又看到了那個裝在證據袋裡的紅茶罐子，盧建終於也意識到，他剛才志得意滿的神情一下子沒了，臉上爬滿了焦慮和恐慌：「鄧律師，怎麼回事？」

鄧明沒空理會盧建，他堵住孟法官的路：「孟法官，妳直接允許對方律師以這樣不明的檢材進行鑑定，鑑定程序不合法吧？」鄧明咄咄逼人道：「何況妳這樣做，違反了法官和法院中立的原則，屬於對我的當事人強制進行親子鑑定了。」事到這一步，鄧明那偽善的面具也漸漸撕開，他盯著孟法官，「妳這樣偏向對方當事人的行為，不怕被曝光嗎？現在網路上對法官這類公職人員可並不友好，就算法官沒做錯，輿論也不一定站在作為國家公務員的法官這邊，更別說妳這樣枉顧公平正義偏袒對方的行為了！」

這一番話，聽起來義正辭嚴是替自己當事人據理力爭，然而連成瑤也在鄧明的言辭裡隱隱聽出了威脅——

這鑑定要是認可了，要是讓它順利進行了，別怪我用輿論對妳施壓……

「鄧明。」孟法官還是笑咪咪的很溫和，只是每一句話都帶著威嚴，「你的當事人盧建在庭審中飲用了這罐紅茶並且根據他自己的意志進行了自由處分，把這罐子丟在垃圾桶裡，這些行為都是他自己做出的，沒有人威脅恐嚇或逼迫，而這些事實都有庭審錄影予以證明，因此，鑑定的檢材不屬於來源不明，我也沒有違反中立條款強迫你的當事人進行親子鑑定，林鳳娟和她的律師也沒有侵害到你當事人的人身自由和其他法益，鑑定程序也完全合法。」

「至於你說的網路上輿論，我們法官，追求的不是那些網路上吹捧的虛名，只要每個案子辦的問心無愧，我的工作就做到位了，至於是不是被不明真相的輿論攻擊，我們並不在乎。」

孟法官盯著鄧明的眼睛，她雖是個個子不太高的中年女性，但此刻的氣勢卻彷彿兩百八：「鄧律師，我和你認識很多年了，但辦案這件事上，沒有任何人情可講，你應該是明白的。何況這種時候，我建議你更應該關心一下，如果涵涵和盧建鑑定下來存在親子關係，你和你的當事人應該怎麼解釋他的無精症？偽證罪可是刑事犯罪。」

盧建不敢置信地瞪著眼睛，死死盯著林鳳娟和成瑤：「不！我不接受！不能這麼鑑定！這是違法的！我都已經說了我是無精症，這孩子不可能是我的！」他試圖拉扯孟法官，「我下個月就要結婚了，法官，妳知道這個婚姻對我和我家來說多重要嗎！」

孟法官一把拉開盧建的手：「你要真是無精症，那親子鑑定結果對你也沒有影……」

只是孟法官的話還沒說完，歇斯底里的盧建就越過她，衝向了鑑定所的工作人員，試圖搶奪他們手中裝有紅茶罐頭的證據袋。

現場一片混亂，盧建臉上澈底沒了之前的得意和閒適，他變得恐慌而不安，最終被法警制住後，他衣衫狼狽，臉上還帶了剛才掙扎時的抓傷，一點也沒有此前高高在上的模樣了。

孟法官和法警交代了幾句，才整了整法官袍，鎮定而肅穆地走出審判庭。

林鳳娟忍著眼淚，在成瑤還來不及攔住之前，衝上去給盧建一個響亮的耳光。

「這個耳光，是替我自己和涵涵打的，法律是公正的，法律不會放過你這種無恥下作的人。」

成瑤最終帶著林鳳娟離開之前，鄧明終於回魂般陰森森地在背後說了句話。

「成瑤，真是會咬人的狗不叫。這次是我輕敵了，被妳走了狗屎運。但這個案子，妳別覺得贏了我，就高枕無憂了。」鄧明的聲音陰翳，他一字一頓咬牙切齒道，「妳等著。」

「鄧明，我這個案子能打敗你，以後別的案子，也會一個個打敗你，我會讓你知道，我靠的不是運氣，你這樣下三濫的訟棍，可能可以風光一時，但是最終不配和專業的法律人站在同樣的法庭裡。」成瑤目光如炬，挺直了脊背，「我會把你所謂『律政業界良心不敗神話』的畫皮，一點一點，全部撕下來。」

這一次，即便親子鑑定報告能直接打臉盧建的無精症病例，但證據造假這個鍋，成瑤可以肯定，鄧明會毫不猶豫地全部推給盧建，並號稱自己也同樣是受害人，對盧建造假一事並不知情。甚至輸了官司這個結局，都可以推說是因為盧建欺騙自己，沒有提供真實情況，導致自己錯估了這個案子，選擇了錯誤的應訴方式。

然而不論如何，自己絕處逢生，硬生生讓這個案子峰迴路轉了。

林鳳娟也沉浸在狂喜和震驚中，她看了成瑤一眼，不敢置信般地再三確認道：「成律師，是不是……是不是我可以贏這個官司？我可以證明涵涵是盧建的孩子了？」

成瑤點了點頭：「嗯，只要涵涵確實是盧建所生，那盧建跑不了。」她朝林鳳娟抱歉地笑笑，「不好意思，為了怕鄧明看出問題，我沒提前和妳打過招呼，因為這樣妳的表情才不至於太篤定到讓他們生疑。」

林鳳娟眼裡含淚，她拼命搖頭：「不，妳不需要和我道歉的，成律師，是該我向妳道謝才是。謝謝妳沒放棄我，謝謝妳能接這個法律援助案件，謝謝妳沒有看不起我，沒有內心評價我，鄙夷我做的錯事，讓我體會到律師對客戶的尊重，讓我在整個案子的過程裡，都能夠心裡更舒服，而最應該感謝的是妳頂著壓力為涵涵爭取到機會。」

林鳳娟說完，也不容成瑤反應，竟然撲通一聲跪在成瑤的眼前：「成律師，涵涵的病好了，我第一個帶他來看妳，謝謝妳！」

成瑤幾乎是立刻就伸手想把林鳳娟扶起來：「親子鑑定書還沒出來，案子二審還沒開始，妳謝我謝得也太早了。何況我早就說過，不論是什麼樣的案子，只要是我的客戶，就一樣重要，我只是做了自己該做的。」

在成瑤的堅持下，林鳳娟終於站了起來，然而她眼中那種發自內心的感激，卻是真切的。

「成律師，我不僅要向妳道謝，更應該向妳道歉。是我自己先入為主，覺得妳年紀輕又是女孩子，就一定不專業。」林鳳娟赧然道：「當時心裡還覺得，能來接這種不要錢的法律援助案的，肯定不會是什麼好律師，我這種法律援助案，不過是國家想用來宣傳幫助弱勢群體的表面文章而已，不過就是走過場，肯定贏不了，所以一度沒有很積極的配合妳……」

林鳳娟說的這些，成瑤自然是了然的，只是從最初開始，對於她這些偏見，成瑤就沒有開口糾正過，因為很多事，說再多話解釋，都不如實際行動來的說服力強。

「我不是最好的律師，比我優秀的律師多了去了。除了律師外，很多法官也都秉公執法剛正不阿的，就像孟法官，即便私下其實和鄧明認識，在辦案中，是一點也不偏頗的。」成瑤對林鳳娟笑了笑，「對我們國家的法律制度和體系多點信心吧。也多點耐心，雖然不是最好的，但會越變越好的。」

等送走林鳳娟走出審判庭，成瑤才恍然發現，時間竟然已經過了一個多小時，而這一個多小時裡，因為精神高度緊張，她一點水也沒有喝，此刻才覺得有些乾渴難耐。

正當她想要去自動販賣機前買水時，有一隻手拿著一瓶進口礦泉水遞到她的面前。

「我看過了，法院的自動販賣機裡沒有這個。」

站在成瑤面前的，赫然是身高腿長西裝筆挺的錢恆，他把水遞給愣愣的成瑤：「所以我去對面便利商店買了。」

成瑤呆呆地看向手裡的水，剛才高強度的庭審已經透支了她的精力，她腦子暈乎乎地回想著，錢恆不是應該還在B市嗎？怎麼已經回來了？怎麼來了這裡？

錢恆看著成瑤，卻是皺了皺眉，然後他一把拿過了成瑤手裡的水，動作流暢地給她擰開瓶蓋，然後再重新遞回給成瑤，他的語氣有些無可奈何，聲音還是挺高冷，然而語氣卻不冷：「擰個瓶蓋還一定要男朋友擰。」錢恆輕輕瞥了成瑤一眼，「嬌氣。」

也直到這時，成瑤才反應過來，她接過水喝完，盯著錢恆的眼睛：「你是不是還是不放心我第一次接案子，所以特地從B市趕回來的？」

「沒有。」錢恆下意識側過頭便是否認，「呵，我上次因為把有些人一句話當了真，特地從B市趕回來，結果才發現，對女人而言，什麼『我想你』、『我愛你』這種話，差不多和『你吃了嗎』一樣，只是禮節性的問候而已。」

錢恆仰起頭，看向不遠處：「我錢恆會在同一個坑裡摔兩次？」他哼了一聲，「我在這裡，單純是湊巧，B市的案子已經結束了，今早因為另一個案子正好也在這個法院開庭，所以急匆匆從B市飛過來了……」

「老闆。」成瑤打斷錢恆，她突然有些惡劣道：「你先把頭轉過來，然後看著我的眼睛。然後告訴我，你來開庭的，是什麼案子，是哪位法官主審，在幾號庭？」

「……」

錢恆沒想到，當初自己質問成瑤的方式，被成瑤用在自己身上，他耳朵有些微紅，神色略微不自然地掃了成瑤一眼，色厲內荏道：「妳作為下屬還命令我了？」

結果話剛說完，成瑤就跳進他的懷裡，然後蠻橫地用手掰過他的臉，她的手輕輕地攬過他的脖頸，就這麼大半個人都掛在錢恆身上一般，強迫著錢恆不得不正視著她。

「你看著我的眼睛再說一遍為什麼來法院。」成瑤的眼睛明亮，她就那麼定定地看向錢恆，不容他逃避，她就著在錢恆懷裡的姿勢，輕輕墊腳，湊到他的耳邊，「喊錯了，不是老闆，是男朋友。」

錢恆只覺得自己被成瑤氣息環繞的那隻耳朵，溫度極速上升，熱得快要燒起來了。而成瑤盯著他的眼神，也讓他無法拒絕。

在成瑤不認輸的盯視裡，錢恆終於側開眼神：「我加班緊急處理完B市的案子，凌晨三點的飛機趕回來的。之前……找人打聽了，鄧明這個案子占了優勢，剛才聽說一審判決鄧明贏了，我覺得妳這個時候會需要我。」錢恆的聲音一板一眼，帶了點刻意壓制的冷靜，然而尾音裡那種微微的在意還是忍不住流露了出來。

有些愛意，就算想要努力忍住，也還是會被發現的。

「我是個律師，我很忙，很多時候沒有辦法給妳其他小女生想要的那種男朋友整天陪著的戀愛，也可能沒有那麼多浪漫，但不管我有多忙，只要你有可能需要我，我希望我自己都在。」錢恆的聲音有些不自然的喑啞，這一次，他終於轉回了眼神，也同樣看向成瑤，「這是妳真正意義上第一個獨立辦的案子，我作為老闆應該放手讓妳去做，但作為男朋友，我想陪在妳身邊。」

這一次錢恆伸出手，摟住懷裡的成瑤，他低頭湊近她的臉，鼻尖貼著她的鼻尖：「我現在知道為什麼那麼多過來人勸告說不要談辦公室戀情了。」

「為什麼？」成瑤忍不住瞪圓了眼睛，「你後悔了嗎？」

「不，我沒有後悔。」錢恆俯下身，親了親成瑤的臉頰，「我只是才發現，辦公室戀情，確實會讓人變得不專業。」他的神情仍舊鎮定，只是耳朵又開始微微發紅，「我以為我可以做的很好，即便是辦公室戀情，公私也能分明，現在才發現，做不到的。」

成瑤的心劇烈的悸動起來，她捂住胸口，覺得自己需要冷靜一下，於是把臉埋在錢恆的大衣裡，只是如此一來，鼻尖縈繞著的，便都是錢恆的味道，那是檀香混合著芸草的味道，淡淡的，像雲霧一般朦朧，然而恰到好處，拒人於千里之外，卻帶了種可遙不可及的性感，前調是雪松般的冷冽，然而在那冷的盡頭，後調裡卻是無法描述的溫柔，只屬於成瑤的溫柔。

成瑤聞著這種味道，臉上還裹挾著錢恆大衣上他身體的溫度，只覺得不僅沒能冷靜，心卻跳的更快了。

而始作俑者卻絲毫不覺，他的聲音淡淡的：「對不起，我忍不住。」錢恆抱著成瑤的手微微收緊，他的下巴輕輕抵住成瑤的頭，「只要看到妳，很難想起把自己的老闆身分和男朋友身分割裂開來。」

成瑤又往錢恆的大衣裡鑽了鑽，她悶聲笑著：「有句話我必須要還給你了。錢恆，我知道我的魅力很大，要忍住是很辛苦，但請你克制。」

「……」

錢恆繃著臉，有些不自然：「如果這樣妳不喜歡的話，我可以克……」

「我喜歡。」

成瑤說完，維持著吊著錢恆脖子的姿勢，看向了他的眼睛：「你為我做的一切，我都很喜歡。」

這下，果不其然，錢恆的另一隻耳朵，也開始發紅了。

然而面上他還是那副生人勿進的冷淡模樣，他清了清嗓子：「如果妳想親我的話……」

成瑤不說話，只是用小狗一樣濕漉漉的眼神繼續看著他。

這種眼神讓錢恆沒法說完之後的話，他停下來，用一隻手捂住成瑤的眼睛，然後俯下了身。

成瑤就在毫無徵兆之際被錢恆這樣遮住眼睛，然後她聽到他一本正經的聲音——

「算了，妳用這種眼神看著我，就是想讓我親妳了，滿足妳就是了。」

成瑤還沒反應過來，錢恆那帶著雪松氣質檀香味的氣息已近在咫尺，他濕潤溫熱的唇侵來，強勢地撬開成瑤的唇舌，黑暗加劇了其他感官的敏感，成瑤只覺得渾身的感覺都集中到和錢恆相觸的唇上，熾熱的、柔軟靈巧的、濡濕的，充滿了最原始的荷爾蒙。

難怪總說，接吻是兩個人的靈魂在舌尖的觸碰。

不需要任何言語，只是這樣一個熱烈的吻，成瑤已經覺得知曉了錢恆的難耐和克制。

婚姻庭裡過往的都是婚姻出現問題產生法律糾紛的人們，彷彿整個走廊裡，都充斥著敵對、猜忌和怨氣，甚至不遠處的審判庭外，還有一對男女正在互相激烈指責著爭吵，只有成瑤在錢恆懷裡，親吻著彼此。

直到這個綿長的吻結束，成瑤才後知後覺不好意思起來，在法院裡熱吻，好像是高調了點？

雖說這裡來回的來參加訴訟的原告被告都不認識自己，但法院婚姻庭的幾個法官、書記員都是認識錢恆的，如果成瑤沒記錯，剛才有個穿著法官袍的女法官經過，顯然看到錢恆和自己後愣了愣才走……

她紅著臉拉了拉錢恆的衣袖：「走吧。」

錢恆的耳朵還紅著，但一張臉竟然還是泰山崩於面前而不改色的鎮定自若：「嗯，帶妳去吃火鍋安慰妳。」

「啊？」

錢恆咳了咳，有些不自然道：「妳以前社群上寫過，想吃大王火鍋，但是一個人吃火鍋太寂寞了，要有個英俊的男人陪著就完美了。」

「……」

錢恆雲淡風輕般地笑了笑：「現在應該不僅滿足妳的幻象，還超出妳的預期了吧。」

「……」成瑤愣了愣，才想起來反駁：「等等，為什麼是安慰？」

「一審判決不是輸了嗎？」錢恆看了成瑤一眼，他伸出手，輕輕拍了拍成瑤的頭，「但沒關係，人生在世，輸掉幾個官司是正常的，竭盡所能努力過，對得起當事人自己問心無愧就行了。」

成瑤這才反應過來，錢恆恐怕只知道一審的判決結果，卻不知道庭審結束後自己採集到了盧建的DNA，她停下來，笑起來。

「我沒輸。」她的眉梢微微挑起，嘴角翹起，「錢恆，這個官司的二審，我贏定了。」

成瑤的臉龐明豔，她沒有收斂她的驕傲和自豪，然而這種模樣卻更招人了。雖然錢恆不願承認，但認真工作的女人，也讓人完全移不開眼睛，那種獨立又自信的魅力，讓成瑤整個人都在發光。

這塊璞玉，終於經過雕琢，慢慢展露出它無暇的光芒。

——《你也有今天【第二部】老闆待我如初戀》未完待續——

高寶書版集團
gobooks.com.tw

YH 148
你也有今天【第二部】老闆待我如初戀（上）
作　　者　葉斐然
責任編輯　吳培禎
封面設計　單　宇
內頁排版　賴姵均
企　　劃　何嘉雯

發 行 人　朱凱蕾
出　　版　英屬維京群島商高寶國際有限公司台灣分公司
　　　　　Global Group Holdings, Ltd.
地　　址　台北市內湖區洲子街88號3樓
網　　址　gobooks.com.tw
電　　話　(02) 27992788
電　　郵　readers@gobooks.com.tw（讀者服務部）
傳　　真　出版部(02) 27990909　行銷部 (02) 27993088
郵政劃撥　19394552
戶　　名　英屬維京群島商高寶國際有限公司台灣分公司
發　　行　英屬維京群島商高寶國際有限公司台灣分公司
初　　版　2024年2月

本著作物《你也有今天》，作者：葉斐然，由北京晉江原創網絡科技有限公司授權出版。

國家圖書館出版品預行編目(CIP)資料

你也有今天. 第二部, 老闆待我如初戀/葉斐然著. --
初版. -- 臺北市：英屬維京群島商高寶國際有限公司臺灣分公司, 2024.02
冊；　公分. --

ISBN 978-986-506-912-4(上冊：平裝). --
ISBN 978-986-506-913-1(下冊：平裝). --
ISBN 978-986-506-914-8(全套：平裝)

857.7　　113001010

GOBOOKS
& SITAK
GROUP©